XUEHAI AN XING

学海岸行

丁仕旺 ◎ 著

时代出版传媒股份有限公司
安徽文艺出版社

图书在版编目（ＣＩＰ）数据

学海岸行 / 丁仕旺著. -- 合肥 : 安徽文艺出版社, 2024. 12. -- ISBN 978-7-5396-8128-3

Ⅰ．I267

中国国家版本馆 CIP 数据核字第 202484RH06 号

出 版 人：姚 巍　　　　　　　图书策划：韩 露
责任编辑：卢嘉洋　　　　　　　装帧设计：张诚鑫

出版发行：安徽文艺出版社　　www.awpub.com
地　　址：合肥市翡翠路 1118 号　邮政编码：230071
营 销 部：(0551)63533889
印　　制：安徽联众印刷有限公司　(0551)65661327

开本：880×1230　1/32　印张：11　字数：216 千字
版次：2024 年 11 月第 1 版
印次：2024 年 11 月第 1 次印刷
定价：58.00 元

(如发现印装质量问题，影响阅读，请与出版社联系调换)

版权所有，侵权必究

庐阳区围棋运动协会

铁线延伸人世心田
海棠怒放庐州城邑

庐州铁线公园海棠驿楹联

位于淮河路上的五味斋旧址

淘尽尘沙

安徽庐阳董铺国家湿地公园

雕塑车间

教室没变,人却老了

绽放的玉兰

目录

记录脚步,记住历史　许春樵 / 001

人间滋味

说厨艺 / 003

臭鳜鱼 / 008

话说天水 / 011

庐州家常菜 / 013

王仁和米线 / 015

五味斋 / 019

卤煮火烧 / 023

我识胡明朗 / 025

那人·那事·那景

寿州一日收获丰 / 031

楚汉遗存润古都 / 037

走进泗县博物馆 / 043

徽州旧事 / 047

重庆一日 / 055

品赏厦门 / 061

两餐同品尝 / 065

古木逢春 / 069

转场相伴几十年 / 073

我与公麟美术馆 / 078

三月花 / 082

神奇的云南 / 085

泰山之行 / 088

重游逍遥津 / 093

记忆不老 / 101

李府 / 106

包公祠 / 109

庐阳书院 / 112

台州研学游 / 118

卢沟桥 / 122

莲花池 / 125

陶然亭公园 / 128

上九山古村落 / 131

十竹斋 / 136

十棵椿 / 140

音乐小镇 / 144

最是深刻黄冈游 / 148

最忆是杭州 / 153

难忘武汉 / 162

艺术人生

记中俄绘画艺术交流展 / 171

"情"棋书画 / 173

与中央美术学院的二三事 / 177

我听多来讲书法 / 181

勒石为记 / 186

关于画 / 191

忘暑清乐 / 196

我和雕塑家徐晓虹 / 198

张灵老师 / 201

我与许老忘年交 / 205

木工包 / 210

杨梅驿站 / 213

铁线公园 / 217

撰联记 / 223

区名由来 / 227

起名记 / 230

老店招里藏记忆 / 233

诗书馨香半边街 / 237

钟情谜语四十载 / 240
　　——记合肥市灯谜协会成立

行舟扬帆欲揽月 / 244

义务写春联 / 247

第一次参加书展 / 250

有故事的图片 / 255

一年之计在于春 / 258

一把镇尺 / 264

一幅大理石画 / 268

记忆大师——温跃渊 / 271

我与猫王二三事 / 275

风生水起马踏归 / 279

选词记 / 283

我与中日韩三国围棋赛 / 290

最是人间留得住
　　——写给第七届中日韩三国围棋名人混双赛 / 299

纹枰风云又十年 / 305

男子双人围棋赛 / 309

打造特色街区 / 311

雨中访故友 / 331

庐阳之夏,难忘那次摄影作品展 / 338

积学储宝 / 341

序

记录脚步,记住历史

许春樵

人活着的过程就是一个不断表达的过程,从婴儿落地的第一声啼哭,到成人后唱歌、跳舞、喝酒、聊天、争吵、打架,都是在表达。人和人不一样,表达的方式也就不一样,在工作之外,有的人喜欢唱歌跳舞,有的人喜欢喝酒聊天,有的人喜欢网购、网聊,而丁仕旺则喜欢写作。

写作是他的生活姿态,也是他的人生标签。

人为什么要写作?是因为有话要说,有话想说。许多话丁仕旺不好在办公室说,不便在酒桌上说,不能在会场上说,不宜在茶楼里说,于是,丁仕旺就到书里来说了。

书里说的是什么?是工作中的错综复杂、生活中的酸甜苦辣、思想中的独特感悟,这些丰富而深广的人生经历需要总结、需要打包,所以需要一本书。丁仕旺于是就动笔了。

《学海岸行》打开了这扇窗口,也打开了他自己生活的全部画面。这些窗口和画面一旦定格,这个时代和丁仕旺本人就以书的形式被命名了。

《学海岸行》覆盖了丁仕旺的工作、生活、交友、读书、思考等各个生活断面。在我看来,忠于职守、广结善缘、笔耕不辍是这本书的基本主题,也是这本书的一个核心的价值立场。

　　于是,我们看到了新闻报道中看不到的公职人员日常工作中的艰辛和委屈。在以"封堵垃圾通道,清理楼道杂物"为主题的"楼道革命"中,丁仕旺他们走街串户却被楼上的妇女泼了一身脏水。如今袋装垃圾早已普及,而二十年前却是靠宣传、发动,甚至上门送塑料袋才艰难推广开来。人们在丁仕旺的书中能感受到这样一个隐形的焦虑,改变一种陋习比改变一条街道,甚至比改变一座城市的面貌还要艰难。整治传销步步紧逼,"双十一"抢险被燃气熏得半死。许多被遮蔽、被忽视、被误解的政府部门的相关工作在书中得到了自由而放松的还原,实现了一种随心随性的表达。写作的目的很大程度上是释放内心的自由与自我的意志。丁仕旺这么想了,也就这么做了。

　　我们可以一无所有,但不能没有朋友。朋友是资源,朋友是老师,朋友还是道路。丁仕旺很重视朋友,很尊重朋友,也很善待朋友,他用一种感动和感恩的笔调去书写他的朋友们。这些朋友当中,有年近古稀的画家,有同心同德的同事,有真诚无私的记者,有不忘初心的同学,有相处多年的朋友。丁仕旺不仅写出了一种同舟共济的品格,还写出了一种肝胆相照的大境界。尤其是丁仕旺被选任庐阳区文联主席后,在文学艺术界广交朋友,热心为艺术家们服务。缘于爱好,同时为丁仕旺提供了学习的机会,书中有不少篇幅写的是文联活动,涉及书法、绘画、古玩、楹联、灯谜、雕塑、围棋等文化艺术表现内容,观察入微,描写生动,读来妙趣横生。丁仕旺谦逊地说他在文学艺术界大海边仍是"岸行",快乐地当起小学生。

丁仕旺《学海岸行》中具有独特发现和理性价值的是《转场相伴几十年》这一篇。如果说前面的文字更多地侧重于记叙和白描,那么这一篇则侧重于思考和判断。读书、议事是这一篇的主体,体现作者对文学、历史、现实和人生的理性感悟和个人判断。作者悟出了人们在急功近利和物欲狂欢中已经变得失明失聪而愚蠢,让自己静下来,与自己的心灵对话,才能像苏格拉底所说的"认识你自己",所以作者就用"好的"来布局自己的生活。丁仕旺戒掉了打麻将的不良爱好,业余时间用来读书写作,在阅读与写作中让自己静下来,在与文字和大师的对话中,实现了情感的净化、灵魂的升华。丁仕旺读鲁迅读出了鲁迅笔下的几种国民性;读《古文观止》读出了对山之阴阳的考证,概括出了《古文观止》的六种读法。书读遍古今中外,文写得五彩缤纷。丁仕旺为此做出了最大的努力。

可以想象,《学海岸行》这本书更为生动、更为感染人的力量将在许多年后会爆发出来。因为写作作为人生的一种表达形式,同时也是一种记录人生的鲜活标本。不同时期的文字,有不同时期的气息、味道和节奏,你能从不同时期的文字中感受到当年的动作频率和精神气象,所以,记录下你人生中所走过的每一个脚印,等于记录下了你人生中的一段段历史。

丁仕旺在书中说:"人生不应有恨,生命珍藏美好。"丁仕旺对生活、对人生细腻而深邃的爱通过笔尖不住地流淌,穿越和再现了一段历史。这个历史是无恨无怨的,是个人的,也是时代的。丁仕旺写作的意义就在这里。是为序!

(许春樵,中国作家协会全国委员会委员,安徽省作家协会原主席,国家一级作家)

人间滋味

说 厨 艺

不少老朋友见面后对我说,好久没吃到我做的菜了。过去工资不高,请人到家里吃饭是主人很友好的表示,被请者受尊重还能加加餐,会十分高兴的。若主人做的菜好吃,被请者记忆长久是不足为怪的。

现在物质丰富,想吃啥有啥。近年来,侄儿侄女来我家,第一件事就是一头钻进冰箱里——找好吃的呗。

这就让我纳闷了,细细一想,难怪每次我做菜,女儿都能连吃几大碗饭,妻子也说自己的减肥计划失败,莫非我的烹饪技术真的不一般?

不知年轻时玩耍时做的吃的算不算厨艺。肥东有道乡土菜——泥鳅炖挂面,我却在肥东独创了一道原生态的特色菜——泥鳅南瓜。泥鳅生活在泥潭里,我选择一个不大的水池,用土作坝先拦住水,用瓢舀干水,泥鳅在泥汀里蹦跳着,自己满载而归。做菜前,先把泥鳅放入清水里,滴入几滴生菜籽油,这样泥鳅会吐出体内的杂质。选一个个头不大的老南瓜,在瓜顶部凿一个直径 2 厘米的洞,将处理后的泥鳅一一放入南瓜内后,再放入葱姜蒜油盐醋,用潮面团堵住南瓜的洞口,最后放入大锅里,以沸水煮30分钟即可食之。泥鳅鲜嫩异常,南瓜瓤更是甘爽丝滑。因为是从野外捕捉的,泥鳅虽大小不一,然无激素之困扰,不担心食材不新鲜,当然原生态了。这道菜我只吃过一次,还是1982年夏天我到肥东阚集一个同学家去的时候,与同学一道制作完成的。

这么多年来,我也没有专门琢磨过烧菜。20多年前,单位在春节前会发年货小包装。那天我到辖区检查工作,单位通知我快回办公室拿发的年货小包装。之前我说过猪尾巴好,第二天,我回到办公室,见十几包全是猪尾巴。事后听同事议论:小丁真孬,他说猪尾巴好,人家就拿猪尾巴换了他的鸡腿、牛肚、心舌等。那时候,生活不富裕,人们爱吃全精肉。我第二天忙了一天,将猪尾巴清洗腌制晒在阳台上。几个月后,一日下楼散步,见到住在我楼上楼下的两兄弟,他们都说我腌的猪尾巴好吃。不对啊!我都没开吃,他们怎么有如此评价?巡视阳台一番后,我知道了答案:楼上用铁钩往上钩,楼下用竹竿往下捣,原挂在阳台一长串的猪尾巴与日俱"短"。哈哈,我笑了,这是对我手艺的充分褒奖。后来,我用高压锅蒸了几斤,请同事和兄弟们来品尝。这猪尾巴腌得不咸不淡,曝晒得不软不硬,切成一寸长的一段段,食者品着老酒,把猪尾巴嚼得嘎嘣嘎嘣脆,擦着嘴角的油,忙不过来,又不得不不好意思地说上句"好吃"。

第二年,单位再发年货时,没有人拿猪尾巴跟我换别的了。一位大姐同事说,她老公讲她了,一头猪只有一个尾巴,小丁才不孬呢!说真的,我老妈至今都还喊我二孬子,看我是不是有点"二"?孬子有孬福,不管了!

结婚前,我常常是一瓶啤酒、一份朝鲜凉菜结束战斗。满腹的海带或朝天椒,如船一般,漂荡在我肚子里,一人饱全家饱。

开始烧菜,应该是从我升格做爸爸之后的事了。那时一家三口加上小阿姨共四口人,每月菜金节约着花,想买好的,又舍不得多花钱,拎着菜篮往往要在菜市场跑上几圈。家里基本上一周吃一次肉,我买来五花肉,烧千张结,千张结是我买边角料回来自己做的。五花肉油多,浸在千张结里,伴有八角、生姜等调料,香飘邻里。楼上的大龙、同楼层的志锐和我家的女儿,一大帮小馋嘴站着等。

这两例故事因年代久远,无代表性,不能证明厨艺水平。

想想又算算,做人也不能太保守,我把自己研发多年的私房菜介绍一点吧,不多介绍,我得留一手,请谅解。

我做的红烧牛肉可以说在合肥排名第二,至今没听说谁排第一噢。这道菜得到岳父的"亲传",身为回民的岳父在那个粮荒的日子里,都不曾打破禁忌,一生考究牛羊肉,日月精进,功夫了得。

我第一次上门时,也顾不上吃相,就着红烧牛肉一口气吃了两大碗饭。武林上有独门绝技是传儿不传婿的。我如同躲在树上的霍元甲一般,在旁偷学着厨艺。原材料牛肉很关键,最好用老的耕牛肉,不能用菜牛肉。现在的菜牛肉,半个小时不到就煨烂了。老的耕牛肉经煤球炉一晚上的煨制,到第二天吃的时候都啃不透。工夫到时,真是唇齿留香、双颊生津、口味悠长。大多数人爱吃牛把子,其实红烧牛肉应选择肋条,筋筋绊绊,带韧带、带腊汁、带点肥的为上乘,切成与食指、中指并行宽度一样5厘米长的块状,先放入沸水中煮5分钟,以去膻气脏气,煮的时间不宜过长,否则肉中的鲜汁会遗失。放入漏网用清水沥洗,再取菜油入锅,加热后爆炒牛肉,待牛肉收水后,放入酱油、食盐、八角、白芷、草果等,反复翻炒,肉上色之后,关上火,把牛肉转移到吊锅,用文火煨熬。快好的时候,加少许醋、糖和蒜,这样合肥排名第二的红烧牛肉就烧好了。

我的邻居大国和姜姐,一家人争抢着吃了我送去的一盆红烧牛肉,剩下的汤汁和几块牛肉,放入洋葱又烧了一盘菜,再吃时便吵了起来。我劝夫妻俩莫吵,过两天我再送一盆来。

男女搭配,干活不累;荤素搭配,健康美味。下面就介绍一款荤素搭配的美味佳肴吧——荠菜饺子。首先选材很重要,荠菜是感知地温很灵的野菜,更是香气很诱人的佳蔬,绿中带赭的叶子,几乎和土地浑成一色。儿时我挑过荠菜,现在忙了,只好去买了。买荠菜要买带赭色的,全绿的不要买。经过首次雪冻霜打后的荠菜为最好,菜里的一些酶和芳香物质被激活了,可谓真正的鲜草。食物在不同温度下会有不同的品质，正如煮牛奶的温度不宜超过 80 摄氏度。《菜根谭》里记叙荠菜菜根最香，菜根不可全去，但须叉太多吃起来糟心，也不可全留。它的香味来源于根，留下约 1 厘米长的根茎，根茎之间积淀泥沙，需用剪刀把根茎竖剪开来。包荠菜饺子的工夫多在择菜、洗菜，往往几斤菜择洗下来，拿剪刀用力部分的手皮会磨破一层的。

择洗过后，要用沸水烫上几十秒，是为了出青，烫的时间不宜长，否则会烂叶，也极易造成营养的流失。荠菜易吸油，肉类宜选择黑毛猪的肋条肉，配以蛋清等作料，馅即制成。选择不大不小的饺子皮，捏合出形体和棱角，似菱角似元宝，模样可人，自会激发人的食欲。饺子的形体同样重要。我说两个人走在大街上，一个如我的大腹便便样，一个如体操运动员的身材，相信大多数目光会聚焦到魔鬼身材那边去的。

厨艺是一门学问，大学里早已开设了烹饪专业，色香味形体，用心更精彩！

臭 鳜 鱼

关于鳜鱼的诗有不少，出名的如唐张志和的诗"西塞山前白鹭飞，桃花流水鳜鱼肥"，明李东阳的诗"泮池雨过新水长，江南鳜鱼大如掌"。本篇只说臭鳜鱼，地地道道的名徽菜。

臭鳜鱼的起源可以追溯到 200 多年前。有一种说法是，徽州有一任知府酷爱吃鱼，徽州山多地少水少，自然鱼就少见。这个知府便派人到沿江一带去购买，路途遥远，采购回来时鱼变臭了。那办事人不忍扔那臭鱼，自行烧食，导致满屋子臭气熏天。那知府本欲问罪，被劝后捂鼻尝试，竟然鲜美异常，情不自禁又续食，说道："好！美味。免！免责。"

又有说法，因母亲吃了家乡小河鱼而骨刺伤喉，徽商邵万生心头纠结不已。某年邵万生乘船返乡，特意买了许多肉多刺少的鳜鱼，不料途中气温陡升，鳜鱼发出异味，奇怪的是，这鱼经重料烹制后，味鲜而醇香。

以上说法姑妄听之，其实徽州水资源并不匮乏，新安水系覆盖面广，鳜鱼也并非只生活在沿江区域。鳜鱼属淡水鱼,且不说人工养殖,有淡水的地方,鳜鱼皆可成活。

倒是有一种说法符合实际,说徽州山多路艰,贩鱼人长途跋涉,遇有天热时,为防止鱼变味,每过一段时间,便往鲜鱼身上撒把盐,待加工食用,别有一番风味。

并不是每个人都爱闻臭味的。现代人做臭鳜鱼这道菜时,有不少改良,如加猪肉丝、山笋、洋葱等,兼顾了大众口味。

我听有个说法,现在徽州地区的小伙子、大姑娘找对象,对象第一次来徽州时,家长会专门做臭鳜鱼。据说还把这道菜做得臭臭的,以加深印象。生活习性共融了,将来夫妻更恩爱。

臭鳜鱼并不是安徽独有,爱吃臭豆腐的湖南人也爱做臭鳜鱼,但腌制的方法有差别。湖南湘菜重香辣,做臭鳜鱼时,先用蔬菜汁浸泡,以去鱼腥,用或酸或臭的豆腐汁涂抹鱼身再晾晒,待鱼身体微微发干才烹饪,这样口感更好点。

我常和烹饪、旅游、新闻界的朋友们聊臭鳜鱼。鳜鱼又被称为桂鱼,因为肥鳜产于八月金桂飘香之时。

说那正宗臭鳜鱼,一是食材新鲜,最好是接受自然光照射、雨露滋养的天然野生鳜鱼;二是大小在8两到1斤2两之间,越小口感越佳;三是精腌制,淡了肉质松软,咸了难以"咸鱼翻身"。

变化,是烹饪的灵魂。石锅臭鳜鱼、木桶臭鳜鱼、臭鳜鱼捞饭……听说,徽州地区有几位名扬四海的烧臭鳜鱼的大厨,爱在厨师服的袖子上别一双筷子,随时纠正不满意的菜品摆设。武林界是"拳不离手",烹饪界乃"筷不离袖"。臭鳜鱼比萨,是徽州和西方美食融合后独树一帜的创造,每日一经出锅,供不应求。

地域不同,风俗各异。关于臭鳜鱼,民间还有许多个版本。此文权当臭鳜鱼的传说版、爱情版、地理版和制作版。

如今,因徽商走南闯北而诞生的臭鳜鱼,从地域美食发展成为辐射广泛的大产业,形成了预处理、腌制、发酵、包装、发货的产业链。如今臭鳜鱼已流向东南亚、欧美等地。

至于银汤鳜鱼、红烧鳜鱼、糖醋鳜鱼、松鼠鳜鱼,本篇暂不表。

话说天水

天水,是甘肃第二大城市。

据说,很久很久以前,大旱之后,天崩地裂,天河注水而成湖。消息传到汉武帝耳中,便设天水郡。

相传天水是伏羲和女娲的故乡。天水景点众多。麦积山石窟有"东方雕塑陈列馆"的美誉;天水的石马坪,据说有西汉名将李广(飞将军)的衣冠冢。天水有多处三国古战场遗址,如诸葛九寨、诸葛上马石。《三国演义》里的六出祁山、痛失街亭、智收姜维、计杀张郃……都发生在天水。

美食,是旅游的重要部分。说天水,得说说天水的美食。天水呱呱是天水的传统风味小吃,产生于西汉,被誉为"秦州第一美食"。用当地产的荞麦,经过反复熬煮等工艺制成,以香、辣、绵、软著称。食时,可根据个人口味加调味料。天水秦安苹果,外形端正高桩,果质细腻,是出了名的地理标志产品。

方言是地域文化的活化石。天水有自己的方言,有自己的文化自信。如"磕齐麻叉"(快、迅速)、"胡吹冒撂"(说大话)、"点眼药"(巴结奉承)。天水说牛,不是指"厉害",是"你们"的意思。说时间有"今国"(今天)、"野国"(过去)、"前国"(前天)、"上前国"(大前天)。说美女,是"心疼的米子"。说小孩,谓"岁娃娃"。天水还有许多方言,如果不翻译,外人很难理解。好了,暂不说了,免得有人说我"几个片传着哩"(吹牛皮)。

朋友是境界,你的好友多"酒仙"、书家,你保不准酒量了得、字写得还可以,盖耳濡目染也。

说了这么多,其实我没去过天水,但身边的朋友有不少就是天水人,常听他们说天水。我每遇天水新朋友时,便向他们问这问那。我偶尔努力学说天水话,说不了几句,便露出了合肥腔。天水人把我学方言看作示好之举,相互间感情更容易增进。时间一长,我俨然成了一个"天水通"。学习范(仲淹)老师,没去过岳阳楼敢写记,于是我放胆拼凑成此文。

庐州家常菜

"粗茶淡饭是家常,青菜豆腐保平安。"这是老合肥人口中的流行语。有外地朋友和身处异地的发小来(回)合肥,总要求去吃庐州菜,我还真物色了几个地道菜。现用文字描写出来,先供诸君精神享受一把。

庐州,合肥古称也。老庐州传统代表菜肴有贺菜、安乐菜、圆子、元宝鱼、霉干菜烧肉、豆腐果烧肉和咸鸭蛋。看似是家常菜,实则带着时代特征和美好寓意,勾起了多少人的回味和乡愁。

贺菜,将大蒜、葱、豆腐干切碎,配以适量干黄花菜、猪肉丝,加作料炒制,寓祝贺节日之意。因"贺"与"祸"音相近,有避祸之意,也称"祸菜",吃掉它,"祸"则去。

安乐菜,本地称马齿苋为"马熟菜",洗净经草木灰腌制的干马熟菜,与草菇、笋干、花生米、虾米、韭菜等一起炒制,寓示平安快乐。

圆子,主要是糯米圆子和挂面圆子,糯米和挂面一般煮到八成熟,加适量葱末、姜末、肉丁(糜)搅和,做成球状,经豆粉滚匀,下锅炸至金黄。可直接食用,也可根据个人口味习惯,再炸再蒸再煮食用,风味或脆或软,寓家人和美团圆之意。圆子,是老庐州每家过年过节的必备菜。随着经济条件转好,圆子的用料增加了山芋、萝卜、荠菜,吃圆子的风俗一直未变。

元宝鱼,选用两条大小一样的鲢鱼,因"鲢"与"年"同音。制成后,在鱼身上放少许红辣椒丝或香菜叶点缀,有的还在鱼嘴里插红纸装扮,好看又馋人。只是过年那几日不许吃,寓示"年年有余",若即时吃了,还"余"啥子呢?

霉干菜烧肉,一般用五花肉,霉干菜吸油,菜肉混烧,两者皆好吃,寓贫富相济之意。

豆腐果烧肉,一咬豆腐果,油顺嘴角流。豆腐果是"都富果",那时都不富裕,邻里乡亲善心无限、情感纯朴,家家都做这道菜,彼此祝愿着。

咸鸭蛋,老庐州腌制方法特别。单说那腌制用的土料,是红色细砂土,据说入盐均匀出红油。

坏了,老庐州的老叟已垂涎三尺。若想续看,有待下回!

王仁和米线

听说过合肥有家王仁和米线的企业,我也到过庐阳区的分店品尝过他家的米线。时值年关,应邀到王仁和米线企业参观,我抱着学习的态度欣然应允。

"董事长叫什么名字?"车行途中,我问同行的熟悉企业董事长的庐阳区企业家协会副主席小沈。

"就叫王仁和。"

我惊奇为"巧合"。我说起了"王致和"的相关信息来。

王致和豆腐乳,中华老字号。说那王致和,安徽人也,进京赶考,首试不第,盘缠用完,边卖自制豆腐乳边复习迎考。未承想,仕途不旺,商景广阔。王致和豆腐乳有300多年的历史,其间,京城竞相仿制,王政和、王芝和……

"仁和好!仁者爱人,和和美美。"和上对话的人,算是基本的尊重。

就在企业大门前等候的短暂时间里,有人不住地向企业那边问这问那。

"米线是用早稻米还是晚稻米做的?"

"有区别吗?"

"当然有!"

"早稻米病虫害少、蛋白质含量高,且易消化。"

一人说,"惊蛰"后的虫子没长大。

另一人说,外国有个"早稻田大学",专门种早稻。

不知确切不确切,门前像是演众口相声一般。

随王仁和董事长一路参观,一行人在商品橱窗前驻了足。

"为什么叫'河粉'?"

"比米线宽!"

同行者有人快速上"百度",对着手机念道:"形比米线扁宽,1860年左右源自广州沙河(镇)而得名。"

见到一袋袋标有"过桥米线"的包装好的米线,大家热议起来。

一个版本是:清朝滇南,秀才在湖心小岛上读书,娘子过桥送米线,上层鸡汤油起保温效果,遂传。

有人又说出另一个版本:娘子送秀才进京赶考,过了桥吃了米线,寓"过桥及第一线天"。如所想所愿,秀才还真金榜题名了。

我欣赏第二个说法,寓意美好。我比较怀疑第一个说法,秀才干吗到岛上读书? 又不是去钓鱼。再说,那秀才做鞋不成"鞋样"多,害得娘子天天过桥送米线,岂不陡增自己的迎考压力?!"都可以,都可以!"董事长王仁和的话很圆满,"过桥"已成为米线企业的共用商标。

虽说都叫"过桥米线",但料包配置不同。面对企业自主研制的百余种料包,大家食欲上来了。我爱吃酸菜,你喜欢红烧肉,他爱吃海鲜……

企业方解说,主宾双方问答,直让人受益匪浅。

说那"米线",古书记载为"粲"。

董事长说:"企业实现了自动化生产,米线边角料酿酒,酿酒后的酒糟制醋。"

"那醋是酒做的?"一位爱学习的朋友说,他看明清野史,常见"拿酒上来",饮起来却是"醋"的描写。

一行人小议,把酒和醋混淆,也可能是望字生疑。

醋,也称"酢"。"酢"有两种读法,意为"客人用酒回敬主人"时读作"zuò"。

另一位爱学习的朋友抢话,那醋,一说是竹林七贤之一的刘伶的妻子的功劳。其妻因夫嗜酒败事,欲节其饮,每酿酒则以盐梅辛辣之物投入酒内,致其酸,盖不欲其饮。未承想,当上了发明家!那酒成了且酸且甜且香的醋。另一说,创造酒和醋的是同一人——杜康。据说杜康见酒糟等废料扔了可惜,便试探着在废料里加入水、曲等物质,过了二十一天,废料出糟汁,尝之甜且酸,初名为"调味浆"。刘伶感觉"调味浆"名太直白,因该浆是在第二十一天的酉时发现的,便把"酉"和"二十一日"结合起来,就成了"醋"字。

董事长权威解答:"醋可以用酒发酵制成,也可用米、麦、高粱等酿制。"

"需要添加什么?"又问。

"乙醇里加入麸皮、醋酸菌再次发酵,将乙醇转化为醋酸。"

哦,原来如此。一切读书的疑问都可以在社会实践的课堂里解决。我等一行人,把科学工艺同民间传说结合起来,学而时习之,不亦说乎!

在出酒车间,董事长示范,让我们一起用一小杯酒洗面搓手,真如听说的那样——半小时后留有余香。

当听说王仁和米线占全国米线销量一半以上,还远销周边国家和地区时,我鼓动着董事长:"创老字号,与王致和南北呼应!"

五味斋

"卖汤圆,卖汤圆,小二哥的汤圆是圆又圆……"

耳熟能详的歌曲,带给人不一样的感受。在农村生活过的人,大多不喜欢吃汤圆,而我尤甚。人的胃口,有两个因素导致不耐受:一是没吃过,二是吃多了。我至今不喝牛奶,因为小时候没见过。我怕吃汤圆、年糕、麻圆等一切黏性食品,皆因儿时吃"伤"了。

曾经的经历,会不会成为永久的"蝴蝶效应"呢?

饮食习惯因时事而变。我再次接触汤圆,源于饭局。

说饭局,谁缺吃?问题是跟谁吃,在哪里吃。至于谁买单属不重要的存在。初到位于杏花公园南门的玉照堂饭店,我感觉耳目一新。店面古色古香,包厢文化气息浓厚。一楼大厅无缭绕烟雾和熏天酒气,陈列着古玩玉器、石刻根雕、名人字画,有一副"得失塞翁马,襟怀孺子牛"的对联,字体浑厚,词意受教。

观器识人,名物相符。想必那店主至少是个爱好收藏之人。

果然,得知有书家画家爱光顾玉照堂饭店时,董事长刘海波特地把六楼的一整层辟为艺术室,供书家画家饭前酒后泼墨挥毫。我常位列其中。

2019年10月,刘海波邀请我参加五味斋开业庆典。五味斋重现江湖,据说还是当年的老字号?

现今饮食老字号渐少,我分析有几方面原因:一是新中国成立初期,公私合营,老字号更名;二是遭遇战火;三是"文化大革命"时,破除"封资修",割资本主义尾巴;四是城市建设拆迁;五是人的口味和营养观念发生改变。商品匮乏的计划经济年代,甜的油的腻的,吃不饱的肚皮最渴望。现在物质丰富,饮食老字号面临与时俱进的问题,尤其粽子、元宵、月饼等节令食品。

只是当时已惘然。我想起来了,我数年前编写《庐阳区志》时,见过五味斋店址的老照片。数十年不尝元宵的人,怎么可能会关注元宵的信息?!

五味斋与刘海波联系起来了,怎么不与李海波、张海波,抑或丁海波联系呢?

怎么样才能扛得了老字号的大旗呢?庐阳区商务局局长张慧告诉我:一是要讲好老故事,老字号历经岁月沧桑,沉淀文化底蕴;二是保持匠心精神,让消费者看到老字号的初心和诚意;三是要与时俱进,创新是生命力,"老"不能成为枷锁,"老"也可以是潮。

五味斋是本土品牌吗?经过一番考证,合肥的饮食老品牌,源于三个方面:一是本地创立,如刘鸿盛、张顺兴;二是1955年上海支援安徽,迁来108个企业,带动了安徽的轻工、纺织、机电和食品业的发展,最著名的餐饮品牌是绿杨村酒家和长江饭店;三是全国各地的品牌店来肥开分店,如狗不理、全聚德。

我查"百度"得知:五味斋,扬州老字号,始创于清同治三年(1864)。看来合肥五味斋属第三类情况。《庐阳区志》记载,1956年五味斋在合肥开店。

1958年,合肥不少饭店为支持"大办钢铁"而实行24小时营业。五味斋元宵店首试无人售货制,即顾客可以自取点心,自付款自找零。《老合肥》《庐阳地名物语》中也有关于"五味斋"的描述。

撇开书本,走入社会。天道酬勤,我竟能找到健在的原五味斋老员工王运升(89岁)老人。

"元宵有五种口味,纯手工制作,分别为豆沙馅、水晶馅、鲜肉馅、桂花馅和芝麻馅。"王老的话让听者明白,原来元宵有这么多种做法!

"现在研究开发出了更多品种。"刘海波接茬又列举了上十种馅。

别别别,请打住!要人亲命了,是不是想让人垂涎三尺啊?!

"不光馅的品种多,单就做元宵的糯米也很有讲究。如用红糯、黑壳糯、香禾糯……"

常说"老小老小",王老沉醉其中,听得我欲火心中烧,肠胃也疯狂。

元宵,此时已不是我儿时那种清汤寡水,顶多次把包有红糖的元宵。五味斋元宵,已是我心目中的人间至味了。

"请老哥品尝!"五味斋策划运营负责人代秋玲真多事,端上几盘热气腾腾的元宵。

自1975年回城,我已46年没吃过那讨厌的元宵,今儿算是彻底投降了。

"元宵属点心类,门店光靠这一项怎么能负担得起开支?"望着位于市中心城隍庙的店面,我的疑问跟着又来了。

"除经营元宵外,我们还倾情打造淮扬精品菜。"看着我还是不太释然,刘海波接着说,"赚钱只是一个方面,关键是让合肥人民留住曾经的记忆,传承和发扬老字号。"

望着五味斋第三代传承人刘海波,我不住地投去赞赏的目光。原先认为的收藏家,蛮有情怀的。

"好啊!"我紧握刘海波的手,表示一定会常来五味斋。不为解馋,当为老字号尽些力。

卤煮火烧

卤煮火烧,是北京城一道名小吃,大吃货岂有不吃之理?

位于太平桥的老六卤煮火烧店的老板姓包,四川人,他说他在北京经营了30多年,即使原来不吃猪下水的人,也如着了魔般大口品尝并津津乐道。店内一面墙上挂有老包与不少名人的合影照片。

我和老包有10多年的交情。第一次慕名而来时不解其中奥秘。卤煮火烧,从字面看有卤有煮应是卤菜,那火烧是不是火锅加烧烤?

其实理解得不正确,容我细细说来。

说卤煮火烧,不得不先说一下"苏造肉"。

苏造肉,据说是清朝宫廷里一位苏姓御厨发明的。也因肉酥而不化,取其谐音"酥造肉"。

老包告诉过我"苏造肉"的做法。取五花肉,用多种中药和香料文火煨焖,切片食用,肉酥烂绵软,糯香柔韧,汤汁浓鲜。

我向老包求教起来,待日后有机会露一小手。

老包告诉我,那汤料是第一道工序,所放入的丁香、肉桂、砂仁、甘草、豆蔻等,根据春夏秋冬不同节气,用量不同。

我深究秘籍,老包憨厚地笑着说:"汤料由总部配发。"

"宫廷菜怎么走进寻常百姓家的?"经我这么一问,老包的话匣子便彻底打开了。

因五花肉成本高,民间改用猪头肉或猪杂碎代替。先用清水煮,去除血水和脏气,再移到"苏造汤"里煨制。

我问为什么猪大肠单独卤。老包说:"若一锅卤,猪心肺多煮易烂,猪大肠煮不久没嚼劲。"

"是用火烧烤着吃吗?"我显然从字面上理解"火烧"了。

老包说:"火烧,是一种面饼。"

"类似于安徽的烧饼吧?"我问。

"火烧不用发酵面,不放油盐,做成双层……放入锅中成形不易散,汤汁的鲜味浸入饼中。"

交谈中,一锅卤煮火烧端了上来。但见同心圆里,肉色的片状猪头肉,金黄色带状的猪大肠,褐红色块状的猪心肺,还有那菱形的豆腐果和火烧,汤面上撒了些香菜、蒜末。

透而不黏,筋道十足,馋人滋味,难以言表。忘了洗手,哪管锅中物还烫嘴。尽是八戒洗澡猪下水,吃出了如来翻身佛跳墙的滋味。此刻最爽数味蕾。

每次公务忙毕,作为犒劳,离京前必带同事们来一趟。还未到就兴奋地大叫:"老包,定个包厢!"

我识胡明朗

20多年前,我就认识了胡明朗。

胡明朗,何许人也?比我小七八岁的小帅哥,在辖区开了两三家小饭店。

真正第一次深入接触胡明朗,是在2005年8月份拆违时期。胡明朗所经营的一家饭店,被举报是违法建筑。当时负责这项工作的我,带队拆除了这些违法建筑。因为我俩早就认识,熟悉我俩的朋友来说情。职责所在,我帮不了。因为这个,我很少主动接触他。人与人的接触没有先知先觉,真说不准将来为了什么能再走到一起。

21世纪初,我参与地方志编写工作,看到关于庐阳区餐饮老字号的记载,惜从中来。四大名楼(福照楼、会宾楼、大雅楼、万花楼)消失了,其他的餐饮老字号,或因拆迁,或因改制,或因经营不佳,许多已销声匿迹。

突然,我眼睛一亮:有人举起了老字号刘鸿盛餐饮的大旗。何许人?胡明朗!老合肥人对刘鸿盛饺面馆和张顺兴号印象深刻。刘鸿盛创于清同治年间,兴于光绪年间。1927

年,传人刘青山期望生意兴隆,便更名为"刘鸿盛"。招牌小吃除保存"冬菇鸡饺"和"风味鸡丝面"外,还增加卤味、炒菜和大曲酒,生意很好。只可惜,因几次拆迁移址,老师傅减少,人们有所淡忘。

张顺兴号境遇与刘鸿盛差不多。张顺兴号始建于光绪年间,主要制作麻饼、烘糕、寸金、白切。出差来合肥的人,都会带上"合肥特产"回去。因道路扩建,老店不在,不知书法家书写的牌匾在不在了。

老字号,是我工作研究的领域,是胡明朗事业的方向。共同的目的,使我俩越走越近,全然不受此前拆违建事情的影响。都说不打不相识,我俩是一打更亲密。

我和胡明朗在一起时大多谈的是老字号餐饮的事。

胡明朗本身是合肥餐饮服务公司的职工,对餐饮有所研究,红案白案皆精,现在已是国家一级烹饪师。

问他怎么想起做这件事,他说:"想做出特色,老字号有历史积淀,能唤醒人们的味蕾记忆。"我从他的老师和朋友那里了解到,胡明朗有情怀、有事业心。

我从胡明朗身上学到许多。如烹饪,大家看过港片《厨神》,那只是艺术加工而成,而我所见所感的是真实的功夫。

胡明朗聘请了几位合肥的白案老师傅,如鲍庆福、王振声,煎炸煮炒、裱花、案雕,令人叹为观止。老师傅继承了传统四点(冬菇鸡饺、小花狮子头、蟹黄汤包、糯米油香),又研发新"四点",创制了数十个产品。

我爱听胡明朗说合肥"厨神"的故事。说那方乃根大师少年好学,当学徒时抢着端盘子,用白大褂一角蘸菜汤,下班后尝味探秘。

又说那梅正荣大师,拿手绝活是"跑马鸡"和"张嘴鱼"。

烹饪界与书法界常联姻,首块"张顺兴号"招牌古朴遒劲,由第一代传人的叔叔张自楷撰写。20世纪80年代老店新开,找不着老招牌,请了我省著名书法家王家琰题写。胡明朗接盘后,也没能找到再写的招牌。近80岁的王家琰老先生得知消息,又铺纸挥毫。

一块招牌,故事曲折。老字号故事,经历过多少艰辛?胡明朗总是带着笑容迎接明天。

经过几年的打拼,胡明朗团队已在合肥开了1家中央厨房、30多家门店,服务面覆盖全城。

胡明朗热爱公益事业。2018年,合肥市出台居家养老"助餐工程"行动计划,胡明朗承接了10个助餐点。助餐点需要有不少于20平方米的堂食点,还要让利20%,"助餐工程"的行动计划补贴十分有限,不少企业不愿意做。胡明朗团队的努力,得到了服务的老年人的认可。

走出去,是老字号发扬光大所必需的。不得不说,有的品牌才创立,便以"老"自居,与任何方面都不谈合作、不谈交流。我分工联系乡村振兴,有省内市、县寻求餐饮合作的,介绍给胡明朗,他都热情接待。胡明朗的观点:合肥老字号需要走出去。多年前,刘鸿盛集团里的梅正荣、葛克铭数次进入人民大会堂,为国家领导人和外宾服务,让合肥地方菜肴走向全国,走向世界。自2022年农历小年至2023年正月初六,胡明朗团队代表合肥市参加了在故宫举办的"中华老字号故宫过大年"烹饪作品展。

"老字号"集高品质、名品牌、美信誉于一体,承载着传统所赋予的文化内涵。

胡明朗团队遇到的最大问题是:想在辖区购置一处可做总部的房产而不得。当年拆违时,法不容情。

今日两相处,事业容情。我答应帮胡明朗想想办法。

附:
合肥美食歌谣

老合肥、合肥老,大麻饼、玉带糕,寸金白切加烘糕,狮头油香馄饨饺,龙灯节子包油条;罗汉脐、小刀面,麻圆米饺豆腐脑,烤鸭徽子炒年糕,鸭油烧饼小笼包;鸡血糊、绿豆圆,李公杂烩老鸭煲;包公鱼、曹操鸡,箭杆黄鳝马蹄鳖。

徽菜美食歌谣

徽商起、徽菜兴,方腊鱼、一品锅,李杂烩、中和汤,臭鳜鱼、毛豆腐。腊八豆腐赛合蒸,问政山笋肥西鸡,高山蕨菜烧牛筋,石耳石鸡海鲜盅。

那人・那事・那景

寿州一日收获丰

寿县又称寿州,坐落在八公山之阳、淮河之滨。

随着对其文化的接触和自己年岁的增长,我要到寿州去看看的愿望日渐强烈。我工作和生活的城市——安徽省省会合肥市,城市道路是以省辖市县名冠名的。寿县与泗县等几个单字名的县未被选作路名。"寿县路"等"某县路"出现得多,还像城市吗?但1986年合肥新修建的一条贯穿东西的大街被命名为"寿春路",用了古寿春的地名,不再用原来的"同春路"。

地不可名相,与"人不可貌相"同理。寿州历史悠久,文化底蕴深厚,乃楚文化的发源地。安徽省博物馆镇馆之宝就是寿州出土的楚大鼎。1958年,毛主席在省博物馆观看此鼎时感叹:"好大一个鼎,可煮一头牛。"

2016年,寿州从我的家乡六安市划归淮南市,我如同失宝般地怅然。原来总是不急,认为家乡的景物何时看都行。现在划归邻市,我还真要去寿州了!

这些年,因为时间紧,到寿州看看的愿望没能实现。情随境迁,几年间我因与书法界老师接触频繁而对寿州的感情日增。王家琰,寿州人;李多来,寿州人……咋寿州出了这么多的名人呢?

我爱发及泽,愿望至极。多来邀请,韩蒙请缨,朗秋祥云召唤,时逢国庆黄金周正中日——10月4日,韩蒙、吴明、家旺和我四人有了心中的归向。

车到县城,直奔古城墙遗址。

城市化进程飞快,古城墙发展受限。古都的古城墙难有原貌,有的古都古城墙已寻觅不出片瓦只砖,更别说残垣断壁了。我想象的寿州古城墙不太长。四兄弟的路途聊天,语言环境宽松,我用"不长"形容的话,实在是不文明。

"见了就知道了!"曾来过寿州的三兄弟保留意见秘而不宣。

噫吁嚱,惊于长哉!登临南门,四方眺望,古城墙如同美人的项链,城内的几片绿波是善睐的明眸,点缀其中的景点是标致的五官……

现在的城墙为宋代建筑,周长7147米,古城面积3.65平方公里。我问同行的合肥九中副校长丁家旺:"庐阳区老城区面积5.4平方公里,(周)长是多少?""约8700米!"抢答精准,我本想卖弄一下,却自找个难堪。寿州古城与庐阳老城都近似圆形,已知面积求周长。这小学生的数学题能难倒桃李满天下的高中数学名师吗?

寿州古城墙南北西门,分别叫通淝、靖淮和定湖,唯独东门与水无关,曰宾阳,将士出征或凯旋,皆从此门出进。各门均有瓮城,可见,寿州的古城墙兼有防御和防洪功能。

在这块土地上发生过多少战争,生成过多少典故,上了"百度"尽可知。兄弟四人的寿州之行,创造了属于自己脑海里的"百度"。

踏过带有深深车辙印的古老青石,进入瓮城,见一处墙基与雉堞的正中的砖缝中,一株枸杞的果实分外鲜亮,映照着四周的青灰。三人手托肩扛起韩蒙,摘了四个果实。"来!同品尝。"韩老师分果给我们。枸杞乃大补之物,周围有游客品尝不得,蹦出些揶揄的话。秋实本来不易,得来也是不易,一名攀爬者和三名"人梯"者当补。

寿州古城南高北低、东高西低。北城墙镌刻有"海拔26.24米",那是1991年那场洪水涨至的高度,乔传秀同志带领全县人民英勇抗洪抢险,保住了人民财产和千年遗迹。

这三位老师抢着说:各城门内门和外门不在一个轴线上,水入瓮城自会减弱疯狂打转,瓮城内堆放有数十个刻有数字的大于1立方米的石块,抢险者用石块挡住主门。原来石块刻有数字,是为了需要时有条不紊地摆放。想想也是,洪水来了谁还会去"瓮中捉鳖"?正是:瓮中堆石显神威,寿州早有石敢当。

跟着人流东行,一处与墙顶齐平似桶状的建筑边围了许多人。"这是什么?"四人近前觑见:古月坝。这是一处古人用于防洪的设施。城内的雨水经涵洞排出城外,城外的洪水来临时,涵闸自动关闭,水不会倒灌城内。

东行一公里,便到宾阳门。问那卖票的大姐有没有导游,回答说有。

"找一个漂亮的导游!"我心口如一地说。

那大姐怒不可遏:"你是听解说,还是看美女?"

那导游的解说实在精彩,知识储备足,说得很形象。"淝水之战谁家赢?"我们问。

"晋国!"

"一人得道,鸡犬升天""风声鹤唳""草木皆兵""投鞭断流""淝水之战""赵匡胤困南唐寿州"……太多耳熟能详的词组和故事,皆与身处的这块土地相关联。寿州的非凡之处无须多说。

解说员一口气完成了"作业"后,又客串了一回摄影师,"八公山下四人聚"。

我们漫步在高耸的古城墙上,手抚残垣,远望八公,男女问答,赏心悦目,心胸激荡。

我进门时被那位大姐的冲话带来的不快已烟消云散。出门时,我朝着卖票的大姐伸出大拇指,面带微笑地说:"导游是你亲戚吧?!"

"我儿媳妇。"大姐满面春风地笑。我才明白她先前"何以怒"了。

按照导游的建议,四人来到据说香火灵验的报恩寺。起初我以为是唐朝玄奘和尚修行处,细看知是高僧弟子也。寺内有两株 1000 多年的银杏树,树距约 10 米,枝叶繁茂相交错。导游说:"通常紧挨的两株银杏树,一株授粉,一株结果,偏偏这两株树都是雄树。"

"唉,一如我们结伴的清一色。"我带着遗憾地应和。

"到了深秋,树上挂满金黄叶,地上铺满黄金叶。"导游的续说,撩拨得我等真想下个月再来。

到寿县不能不去博物馆。我在馆内识得一个成语和两个生字,当了一回小学生。"围棋赌墅"不常用,典出《晋书·谢安传》。大战即发,为稳定军心,谢安与侄儿对弈赌居所。这,我也能做到,若战败身死,要那居所又有何用?

两个生字是"千载芍陂"里的"芍陂",读音为:què bēi。若不是来的路上,从事过地方志工作的吴明老师说及,我还真的会读作:sháo pí。芍陂是安丰塘古之地名。春秋中期,楚庄王之令尹孙叔敖主建,这个早于四川都江堰近 300 年的水利工程,从 2600 年前到今天,仍发挥着灌溉、航运等功用。

寿县的故事说不完,我也不愿一次性说完。四人手机信息声紧挨着响,想必是几十公里以外的多来老师在催急。背对斜阳低头看,正是:"路上车堵稳稳开!"书家何为大者? 书如其学如其才如其志如其人。多来心急语温馨。

就在昨天,听到消息的多来便杀鸡捕虾忙活起来。车行一路,农民在自己屋前和路边晾晒稻谷,四人皆知是"打场"。灰喜鹊和一些不知名儿的鸟啄食嬉戏其中,一派丰收景象。两方会合,多来又请了当地中学的校长和语文老师陪宴。我们的好友李多来——中国著名书法家,更是几多欢快自心来。

上桌吃饭,但见桌上箭杆黄鳝草堆转、黑毛猪肉青须虾……无一不是原生态食品,直叫人垂涎三尺。良辰美景,赏心乐事,贤主佳宾,畅饮尽欢。

局连局,兴来作书再打牌,直闹腾到月亮垂挂穹庐。

寿州一日,收获颇丰。有诗词记之!韩蒙老师作诗《寿州游》:汉魏流韵今安在,淮南子章千年怀。青青子衿四学人,眼前八公学如海。淝水之战晋胜秦,芍陂水利都江塞。瓮中捉鳖犬升天,远胜六朝五百载!

我欣然填词《寿州月》:夕阳伴车奔驰,清风拂面撩人。稻粱垛边侃丰年,桌上心语弥漫。七八个老友聚,十余盘土菜香。再喝干几瓶美酒,醉眼作书赏月。

2018年10月4日

楚汉遗存润古都

初春三月,随庐阳区文联一行到古城寿州学习。四年前,我来过寿州,走马观花、蜻蜓点水。此次来,我得尽量多看看。

寿州是战国时期楚国最后的都城。楚国经历800多年,先后有42位国王。鼎盛时期当数楚宣王、楚威王,史称"宣威盛世"。域五千里,带甲百万,车千乘,骑万匹,粟支十年。

君子之泽,五世而斩。楚国几次迁都,有的是战略考虑,有的是发展需要。至楚考烈王迁都寿州,则是被秦所逼。

寿州起初是楚大夫春申君的食邑,称为"寿",寓春申君长寿之意。

史料记载、历史遗存和考古发现,都是学习历史的好方法。到古都来,岂有不去博物馆之理?

新建的博物馆搬了新址,巨型紫金石上镂刻出"安徽楚文化博物馆"几个字。

博物馆成了一行人学习的课堂。大厅摆放的楚大鼎是复制品,原件为安徽省博物馆馆藏,成了镇馆之宝。

在100多块金钣拼绘出的金山图案前,导游介绍说,楚国盛产黄金,是先秦时期使用黄金最早、最广泛的地方。《管子轻重甲》载:"楚有汝、汉之黄金。"汝水、汉水河沙中有黄金。哦,原来是这样。

当导游介绍到楚国鼎盛时先后吞并了吴越等20多个小国时,有人咏出刘禹锡《西塞山怀古》的诗句来:"王濬楼船下益州,金陵王气黯然收……"此"吴"非彼"吴"。西晋灭的吴是东吴,三国归晋。

顺着讨论的方向,一行人说到了吴越之争。"有志者,事竟成,破釜沉舟,百二秦关终属楚。苦心人,天不负,卧薪尝胆,三千越甲可吞吴。"

关于此联,有多种说法。有说蒲松龄撰,有说清朝吴恭亨《对联记》载为抗清名将金声(字正希)作,有说是明朝某某作、清朝某某作。我所知道的还有一种说法是贵州师范大学颜迈为教授所创作。

真实的情况,待考。

统一六国的秦国不会想到,此前千方百计挑拨离间削弱楚国,最终还是被楚人灭了国——百二秦关终属楚。在馆内盘桓,可见青铜、金银、陶瓷、金石、书法……博物馆的宣传语是"一目千年",可我们瞪大的是双眼。

转场选择的是四个古城门之一的东门——宾阳门。宾阳门有许多的典故,如人心不足蛇吞象。宾阳城门北壁墙上刻有一人一蛇的图案。有一个传说:一穷人救了一条蛇。为报恩,蛇满足这个穷人的愿望。穷人从索取简单衣食到为官为相,贪欲日涨,竟要当皇帝。蛇终于明了,人的贪心是永无止境的。

在城楼上,一块石牌吸引了大家:公元383年,东晋8万兵力智破前秦百万大军。

顺着书法家李多来手指的方向,那边是当年淝水之战的古战场。

"秦不是统一六国了吗?"有人问。

"前秦和秦国不是一回事。"

我们的步伐迈进了八公山。

廉颇墓碑上的"赵大将军廉颇之墓"由寿州籍中国书法家协会会员、安徽省书法家协会副主席司徒越所写。

"赵国名将怎么葬在楚地呢?"

"到魏国不被重用,到楚国没有战功,客死楚地。"

"一饭三遗矢,是个阴谋。"又问这墓被盗过没有,当地人告诉我们,20世纪70年代被挖掘过。

杜莉说起了盗墓故事来。说那兄弟盗墓,一人起贪念歹意,害死另一人。父子盗墓,墓穴里的父亲遭墓穴外儿子的残害。最佳的盗墓方式是,父亲在墓穴外,儿子到墓穴里,父亲永远不会害自己的儿子。

一行人唏嘘不已,重温起《廉颇蔺相如列传》。

在淮南王刘安的墓前,一行人都说了话。

哎,有人感佩。大豆营养成分高,但不易消化。刘安解决了饮食中蛋白质不足的问题。

啊,有人钦佩。《淮南子》,鸿篇巨制,泽被后人。

哇,有人感慨。统治阶级文化政策转变有其历史必然性,从学术发展和繁荣而言,则无疑是一场灾难和持久的不幸。《淮南子》能在这个转变之前问世并保存,幸甚至哉!

"写写文章、吃吃豆腐不是好得很吗,干吗非要当皇帝?"

"这个墓被盗过吗?"

"没有,墓为衣冠冢。"

"'八公'里的毛被、伍被告了密,刘安又多了一被。"

不解的人想探其究。

"汉武帝追责,刘安被迫自杀。"

刀光剑影之后,赶紧换换话题。

美食是地域文化的一部分。吃了一道寿县大白鹅三大件——鹅爪、鹅翅和鹅头,寓脚踏实地、展翅高飞和仰望星空之意。

豆腐村门头招牌上的字,由中国书法家协会会员王家琰书写。两旁门面的店招由寿县籍书法家书写。除磨浆工艺机械化外,其他皆为手工制作。产品销往全省和周边地区,供不应求。

"淮南豆腐以寿县八公山豆腐为正宗。"我正品尝用豆腐做皮包的饺子时,有人对我说。

我生出疑问:寿县2016年划归淮南。淮南豆腐文化节举办过10多届,没有寿县的参与,难道豆腐节就不办了?

打电话给我好朋友——淮南商会副会长孙志江,得知原来淮南有个八公山区,寿县有个八公山乡,围绕八公山的东西都有豆腐坊。

"淮南举办豆腐节,也可以邀请外地豆腐企业参加啊。"朋友老孙的话有道理。

暂不论谁为正宗,先到那豆腐坊一窥。

据说,别地一斤大豆可制豆腐三斤,八公山一斤大豆可制豆腐四五斤。别地豆腐都沉于水,八公山豆腐做汤,豆腐都浮于水。听此,我豁然开朗——就在午饭时,我还好奇那豆腐饺子咋能浮在上面呢?

我问原料。"是黄豆、青豆、大豆、小豆。"作坊师傅敞亮地答。

"加绿豆吗?"

"加适量绿豆更加筋韧……"

涉及商业秘密,就不多问了。

做豆腐离不开好水。豆腐村有大泉,泉水清澄味甘,豆腐坊都从大泉提水。

珍珠泉,相传是淮南王刘安做豆腐用的水。明嘉靖《寿州志》载:"每闻人声,则泉水涌,小叫小涌,若咄之,泉弥甚,因名咄泉。"珍珠泉,又名咄泉、响泉、喊泉。我们一行人围着珍珠泉大声喊,泉水果真似珍珠般涌出,平心静气去听,泉水带有汩汩的声音。

还有一道美食,渣榆荚,我第一次吃。寿州同行说,榆荚健脾安神、清热利水,治失眠、食欲不振等。

奇了怪了,一天把脑袋喂满了,这肚子也被撑得圆鼓鼓的。

结束一天行程,全程陪同的寿州文联李振秀女士带给我一本20世纪末的《寿州志》,弥足珍贵。她还送给了我们每人一本她著的书《八公仙踪》。当日最抒情,日后有所学。

夜幕四合,在住所门前分手时,不知谁最先仰望了星空,惊喜地叫了起来。似船的半月之上,有一颗亮丽的星。上"百度",天文奇观——月掩金星。下次再见,得等到2026年了。打电话问家乡的朋友,被告知因雨天而不得见。今夜寿州月,今月曾经照古人,众皆抬首月中看……

我想到"金星凌日",人类勇于探索,利用天文现象,测算出地球与太阳的距离。我轻轻摩挲着《寿州志》后,又伸出双手热情致谢。

"谢谢寿州文联,谢谢李振秀老师!"我激动地接续道,"2026年,我们一定再来寿州!"

2023年3月24日

走进泗县博物馆

安徽淮北大地有丰饶的物产：符离集烧鸡、怀远石榴、萧县葡萄、灵璧石、砀山梨……

我所知的这些大多来自书本。

8月13日下午，一场大雨把泗县县城洗得满目碧绿。

三伏尚未尽，雨折杀了高温酷暑的威风，也给我带来了担忧。我在安徽工作、生活几十年，第一次到国家最具影响力的文化旅游名县之———泗县。

雨不停心不定。我能听到泗州戏吗？我能看到著名景点吗？我盼望雨快点停。

县领导向我们介绍了县情。泗县所处之地，古称夏邱，因尧封禹为夏伯而得名。泗县之名，1912年沿用至今。"泗"与水有关，泗水发源于山东陪尾山，寓意四水并发。

我们同望天空，雨竟锲而不舍。

"不影响，我们已安排好去博物馆。"

"博物馆，博物馆能看到啥？"我不能说出心里所想，毕竟东道主冒雨陪同用心安排。

进入大厅,意外惊奇。两个玻璃罩里各陈列着约3米、2米长的古象牙化石。标牌上注:距今有10万年—20万年。

"这是镇馆之宝吗?"我兴奋地问。

"不是,请往里走!"

古象牙化石都不算是镇馆之宝?还会有什么更稀奇的宝物?我随着讲解员引导,心情激动得如同寻宝一样。

汉画像石厅里有大大小小数十块石刻,有的已破损残缺。

"哪一件?"问者当然是指镇馆之宝!

讲解员逐一讲解。耕鱼图、出行图、鸟兽图……人间劳动和对美好生活向往的场景均有体现。我明白讲解员为什么没有回答"哪一件宝物是镇馆之宝"的提问,因为这里的每一块石刻的价值都无法估价。

讲解员安排得很巧妙,看完了化石、石刻等物质遗产后,问我:"想看什么?"

我本能地环顾上下左右,不抱希望地随意答道:"非……遗。"

讲解员嫣然一笑,继续开讲:"从东庄到西庄,人人爱唱拉魂腔。"泗县流传这么一句话。"拉魂腔"是泗州戏的俗称。因该戏唱腔尾声翻高八度,唱腔优美,听歌者不思寝食,赶场听看,似"魂"被拉去一般。许是东道主刻意安排,当我们走进博物馆非遗展厅中央时,舞台上正在排演现代剧《镇长嫁女》。有幸!有幸!坐下来听一段,美美地享受一下。

馆里还有鞋展厅、皮影展厅、剪纸艺术厅……厅不大,但内容都很丰富。

有两处物质遗产搬不进馆——太大了,只能用图片进行展示。

泗县有着独特的世界文化遗产隋唐大运河"唯一"的活态遗址,与古运河遗址相连的还有 28.1 公里的运河故道。

泗县境内有楚汉之争的古战场——霸王城遗址。见我们在图片前驻足,讲解员继续说道:"霸王城遗址有三处,另两处在灵璧与五河。"

博物馆里有一个泗县历史名人展厅,首先映入眼帘的是墙上数幅人物画。"朱买臣?""朱买臣是泗县的?"

我也在想着"见弃于其妻,衣锦还故乡"的西汉的那个他。

"此朱买臣非彼朱买臣,同名巧合。"讲解员善于察言观色,一定面对过不少人的询问。

"朱买臣是南北朝时期的梁朝大臣。据说,朱买臣触怒天威被处斩,其子潜至泗县的一座荒山隐居,后因才华出众被朝廷起用,官至郡守和右扶风。其子在隐居地修建庙宇以纪念父亲。后来,当地人便称这座境内最高的山为朱山。"

泗县历史名人还有邓愈、胡大海、韩成……每一个名人简介背后都有正史里见不到的故事。就拿韩成来说,朱元璋与陈友谅交战,一次情况危急,换穿朱元璋衣服的韩成顽强作战,捐躯护主,死后被封为高阳侯。

我向讲解员竖起大拇指,为泗县之地多英才,为讲解员的精彩解说点赞。

在农具厅,我询问起当地的主要农产品,被告知有小麦、大豆、山芋等。

泗县也被称为中国山芋之乡。儿时生活在农村的我对山芋没什么好感,回城后有40年不再吃过一口,见到山芋胃就涌酸水,实在是吃怕了。

县领导介绍说:"别小看山芋,过去向国家交公粮时,因山芋易烂不易存储,不用上交。"

长知识了。儿时不谙世事的我总是想不通:大人们为何不把山芋地都用来生产大米呢?可以想象,在那时若没有山芋,会是什么样的结果?

县领导的话,使我顿时对山芋由恨转爱。

雨停了,我心还是不定。"选两个点现场看看?"县领导热情地问。

"不了,谢谢!"这是我发自内心的话。为何?我曾经不屑光顾博物馆,更没想到在小小县城的博物馆里面,竟然有许多令我陌生的知识,吃得太饱,我得慢慢消化。

我在思考:多年前就听说过,不少地区在残垣断壁、古堡遗址边上历史课。我今天真正感觉到了那种现场感,震撼又难忘。文中首段几分钟可以背下来,深层次的理解却离不开实物。此前我有所不知,别说淮北大地,就说这泗县,泗州戏、古象化石、汉墓石刻、运河遗址、朱买臣、邓愈、韩成……暂不说那许多生态食品,仅以山芋为原材料做成的特产,准能让人垂涎欲滴。

徽州旧事

"五岳归来不看山,黄山归来不看岳。"这是对黄山的褒奖。

"一生痴绝处,无梦到徽州。"那是对徽州的赞扬。

徽州与黄山是一回事吗?听我娓娓道来。

第一次去徽州是冲着景点黄山的。1988年盛夏,是我有生以来经历的最酷热的一个夏天,气温达41、42摄氏度。因撰写地方志需要外调,在马鞍山市,余国金老兄又轻休克,我俩生死患难过一回。到黄山必经徽州,再坐车上山。我俩掩不住第一次上黄山的兴奋。山外高温,山内有风有雾又有雨,原打算去登天都峰,那天天气不好,10米之外不见景,台阶湿得很,带着哨音的风寒冷逼人。

我们被告知至少要花10元钱买保险,买20元、30元甚至更多皆可以,多买多赔。那时月工资不过50多元,我自然舍不得,买了保险更给人感觉与身后事不远了。待真出了事,保险得来的钱给谁用?反正我是用不上了。

"余哥,登不登?"我问余国金。

"小丁,你定!"我俩相视会心一笑,终究没敢去登峰。一年夏天余兄因病去世,想起往事,心中无限伤感。

夜宿西海,普通的大通铺,听说著名画家刘海粟也在黄山。我的上铺住着一个自称是刘海粟弟子的书法爱好者,随师而来。

空山新雨后。翌晨登临清凉台,梦里生花、猴子观海等景观堵满眼眶。

刘海粟老师作画的地方,工作人员在外围值守,不许游客靠近,我只能远远地看。写这篇文章时,我只记得去时是7月中旬。查询《黄山市志》大事记(1988卷):7月12日,刘海粟和夫人夏伊乔一起上黄山,并在黄山讲艺。我的记忆还真不错,海老上黄山算大事,我第一次上黄山遇上海老,已写入我人生的大事记了。那次去徽州,有幸也有憾,憾的是没有登天都峰。民谚称:"不到天都峰,白跑一场空。"

那时我尚不知情,事后才知道的。也在那一年,国家已批准将原徽州地区改为黄山市。听到更名,我曾感慨了一通。黄山,秦时称黟山。拆"黟"字为"黑"和"多",顾名思义为"黑石黑山之多"。正式称为黄山,是公元747年,唐明皇根据轩辕来此采药炼丹、乘龙飞天的传说,卜诏以名为黄山。即为"黄帝之山",非"黄色之山",也非"黑色之山"。

春秋时期,徽州这块土地属于吴国,从晋到唐,有几次改名。宋徽宗宣和三年(1121)改为徽州,沿用至更名黄山市。"徽"的命名,有两种说法:一是因该地有徽岭、徽溪;二是方腊起义被镇压后,朝廷祈望加强管理和约束。"徽"字本义为"绳索、捆绑",宋徽宗更名不避名之讳。

虽说徽州地区总体框架尚存,但地域时有变动。婺源归江西,淳安归浙江,石台划给池州,旌德、绩溪划给了宣城,徽州变小了。

变小不说,还让了名,风景名胜黄山取代徽州,成了城市的冠名。老徽州的一个大区域,现只成了黄山市的一个辖区——徽州区。

这样的调整,引起修志部门的争执,影响到文学、医学、理学、画派等方面的界定。于我就有许多感触。如"安徽"是由原九大地区的前两位安庆地区、徽州地区的起头两字组成,现在安徽省10余个地级市有安庆市,没有徽州市,只有徽州区。人们要改口,现在只能说用了安庆市的"安"和徽州区的"徽"。徽剧还算不算地区戏种?算行政区戏种吧!

1990年,我二上黄山,这回下决心要登天都峰了,担心日后不知何时才能再来黄山,又怕年龄大了,想登峰却不能。

上山用腹匍匐,下山用背依阶。无限风光在险峰,我四下瞄望,未敢伸臂舒啸。黄山诸峰中最为险峻的是天都,鲫鱼背上有"百步云梯""松鼠跳天都"。我不敢跳,所以不是松鼠。

我去过的地方,一般不会再去的。这两次去,见到了雨雾天和晴天的黄山。后来虽有再去,却不再去登山了。

工作中的人,不是可依自己喜好做选择的。一段时间联系老干部工作,来往在医院、家庭和别处,这个"别处"是特指。我的工作也有辛劳而愉悦的事,到徽州就是一例,去买砚台等文房四宝,因为许多老干部爱书法、绘画。

再来徽州,实际上是来黄山市了。黄山辖徽州区、屯溪区、歙县、休宁县、祁门县、黟县和黄山风景区。明清时期,徽商发展迅猛,资金输入故里,办学建院,造庙置祠,留下众多文化遗迹。

棠樾七座牌坊逶迤成群,古朴典雅,每一座牌坊后面都有许多动人故事和历史传奇。棠樾成为著名的影视基地。

徽州美不胜收的景点有许多,如唐模、呈坎、潜口……几乎都留下过我的足迹。

徽派的建筑影响甚广,"白壁黑瓦马头墙"是外部特征,"四水归堂财不移"是居内结构。徽州的房屋装饰离不开木根竹石刻,融入了徽商诚信为本的理念。绩溪胡氏宗祠里有一个写了错字的铁钟,"国泰民安"四个字里的"国"少写一点,而"民"字又多加了一点,意指藏富于民。"商"字的门框里不是"八口"却是"十口",意是徽商有口皆碑、诚实守信。窗子上有许多扇形图案,类似的还有喜鹊、梅花、鹿等图案,皆取其无限美好的谐音。

一个景点的出名,除了景色优美之外,当还有许多推介的功劳。1999年拍摄电影《卧虎藏龙》,选择了宏村的场景。2000年宏村、西递被联合国教科文组织列入《世界文化与遗产名录》……当然也少不了一大批旅行社的推介。花山谜窟是个"谜",据考证,发现的这个石窟,有 1700 多年历史,后人无法猜测石窟是谁挖掘的,挖掘出的石料去了哪里,怎么运输的,等等。

查阅 1996 年版《中国旅游指南》(安徽卷),有屯溪老街、棠樾、呈坎等地的记载,却没有宏村、西递和花山谜窟。

"宏村、西递和花山谜窟是怎么出名的?"我问阮琼林。

"都是我们一个团一个团地带出来的!"琼林自豪地说。

琼林他们团队有四人:阮琼林、栾军、吴自力、汪更生。我戏称他们:"琼林栾子军,自力还更生。"琼林是原安徽省国际象棋队专业棋手,退役后"下海"来到黄山。栾军原是安徽口子酒厂的团级干部。他俩的闯劲和胆量比我大多了,其实年龄比我只小 5 岁。他们带我游景点,无须找导游,他们本身就是旅行社高管,让我的文史知识增加了不少。

我所在单位宣教科的陆翠云,有一次非要请我吃饭,追问后她道出实情:她拍摄的一张宏村南湖的照片获得摄影一等奖,拿到了奖金,她说多亏我帮助起了名字。照片是以群山为远景,古民居为中景,南湖平展如镜,几只白鹅嬉戏水中,一位老太太正在洗菜。我为其命名"淘尽尘沙"。听说,评委们赞不绝口,一致说是文化人帮忙点的题。我在同事眼里成了"文化人",不知是不是因为受了徽州文化的浸润。这饭当吃!

美食是旅游的一部分,不可或缺,至少是对旅地舌尖上的体验。徽菜是中国八大菜系之一,随着时代发展,徽菜也在不断创新和发展。都说徽菜重味重油重色重火功,究其原因:徽州多山,人们生活和劳作比平原地带的人要耗费更多的体力和汗水,为补充体内所耗,这里日常烹调的菜肴比一般地区要味偏重。山区里的水微量元素高,分解脂肪快,故食物偏重油。可供佐餐调味的山间野菜多,野菜色多深,油菜混合更显色重。徽地林木多,徽菜既讲究烈火干柴快炒,又喜以木炭文火慢炖,民间有"吃徽菜要能等"之说。每次到徽州,琼林他们必然要带我去品尝美食。美食是通向快乐的途径,对男人而言更是。徽州是徽菜起源地,实际也是最正宗的。每次到徽州,都有朋友接待。传说因去集市路途远,商贩担心鱼腐败,每走一段,撒一把盐,遂成臭鳜鱼品牌。琼林说:"过去的说法已不存在了,而今是用新鲜鳜鱼经数小时腌制加工而成,鱼肉如蒜瓣般,闻臭食香,回味无穷。"

桌上一片红黄绿紫,并非花篮,那是徽菜之一的"晒秋",有红彤彤的柿子、金黄色玉米、鲜红辣椒、紫色番薯、绿色黄瓜、褐色荸荠……还有蟹粉、薯豆泥、蕨菜烧牛肉、胡氏一品锅……

有一道徽菜——腊八豆腐,知道的人不多。琼林说:"冬日里做出来的豆腐,撒上盐,挂在檐廊下,白天日晒夜晚风吹。不及数月,坚硬如石,切片生食煮食,嚼劲十足,满齿留香。"我离开徽州,总爱带些回来,馈赠亲友。

朋友们怕我吃不好,每顿必是换不同的食馆。兄弟之情怎能辜负?一次大快朵颐、大碗喝酒后,朋友将我送上车。我提了百余斤重的 10 余块砚台,闪了腰,背后还留了一条条长长的血印痕。这痕怎么来的,至今是个谜,如花山谜窟之谜。

自力是个地道的黄山人,一次我去黄山时,他为尽地主之谊,从家里拿来两瓶白酒,缠我海饮。作陪的自力媳妇拦劝,豪饮会影响备孕。他见我喝酒的神态,如饿儿见食物一般。他看我饮,又看酒瓶,再侧身用祈求的目光看媳妇……无果,失望,垂涎欲滴的样子。

好在我饮酒,一仰头倒下,不曾发出咂咂声。或许对自力来说,饮酒声也是一种刑罚。

那次孤饮后,我又去过几次徽州。琼林、栾军已回肥不做导游,更生到深圳去了。琼林回肥后,与中国象棋大师许波联手,开办了天星棋校。说说许波,《安徽名人录》上记载:许波,中国象棋大师。因我常到棋校学习,加上琼林引见,我和许大师相谈甚欢。许大师在全国第五届运动会上,夺得第五名。别小看第五,那年独霸 10 年棋坛的胡荣华才获第六名。可以想象,那届一定是"黑马"辈出。

徽州新安江水流淙淙,黄山文化宫横幅猎猎。一排耀眼的美术字映入眼帘:中国象棋大师许波 1 人对 50 人的车轮大战!"大师,我在徽州。"听说许大师来,我迫不及待地打了电话。"仕旺,请来观战。"黄山棋院的人看我与许波以兄弟相称,以为我也是他原省棋队队友,对我殷勤招待,我已俨然以"二师"自居,幸亏当时未出手。

给我印象最深的当数更生,因为他帅。更生不高不矮,

那人・那事・那景 | 053

不胖不瘦,不白不黑,目光中透露出善和诚,语言和行为自然又得体。

我之后又去了几次徽州,心已不在景点,直奔屯溪老街"三百砚"店,为买文房四宝。

歙砚是中国四大名砚之一,初买时,我是门外汉,多亏栾军指点,他的姐夫是一家旅游用品公司的经理,所以栾军对砚台也有研究。砚石有新坑石、老坑石之分,老坑石意味着年代久远,石材坚硬,敲击时发出铮铮之声,石质表面上有黄色、红色、白色,像金属的锈斑。外行人以为材质不好,恰恰相反。石面上有金星(晕)、银星(晕)的,当属老坑石。石面上若有眉纹,如对眉、阔眉、卧蚕眉,更少见。砚台的镌刻,不仅看刀刻功,更主要的是看层次感和意境,技艺高超的工匠会根据石材各层次的色彩纹理细雕密刻。如上峰彩带,不浪费每一处天然的色块。至于给砚台取名配诗,更需工夫了。我在"三百砚"里,见了"春江水暖鸭先知"和"夜半钟声到客船"两方砚,惊叹不已。囊中羞涩,终没有买。

自从有人类以来,发生在徽州地域的大大小小的事情难以熟记。奇景属于大自然,人文景观多与名人雅士联系,然而这块土地,那人那事那景,有了属于我人生中的人文景观,每当到了徽州或想起徽州,我都时常回忆起属于我自己的徽州旧事。

重庆一日

11月7日。

我学习散文家刘白羽的笔法,交代下时间。

掐指一算,累计到重庆几次了,酷爱美食的我自吹对川菜那是如数家珍。什么鱼香肉丝、宫保鸡丁、水煮鱼(肉)片、辣子鸡、泉水鸡、板栗烧鸡、夫妻肺片、毛血旺、麻婆豆腐、回锅肉、东坡肘子、老妈猪手(蹄花)……不说了,免得人说我"好吃精"一个!

事务忙毕,美食尝过。哎,我想到了在重庆工作的小彭。来重庆的路上,我跟同行者说起小彭:大学毕业,22岁的小彭没有选择回家乡重庆,而是与恋爱的合肥女孩双双回肥,真正是"为了爱情"。

是准岳母嫌贫爱富,还是一对年轻人闹不和……坊间传闻不可信,谈崩了却是事实。遇此打击,小彭情绪虽受点影响,工作上还是勤勤恳恳,表现优秀。我当他的部门负责人有3年多时间,工作之外偶尔开导他。

异地无爱情,家乡有父母。2012年,重庆某区招文字秘书,他以优异成绩入围。重庆某区政府办副主任来外调时,我全程接待陪同。

之后我和小彭仍有电话联系,也见过面,但对工作,尤其生活未作过多了解。时隔8年多,他现在过得好不好?

我刚发出信息。"老领导,正出差在外,明天下午赶回来请吃饭!"小彭立即回电,诚意挽留。

"嗯……"我在犹豫。若等到明天下午,那还有大半天做什么?

"老哥,听说大足石刻不错?"同行者征求我的意见。

"好啊!"多出的时间有地方打发了,我正好看看石刻上的字!

"为什么称大足?石刻的内容有哪些?"车行途中,我预备了问题。

我有个习惯,每到一处,爱关注该地域的人文景观。事先不会主动上"百度"查询,怕"先入为主"的概念干扰兴致。

听导游介绍,唐武则天在位时用"大足"做过年号。50多年后,唐肃宗置"大足县"。

据说,武则天使用"大足"年号,源于一场骗局:武喜吉兆。某监狱命囚犯挖凿"圣人迹长五尺",冒充神仙脚印。为纪念"奇闻",乃立年号为"大足"。

不见正史,考评无据。现今重庆人把"大足"冠以"富足"的寓意。

以上是听说的,待我以后慢慢来考证。眼前的内容丰富又形神兼备的石刻,我不能错过。

大足石刻最早凿于 650 年,其后新凿作品不少。壁像建造的第一个高潮在五代十国。五代十国期间,北方相对混乱,朝廷对佛教发展采取限制政策。南方比较安定,帝王热心护教,间有续作。历史上的"大足县",属南方的蜀国。至此,大足县域内有大小石刻群 20 余处。

800 年前一个人的理想,丰富了一个地域的底蕴。在宝顶山石刻群入口,导游说道:"赵智凤,少年落发为僧,云游四方。20 岁时返乡大足,遵法持教,精心设计,命工匠在宝顶山雕凿。凿壁体量大,佛儒道三教同龛,内容包含教派经典故事。"

在一处雕塑前,导游解说的故事最能引起共鸣。说那"酒",佛家是严禁的;儒家不可酗酒,自可饮得,不可劝饮……你看,你看,那雕像里的饮酒者,像不像……

不知赵智凤修炼可成正果,群雕作品里偶尔能看到他的身形。他爱在自己的作品里"跑龙套",个别处的自塑像还置于群像之上,想必要"留垂青史"?

"希区柯克来过吗?"

"若没来过,怎么会学习俺们的古人?"我意是指:希区柯克爱在作品里给自己加"戏份"。

其实,身后的赵智凤已成为历史名人,看完石刻的人,都会惊叹这数百米长的数千件雕刻作品,都会记着"赵智凤"。

国家 AAAAA 级旅游景区、全国重点文物保护单位——

大足石刻旁,留下了一行人的欢笑和身影,暂表至此。

半天将尽,小彭电话催急,他火急火燎地从差旅地返回,已在市内中央公园等候。

见面后,不免寒暄又打望——此处"打望"非四川方言里的"打望"的意思——毕竟多年没见面了。小彭没怎么变化,像是瘦了点。

经一问一答,得知他婚后生有一儿一女,爱人是机关正科级干部,他本人也升为区政府办公室副主任(副县级)。我为他高兴,因为曾经在工作中带过他。

虽为"忘年交",但算是老朋友。逛完公园,小彭引我等一行步入早预订好的"百味江湖"大酒店。

"才4点多钟!"我意,不吃饭了,见上面就行。

"老领导,陪您吃川菜!"

他的话,让听者一阵阵感动。不怕领导讲原则,就怕领导没爱好。看来,他还没忘我爱吃川菜。

难怪小伙子进步快,点的菜有几个我都不曾见过,当然没吃过,让我垂涎三尺。

有一种菜,像花菜,叶片介于菜花和菜薹之间。"叫什么名字?"我问。

"儿菜。"服务员解释说,"这菜又名'抱子芥'。"仔细看,菜叶膨大,呈多塔状,如多个孩子围在母亲周围。难怪该菜又名"抱子芥"。

又见端上来一大盘子如毛芋组合的食品,上窄下宽,有点像脚趾。小彭介绍说:"这是脚板苕。"

"我们怎么没见过?"

"主要分布在四川、湖南一带。"

原来是这样,长见识了。原来我有那么多的川菜都不知道,看来,我以后得少吹牛。

品美食,听美言,老夫酒胆渐开张。没料到,酒过三巡,小彭隆重推荐了"邮亭鲫鱼",随之的解说令人难忘。《大足县志》记载,大足县域内有许多铺、驿,古时南来北往的人停留在邮亭铺。一些精明的渔民便在路边开起了鲫鱼店,熬鲫鱼汤,供过路人食用。不料,这里煮出的鲫鱼以其味鲜、肉嫩,赢得广泛赞赏。天长日久,生意日渐红火,邮亭鲫鱼声名远播。

说这小彭也是,这许多好吃的,吃吧,别说话了! 偏偏,边吃边喝边说。

"老领导,敬您一杯!"

"敬过了,干吗又敬啊?"我在考虑不能误了晚上的飞机。

"当年老领导考我的题目,现在已作为我考新招年轻人的题目了!"

小彭的话,引起了我们的共同回忆。两人竟然把 8 年多前的 12 道考题和答案又复述了一遍。

"来,再干一杯!"我爱激动,尤其遇到捧场时。

间有穿插喝酒,有同行者担心我喝多,阻拦说:"儒家建议,自饮勿劝!"

喝酒的理由差不多用完了,这下可要收场了吧!谁知,在办公室工作过的人最会找喝酒的由头。

"当时来外调时,老领导语言至深……"小彭酒量不济仍顽强。

"我说这话时,你不在场啊?"

"李主任事后告知的!"

我终于在酒劲中明白,原来有些人咫尺天涯却情义永在,后来小彭和李主任在一个单位。我那次是说了:"若不是年龄,我都考虑选小彭……"

临别依依。"老领导,再住一晚,明天去参观重庆谈判纪念馆?"小彭还有意留我。

"不了,留点遗憾待下回。"

一日的历史、雕塑、宗教、美食方面的学习……还有忘年交的情义,真的是收获满满。

期待,不久后我与小彭的下次见面,在重庆!

2020 年 11 月 11 日

品赏厦门

去过厦门不少次了,但这次算是最认真品赏这个城市的。厦门,明洪武二十年(1387),因在嘉禾屿筑厦门城而得名。顺治七年(1650),驻守在此的郑成功设思明州。正巧,这次我和同事们入住在老城中心的思明区。

一大早,天未完全亮时,我独行中山路步行街。还是我30多年前第一次见到时的模样,大多是不高的三四层楼,骑楼的建筑风格。我顺着古城东路绕了一圈。

哎!这是什么?我看到几处老宅门檐上悬挂着类似于京剧脸谱的装饰品。细看那物件,狮面,额中刻有"王"字。问匆忙的过路人,回答说"可能是做面具的店家"。我感觉牵强,难道这里会有许多做面具的店?古街东边墙上的文字说明为我解了题。这个物件名叫"狮剑"。相传,郑成功所属水师兵士操练后返家,便将狮头盾牌挂于门上,把刀剑横插在狮口,便成了威严勇猛的"狮咬剑"。宵小见了,不敢近前。于是百姓纷纷仿效,寓意镇伏邪魔护民安宅。

几家亮着灯的早点店,门可罗雀,只有我走过又走回。

一家"同安大肠血"的店招,促使空腹人胃液分泌。

"什么是大肠血?"我问男店主。

"吃了不就知道了吗?"

见我已掏出钱,老板娘忙说:"现在还不行,要等一个小时后。"

我等不了。看到"同安大肠血"的介绍折页:这道小吃,是用猪大肠包猪血,再用文火煨制而成。猪血有补血和清尘的功效。

老板娘在忙着择菜、洗菜。我讨好得嘻嘻哈哈:"老板,我帮您择菜、洗菜?"

言下之意当然是想早点吃上大肠血了,对我这个烟瘾大的人来说,清晨做"清尘"是多么重要!

老板和老板娘忙得的确没有答话的时间。

我讨了个无趣,便独自翻看小吃介绍折页,先饱餐一顿视觉盛宴。吃不上,看看总行吧!

有一道小吃的名字很引人注目——燕皮扁食,又名肉燕、太平燕。据说是福建风俗中的喜庆名点,皮是用猪后座肉,用木棒一捶一捶捶成肉泥后,加入适量番薯粉,制成半透明纸样薄片。包上肉馅,煮熟后,形如飞燕,口感爽滑……

老板见没得到吃的仍坚守的我,有一搭没一搭地回着话。我决计换个店试试,不是怕影响他们做事,实在是"胃兄弟"已经抗议了。

天渐亮,闻香识美味。我走进了一家名叫"木金"的老字号早点店。

"吃什么?"

"什么最好吃?"

"沙茶海鲜面、海蛎煎……"

"好!快上。"

问答只需几秒,我品尝得极其精细。加芥末,加辣油,加胡椒……搞得像卓别林,反正那调料不要钱。

海蛎煎曾吃过,倒是这"沙茶海鲜面"第一次吃。味道鲜美,蕴含在内的故事感人至深。相传18世纪末,厦门普陀山脚下,一少年父早死,与母相依为命。一日少年出海打鱼,被巨浪卷走。之后10年,少年杳无音信,绝望的老母亲哭瞎双眼、味觉尽失。幸运的是,少年被一艘商船救起,留用当厨。少年发现异邦做菜时,喜欢放一种叫沙茶的调料。更幸运的是,10年后,母子重逢。少年悉心事母,熬制骨头花生汤,加入沙茶,果然香气四溢、鲜味奇绝,母亲的味觉慢慢恢复。

一上午,同事一行登上海上花园——鼓浪屿。魅力琴岛,蓝天碧海,倚海风,豪兴徜徉。听当地人介绍,岛上一步一景点,美食吃不够。果然,馅饼、老婆饼……当然品尝到了大肠血和太平燕,就连那大油条,都带有海鲜味。

不同地域的植物不同。在一处水果店门口,我和几个同事不想走了。为啥?见一样黄色带红,形似拳头大的带尖刺的圆形水果。年过半百的人没见过也没吃过,问是什么。

"火参果。"店主答。

"怎么吃?"我等又问。

同事买单,我一入口,坏了坏了,这果甜得觑人,高血糖的人暴殄天物了一把。

人,是物质和精神的综合体。时间紧,我们一行几个快奔60岁的人攀不动日光岩,顺着沿岸道路,径直拜会郑成功,脱帽低首英雄前。

"郑成功是厦门人吗?"在郑成功雕塑面前有同事问。

"英雄不问出处,正如到了杭州,千万别说苏东坡是四川人。"近现代厦门的精英有许多,林巧稚、钟南山……

文章的标题说"品"和"赏",过去为文明创建、灯饰工程、招商引资、垃圾分类等我来厦门学习过多回。此次,说这许多,差不多都是品了,品美食啊!世界读书日

两餐同品尝

一道谜语,打安徽一地名:男人的工资。谜底是全椒(交)。

说全椒,你未必清楚。若说到《儒林外史》和吴敬梓,你会恍然大悟。相传古代高阳氏在域内椒陵山建古椒国,后为全氏居住,历史上曾数次在此设治。全椒与六朝古都南京、琅琊山风景区呈"三点一线"。

许多次从全椒经过,都想去祭拜吴老师,因事务繁忙总耽搁。在中学课本上曾读过"范进中举",那是选自《儒林外史》第三回"周学道校士拔真才　胡屠户行凶闹捷报"。及至捧读几遍,才算体会到对封建科举制度批判的辛辣和讽刺的入骨。清晰地记得:散着头发,满脸污泥,鞋都跑掉了一只,兀自拍着掌,口里叫道:"中了!中了!"胡屠户凶神似的走到跟前,说道:"该死的畜生!你中了什么?"一个嘴巴打将去。

天气炎热,我们一行坚定地要去见老师——吴敬梓。

车进县城,空气清新,环境整洁。

"看!廊桥。"同事被美景吸引叫了起来,但见襄河水质清澈,两座廊桥凌空飞架,东西向的河流如美人敞开的玉臂。河流不远处有楼台亭榭,更远处有隐隐山峦,好一幅古朴风景画。

车停尊经阁,大家肃然仰望,全椒尚学之风由来已久。

那一片密实树木深处,正是吴敬梓故居。大门两侧四个一米多高的旗杆石,足以说明故居主人昔日的荣耀。

进入大门,苏州园林风格的建筑映入眼帘,占地 5000 平方米的故居分若干个展厅,展示吴敬梓家族生活的场景。

能被当朝皇帝赐书赐匾,是件十分光耀门楣的事,吴家因四代六进士幸得殊遇。"赐书堂"里有数十幅近代书画家、文学家的纪念作品,不见皇帝所赐的书。"赐书堂"牌匾是根据皇帝手迹重刻的。讲解员说:"故居是按近 300 年的历史记载于去年重建而成的。"

吴敬梓一生未仕,穷困潦倒,变卖家产,赴南京谋生。吴敬梓广泛接触社会底层人物,洞察世态炎凉,为创作鸿篇巨制打下了基础。有一组群雕,刻画了吴敬梓与文友的宴聚场景。

有一尊根雕刻画了吴敬梓的形象。雕塑有三处值得一书:下唇上有一块如青豆般大小的天然黑点,喻示饱读诗书;中部突出似书卷,做手不离书状;从身后看,头部后面附在主干上的稀疏的根须,似不拘一格的散发之态。该作品多次在国际国内展览会上获奖。

讲解员告诉我们"椒不点元"的由来:吴敬梓的曾祖高中

探花,曾祖辈有一先人本应点为状元,因为字写得一般,屈为榜眼,这是有众多进士的全椒区域内获得的最高名次。

《儒林外史》说的是前朝的非正史的事,外史像是说坊间传闻。在风声鹤唳的文字狱时代,吴敬梓只能用此笔法。故事的结尾不封神、不排座次,排出了"幽榜",把已入阴间之人,堂而皇之地列为科考的佼佼者。

走出吴敬梓故居,已是夕阳西下,竟不知在故居里流连了几个小时,感觉到肚子咕嘟咕嘟叫。天气炎热本身体力就消耗大,同去的朋友要补充能量,我说随便找个地方喂完"脑袋"就回家。

根据老乡们的指点,我们来到县城的一家饭店。室雅何须大?未想到,这室不仅雅还十分有名。饭店墙壁上挂满明星到此用餐的照片,缘何县城小小的饭店有这等声誉?

人文鼎盛,物华天宝。这是一处非遗文化——儒林宴,该宴是在全椒乃至皖苏两地餐饮业驰名的一席乡土名宴。宴称儒林,自然与乡贤吴敬梓有关,与《儒林外史》有渊源。烹饪大师们多番艰难搜集、整理,采《儒林外史》里的菜点之精华,集地域乡土之珍,糅农家之传统技艺,弘扬儒林美食文化。

听大堂经理的介绍,我好奇起来。说红楼品美食,那《儒林外史》和《水浒传》差不多,无非是大碗吃酒、大块吃肉。

大堂经理引我走入菜品样品区。我的疑问随之而来:"这是什么菜?"在农村生活过10余年的我也不识。"来一盘!"没见过的我怎能错过?

只见过黄、青、紫三色的茄子,第一次见白色品种。"怎么做?""煎炸炒糟红烧都行!"茄子还有这么多做法,不甚好奇。

牛首豆腐干系牛首山居民用山上泉水制作,无论油炸还是白煮,筋道十足,嚼不胜嚼。

我吃过许多种类的包子,如富春、狗不理、耿福兴包子。今天却第一次吃到腐皮包子,荤、素及搭配的馅就有数十种,酱醋椒盐随意蘸,风味不同,味觉的快乐真难以用语言形容。

神仙鸡、探花鱼上桌,不等大家询问典故,早有人垂涎三尺,"双节棍"和"五爪龙"缠绕不休。

"来,干杯!"一个提议,我等工资全交的爷儿们咸与响应。我们不能不激动,是因为近期的工作完成得不错,是因为意外地学习了新的知识,良辰美景、赏心乐事,应有尽有,文化和美食两项大餐一起品尝,岂不快哉!

古木逢春

几天前,我被告知有一个为古树名木换牌的活动需要参加。我问:"为什么要换牌?"得知新牌上有二维码,扫码可以看到这株古树名木的历史、习性等相关信息。科技改变生活,古树名木早已成为旅游景点。

一是应对专家、领导的问,不能当"门外汉";二是林木方面的知识吸引了我。我应急学习了一把:古树名木分一、二、三级。辖区有古树名木39株,品种有朴树、银杏、榔榆、麻栎(Ⅱ)、广玉兰、薄壳山核桃、白皮松、浙江桂、圆柏和侧柏等。"作为市树的广玉兰是本地树种吗?"去参加活动的路上,我惜时如金。身边一位工作人员说:"美国树种,李鸿章访美时带回来的。"回答问题的人加了旁证,"李鸿章给了部下刘铭传几株广玉兰幼(树)苗,现在肥西刘老圩就有许多广玉兰树。""临时抱佛脚"学的毕竟有限,我仍有许多疑惑:枯木能逢春吗?本地树种和外来树种哪个长寿?……我想待专家来再求教。

专家和领导来了,区林业部门的人向我作介绍。那带队的领导不正是市民政局曹晓红副局长吗？

听说，曹局长最近才调任市林业和园林局副局长。"一年前曹局长带我去拜望百岁老人，现在又带我为300多岁的古树挂牌。"我兴奋起来。

在逍遥津公园水榭旁，我和曹晓红副局长共同为307年树龄的朴树换了新牌。有一位75岁左右的老者，爬上了一米多高的护栏和石块；另一位60岁左右的小老者用身体做人梯做保护状。经介绍，两位分别是安徽农业大学林业和园艺学院的老院长束庆龙、安徽林科院的胡一民教授。他们在干什么？哦，原来是在查看环氧树脂涂层。

两老者检查完，一行人围着307岁的超级老者交谈起来："涂层和树脂的冷热伸缩度不一，已出现裂纹，雨水会渗透进入树心和树根，对古树名木影响极大！"我和林业部门、公园负责人表示"两日内修复"。

机不可失，表了态的人又虚心学习起来。两位专家所答皆应了我们所问：树根的生命力最强，会孕育出新芽；每个树种，都有适宜生长的经纬度；树木若长期不授粉或染色体不变化，会产生雌雄同体的奇特现象……

当听到专家说"广玉兰树是李鸿章从日本带回来的"的时候，此前说"广玉兰来自美国"的那位身边工作人员不自然了。

"抽烟抽烟……"我忙散香烟。若是在酒局，"喝酒喝酒"是我的转场导语。乐意这般做，是因为广玉兰是外来树，毕竟是身边那个工作人员告诉我的。

几人"腾云驾雾",不抽烟的人围圈问惑。

"说那李鸿章,抽起香烟来,除了嘴巴一张一合、胸脯一起一伏,整个身体如雕塑一般,盖过后生的阿兰·德龙、马龙·白兰度、格利高里·派克、罗伯特·泰勒、莱昂纳多……"谁说专家不幽默?!

转场到另一处,正准备为有327岁树龄的古树换牌,见到不知是谁早已挂了牌子。"早有蜻蜓立上头",这里便是"早有牌子挂上头"。想必是小区主管单位挂的?细心人的话提醒了大家。那早挂的牌子上注明"2021年4月,树龄328年"。我们即将挂的牌子上注的是"2021年7月,树龄327年"。前后才3个月,树龄咋会小了1岁?古树名木经专家确认,每5年发布一次。可能早先挂牌的单位,是从发布之时算起,也可能此次是按照发布时的树龄做的牌子。结果只有一个,现场不便深究。一行人的共识是:只能挂一个牌子。新牌挂上,老牌被取了下来,两位专家没有离开的意思。又怎么了?但见两位专家一人低头一人昂首。束院长绕着银杏树树根四周看:"这里硬化太多了!围栏太小了!"听到工作人员的表态声和咣咣的拍胸脯声,束院长这才住了声。

胡教授指着树杈对大家说:"那上面长有一颗枸杞,又长有一颗乌桕。"专家一丝不苟令人钦佩,树叶遮盖光线暗,无处遁形两小样。

同事非情侣,临别也依依。我告诉专家和领导,辖区内尚有80、90岁的树木数十株,待到百岁成古扬名时,请各位专家和领导一定要来指导!

2021年7月22日

转场相伴几十年

从参加工作到如今,我供职了七八个部门,也换过七八次办公室,但《古文观止》一书转场相伴我几十年。

并非过分谦虚,上中学的我是现代文不通,文言文接近为"盲"。高中快毕业时才听说过《古文观止》,如耳旁风一样,并不在意。我的一位语文老师是个《古文观止》迷,听说他能把全书从前背到后,从后背到前。

他上课时,不教我们读课本上的文章,除了对朱自清的散文有几句褒奖以外,把其他的现代散文家说得几乎不值一文。他极力推崇我们多读古文,尤其要读《古文观止》。"什么叫《古文观止》?"我问同桌。"不知道!"那时是按学习好与坏分配座位的,一班60余人,有考大学希望的同学座位靠前,苦了我和同桌坐后排,本身也听不清楚。印象中,老师选讲《古文观止》中的《陋室铭》一篇,老师紧闭双眼,微晃着头,完全是自得其乐陶醉其中的样子。记得有一句:"南阳诸葛庐,西蜀子云亭。"我听了后不太懂,初中语文课学过《出师表》,文里有"臣本布衣,躬耕于南阳……"。前一句肯定是讲诸葛亮的,后一句"西蜀子云亭"就不懂了,只听说三国中赵云,字子龙,"子云"是不是子龙兄弟?也就按下不表。

参加工作后,周边有喜爱古文的同事,一次在政府办公室见到一首书法的古文,上面写着"夫天地者,万物之逆旅也……"。我问是谁的作品,那位秘书看了我一眼。我好生窘迫,这时才想起去买本古文书,想借读一读来提高自己的"内涵"。买什么古文书呢?首先想到的是《古文观止》。新书买来后的几天,跳跃着选看几篇,感到文章晦涩难懂,不少字不认得,查字典更累,因为我一直对汉语拼音的声母、韵母记不全,发音差别分不清,如"n"与"l"。

于是《古文观止》被我束之高阁了。

一次我参加区里的文化活动,区教育局原局长,后升任区政协副主席的高友焕的讲话,引经据典,妙语连珠,他令我刮目相看。但见这老头皮肤黝黑、衣帽不扬,他哪来的那么多学问?身边人说:"高友焕口才好,文笔更了得,《古文观止》能倒背如流。"

什么?又是《古文观止》!难道这《古文观止》是古文宝典、国学秘籍吗?

腹有诗书气自华。我不想学富五车、才高八斗,我只要有"三斗",哪怕"一斗"也行,总比没有要好啊!

"一斗"也要靠学来,不可能与生俱来。高阁之上的那本书被请下架了。就这样,我与《古文观止》算是正式结缘。

我不太厌烦地阅读起来,初尝甜头地解了两个疑问。办公室的那篇诗文《春夜宴桃李园序》,原来是李白的。"子云"是汉代学者扬雄的字,他在蜀郡成都的住室名为"草玄亭"。"西蜀子云亭"的疑惑无声地伴了我好几年。

从那以后,《古文观止》与我形影不离,一直伴着我。

我的性格喜动怕静,属于"风风火火、浪奔浪流"的那种闲不住的性子,干了不少年的文明创建和城管,屁股不爱坐板凳。组织上调整我到办公室,专司办文、办会、办事之职,这种岗位适合有"扎钉"精神的人来做。"仕旺,估计你干不到两年,就会被调整的!"章炯、吉武、必海熟知我的性格,三位老哥的第一感出奇地一致。让三位老哥等许多人惊讶的是:我竟然在办公室"扎钉"了六年半。他们百思不得其解。

这个"解"就是《古文观止》。工作日忙忙碌碌,时间不够用,我不会觉得急。节假日、双休日值班,无事时百无聊赖,办公桌抽屉里幸亏有这本从上个办公室跟来的《古文观止》。

《古文观止》是清朝吴楚材、吴调侯叔侄俩编选的,载有从周到明各时期散文222篇,自康熙三十四年(1695)问世以来,雅俗共赏,流传四方,影响广泛。

万事开头难。初学时,我有很多不懂的地方,有时专攻一篇费去半日甚至整日,遇字词不懂处就查字典。时光向前跑,书中留下了我不自量力的批注,算不算"仕旺解书"呢?

与日俱增的还有书中我做的点、圈和线的记号。

我的语文功底较差,这怪不得"文化大革命",虽然上小学、初中时,爱读书的人不多,但学成的人也不少啊!

我学《古文观止》如写倒笔画的字一样,针对自身情况,摸索适合自己的学习方法。一是重读原中学课本中的选文,如《石钟山记》《曹刿论战》《捕蛇者说》等,毕竟读过,有过第一印象。二是读篇幅短小、易于记诵的,如《陋室铭》《春夜宴桃李园序》《读孟尝君传》《杂说》《师说》。三是,别人读书是从前向后读,我读《古文观止》是从后向前读的。文言文的难易排序是由远及近的,明文相对于宋文、唐文、汉文来说好理解。四是选读译文,再文言与译文对照着读。专家说:"译文是拐杖,只有熟读原文,才能提高。"我相信专家所说的,我这种读法也是不得已之法。五是反复看注释,《古文观止》的注释中有作者介绍、作品风格,注释中典故多,可以算是典故大全。六是学以致用地读,每次我出差去外地之前,都会提前做功课,翻阅《古文观止》中写那个地方的文章。

"熟读古文两百篇,等闲可过文言关。"持续几十年的泛读,加之有选择性的精读,我自诩文言文勉强合格,对一些文章和风格渐有了解。唐文、宋文占全书一半篇幅,散文八大家的文章各具特色。柳文同情苦难,托物言志;欧阳文跌宕唱叹,疏淡自然;王文眼光锐利,见解深刻;韩文善鸣不平,曲折自如;苏文立论新奇,汪洋恣肆……不一而足,前人已有"韩潮苏海"的赞誉。

文有钟情和偏爱,读书的人都有欣赏的美文。人说,读《陈情表》不哭不孝,读《出师表》不哭不忠,读《赤壁赋》不思则冈……

1989年冬,我与居辉、老胡三人出差到黄冈,去了一趟赤壁矶。他俩半小时看完,我在里面看看碑文,听听解说,登栖霞楼,睡醉卧石,磨蹭两个多小时才出来。

读书读着读着,我兼学了地理和考古。如"阳"字,为山之南、水之北。衡阳在衡山之南,洛阳在洛水之北,又有佐证,《登泰山记》中的"泰山之阳,汶水西流……"。庐阳,是庐江之北吗?自引来一番考证。自以为"阴"为反指,肯定。初读《兰亭集序》,文中有"会稽山阴之兰亭",直到自己到兰亭,怎么辨方向,这兰亭都是在山的南面。不对啊,山之阴是指山的北面吗?查注解、翻资料,原来,会稽郡的郡治设山阴,山阴是个县名,即是今天的绍兴。学古文又学地理兼考证,读《古文观止》,反正横竖怎一个"累"字了得。

恍惚间,几十年过去了。我读《古文观止》,年轻时全不懂,中途懂不全,重读多少遍后今日的我还是不懂的地方太多。

《古文观止》编选的目的是"正蒙养而裨后学"。我读《古文观止》是一个随时都可能中断的过程,基于此,《古文观止》才与我转场相伴几十年。我不知重读了多少遍,每读一遍犹如牛、羊的反刍,不断地帮助我消化和吸收。

估计《古文观止》还会陪伴我的余生……只不过转的场未必有幸还在办公室喽。不管在哪,我都不会丢下对我几十年不离不弃的《古文观止》!

我与公麟美术馆

与人或事的联系,总有个由头。

早见公麟美术馆的招牌,是在工作路途的车上。一日,书友孙本全带一位名叫朱敏夫的画家来。"咋啦,开始学画了?"我调侃书友。

原来画家的来意是:美术馆的创办,申报备案等程序都在市级完成,与所辖的庐阳区没能有效对接。

朱敏夫递上名片,想汇报来意。

"我……我……我……"我犯难了。一是区文联尚在筹备期,二是我的分工不联系这块。

"不分管没关系,欢迎莅临指导!"朱画家亮明态度。

等画家离开后,我按"名"索骥上"百度"。朱敏夫,字寿石,号半日闲居,中国美术家协会联谊会会员,现任公麟美术馆馆长。想起馆长几次屈身以求,我自感略有失礼。

前事不表。有了初次,又禁不住一再的邀请,再说为辖区单位服务,也是各级政府职责。经书友孙本全回旋,区领导同意实地调研,我愉快地陪同。就这样,我第一次走进公麟美术馆。

在李公麟的巨型雕塑前，一行人定格成影。馆名确定，因李公麟而名。李公麟，庐江郡舒州（今安徽桐城）人，北宋著名书画家，被誉为"宋画第一人"，与苏东坡、米芾、黄庭坚交情至深。听完介绍，有感于斯，馆名用安徽名人以冠，弘扬历史文化，契合传承之意。

再说那办馆之人——薛永传，合肥庐江人，合肥市印刷协会秘书长。从交谈中了解到，薛永传受师启蒙，自幼喜爱书画，先后师从界内多位名家。他创作激情迸发，少时情结复苏，企业家情有所偏，便斥资打造美术馆。

事实上，公麟美术馆秉承"学术立馆"的初心。开馆一年多，就举办了凤仪华韵——中国凤画作品展、当代名家作品展、光辉历程红色经典——第六届全国架上连环画合肥站巡展等20多个展览，线上线下参观人数达500万。

有句话：朋友是道路。我有别样的理解，就是"朋友是老师"。对画一窍不通的我从公麟美术馆那里学得了一鳞半爪。

第一次调研，理事长薛永传一高兴，搬出了镇馆之宝——一幅凤画。凤画，又称龙凤画，起于明初，首批省级非遗，安徽民间艺术三绝之一（另外两绝分别是灵璧钟馗画、天长判官画），安徽凤阳传统工艺美术品。

如薛理事长介绍所说："画中凤的造型为：蛇头、鹰嘴、如意冠、龟背、鹤腿……"

都说女人最怕蛇了,可观此画,现场的美女们也想摸摸那蛇头。

"架上连环画和钢笔画有什么特点?"我两次参观画展时做起了爱提问的"小牛顿"。

"架上连环画主要是画面大了。"馆员说。

"也是,过天命的人易眼花。"我观画时就没戴眼镜。

"画纸是宣纸吗?"又问。

"有宣纸有卡纸。"

"卡纸?"再问。

"卡纸有一定厚度,纸面细致平滑,坚挺耐磨。"

"钢笔画?"

"画法的一种。钢笔画以往只作为书刊插图,现今可画大画小,用途更加广泛。"

学习是终生职业,学习有无穷乐趣。我想学,也乐为辖区单位多服务,然而心头永远有个结。我分工不联系这块,按家乡口语说"神智无知韶道八基"(意为越俎代庖),被人议被人贬!

这日,我又犯难了。公麟美术馆举办一个全国性的画展,邀请函已发来。

"请联系宣传部部长!"我想做个随行人,哪怕做个暗中相助的人也成。

再次收到邀请,我感觉到了美术馆的难处。

不再说什么了,算作默认。担心引来误解,我和办公室主任这般商量。

办公室主任按商定的程序过了一下,正好分管文化的同事出差在外。派单交来,我愉快地接受,心中一阵窃喜。师出有名,且帮助补台。

"老哥,中国美术家协会分党组书记徐里写来的贺信,请您宣读?"听得出朱馆长语气里的求助意。

"好的,议程只写宣读贺信,不写宣读人。"我想做个无名者。

我愿公麟美术馆的活动越办越好、事业越做越强!

三 月 花

三月三日天气新。杜甫写的是农历,我写的是阳历。合肥市文联和作协一行来庐阳区三十岗调研。

庐阳区三十岗乡的地域文化具有多元性。庐阳区文联、三十岗乡政府围绕地质、库区、三国历史、书院、诗词等方面作了汇报,大家进行了深入交流讨论。

庐阳古城来作家,应了开篇的一句话。合肥市文联和作协的老师们选择了几处实地采风,一路同行,我介绍起来。

三十岗乡曾用名"火龙乡",先后划属肥西县、岗集区(后又属于1965年成立的长丰县)和郊区。2002年3月6日,三十岗乡划归庐阳区至今。

三十岗乡地处江淮分水岭,属典型丘陵地貌,山岗起伏交错。又有一说,因32.46平方公里域内有30多个大大小小的岗头,得名三十岗。

《三国演义》的故事家喻户晓,三国故地遍布大半个中国。"合肥新城",因名而得,合肥独有,幸而就在三十岗乡境内。三国时期,魏将满宠上疏提出"移城御吴",建筑"合肥新城"的战略方案。曹睿批建。2003年,合肥市政府依据这座军事古城遗址原貌,建成了"三国新城遗址公园",供人们参观。

在这块土地上,还走出了清代诗坛的"父子双星"——李天馥和李孚青……沉重的苛捐杂税使百姓家破人亡,手捧诗集《枣巷行》,满目辛酸,不忍卒读。

在清代诗人李天馥的族墓前,有人问可有李天馥的墓。

"当年考古时发掘出了石马石人。"村书记给出辅证。

"没有一定身份地位,墓葬没这个待遇。"作家刘振屏说。

"李天馥祖辈在朝廷做过大小不等的官,某世祖始居合肥,李天馥任工部、兵部、刑部、吏部尚书,近世祖以李天馥贵,被朝廷诰封官衔。"民俗专家王贤友认为可能是族墓群。

"康熙三十八年(1699),李天馥死后,谥'文定'。经天纬地,大虑静民。历史上受此厚待的人并不多。"有人坚持说不是李天馥的墓。古时为了防盗墓,名门望族会设置虚墓疑冢。

这墓,到底是不是李天馥的墓?一行人考起古来。

暂时没有答案,转而吟起李氏父子(李天馥、李孚青)的诗来。"树中有鸦噪,妇已悬丝绳""惆怅昔贤遗迹杳,青山无尽路茫茫"……杜甫诗风再现,忧国忧民情浓。

作家们对"火龙地"的传说很感兴趣,非要到实地看一看。相传,此地坐落在两条"龙"之间,当地居民砌炉灶时,只能拐烟囱,不能直砌。看了拐烟囱,作家们又要看那券顶房。

"这不是安徽民居风格……"合肥市作家协会主席洪放在圆弧顶的房屋内琢磨着。

"在这里住了有60年。"房主回答我们的问题。

房主告诉我们,20世纪60年代,国家在董铺水库岛上建科研所,他们搬迁至此。

哦,建这券顶式民居,是仿苏建筑风格。

鸡鸣三地和姚庙在一个片区,顺道看了东西两条泪河,差点让一行人都带了两行清泪,因一段缠绵悱恻的爱情故事。

来点愉快的吧!姚庙遗址处,有一棵高约15米、直径约80厘米的重阳木,快要发新芽的样子。

"树有多少年了?"

"60多年。"一名乡干部答。

重阳木,又称千岁树,寓意高风亮节、品行端正。听说摸一摸可以消除灾祸、延年益寿,一行人又是看又是摸,还搂着照相。

"60多岁不止。"合肥市文联主席陶兴林望着我。

"有无老者住在附近?"我问乡干部。

"有、有!"

"请教林业专家,结合老者的回忆。"

乡干部说一定把树龄考证出来。名木下花开蝶绕,一行人笑靥如花。

2023年3月3日

神奇的云南

这块土地为什么叫云南？是"彩云之南""云岭之南""云之南"，或是其他原因，我不想深层次考证。地方总得有个名，叫什么都行。若没有，或少有与众不同的地方，是不配称为"神奇的"。

刚下飞机，是晚上7点多钟，走出灯火通明的出站大门，我辨不清了方位。门外接站的人高举着牌子，远远看到"合肥超俊"的字样。超俊是我们团年龄最小的帅哥，貌如其名。

云南给我们的最初印象是边缘地带、蛮荒之地。我们团的5个人，大爷、大姐、长春、超俊和我都未曾来过云南。在车上，接站的小姑娘向我们介绍了许多关于云南的风土人情，云南多山水、多民族、多气候、多动植物……这多那多，哪能不多神奇怪异之现象？团员各自听进去了多少不得而知，但大家都关注到了这个约20岁的美女，姓何，傣族姑娘。

39.41万平方公里的云南，山地和高原占全省总面积的94%，海拔高度相差6000多米，热、温、寒带气候皆有之，这也是"一天穿四季"的根本原因。

小时候打过一个谜:四季如春——打一城市名。谜底是云南省昆明市。走在昆明大街上,给人不冷不热的感觉,"四季同穿戴"说得名副其实。曾经对石林的印象来自香烟盒烟标里的景,人又怎么能走得进去呢?而今身在石林中,石之林仿佛在日月精华滋润下如笋拔节,如竹生长,恨不高千尺,直长云天外,"云天为之破,其锷未见残"。石之形,高者为"岩",危者为"崖",立者为"壁",耸者为"峰",这里的石称为"林"者,真奇!1998年,当地拿石林这个风景名胜的名字替换了原来的县名。这很能理解,不也有把大庸改为张家界的吗?你能改,咱咋不能改呢?石林市比"西门庆市""夜郎自大市"有诗意多了。

水能穿石也能刻石,这石林经2亿多年才得以形成,地表水和地下水如一把永不生锈的雕刻刀,一刀一刀地把可溶的石灰岩刻削成森林的模样。电影《阿诗玛》享誉世界,其拍摄地就选在这里,当地主要生活着彝族、苗族和壮族。我和超俊、长春扮着阿黑哥模样,把彝族支系撒尼人的包头、围腰、背包、花鞋等,都装进我们的相框里了,轻便得不需携带。

云南少数民族有许多节日,如火把节、泼水节……每个节日都有由来和传说,有的甚至有多个版本,可惜我们未能遇上节日。

对云南的最初印象来源于影视作品和文艺作品,电影有《五朵金花》《阿诗玛》《景颇姑娘》《摩雅傣》,还有杨丽萍的孔雀舞。我竹筒倒物全倒了,知道的就这么多。儿时见过一张电影《摩雅傣》的海报,女主角是秦怡扮演的。过去的年代里不知有多少人把她的照片放在钱夹子里珍藏,莫不是傣族姑娘都这么漂亮?正是,何导就是!

来到西双版纳,傣族地区的姑娘大多着短褂和筒裙。这筒裙简单得很,一块花布首尾相接,形成筒状,罩住下身,三折两裹,往腰间掖紧,不仅显腰身,而且穿脱便当。长春买了个筒裙,实则是买了一块大花布,急着让小何教他,怎么罩怎么披,他说回家送给老婆。

在丽江古城街上,我喜欢上了一幅大理石画,画长1.2米、宽0.7米,画面显得十分特别,黑白相间又融合,图案上方几处深色印迹似海鸥在退潮的暗礁上方呈飞翔状,画上方题有"潮落天方晓,海鸥逐浪飞"句。我担心空运会碰碎大理石画,一路央求安检人员,幸可随身扛带。画约有50斤重,团里的爷儿们轮流帮我扛着,原来提拎行李的手不够用了,团里唯一的女同志——大姐,不得不增加行李件数了。

在昆明穿着感觉舒爽的衣服,到玉龙山脚下就显得单薄了。玉龙山山顶积雪终年不化,宛如晶莹的玉龙横卧山巅,故名。生活在山下的纳西族创造了涵盖天文、地理、文学、音乐等的东巴文化,一副对联说得好——"玉龙山下琼花烂漫,白沙细乐源远流长",我们在山下见到千年茶花树,参与白沙乐队的即兴表演,在山间与纳西族姑娘跳起集体舞。

云南各地有各地的特色,各民族有各民族的服饰和习俗,民族性、地域性又促成了文化的差异性,真是神奇!

泰山之行

1984年夏天,我一个人去游泰山。

咋一个人呢?那年我20岁,还是个学生,穷且没有女朋友。年轻的心总是飞向外面,从未旅游过的我,想看看山川景色,于是说走就走。我带着暑期勤工俭学挣来的35元钱,肩挎一个黄包,坐上了合肥开往北京的列车。

我要去的地方是泰山,上学时读过《泰山极顶》《登泰山记》《望岳》等诗文,早已对泰山神驰向往了。泰山离合肥不远,35元钱不知够不够,我心里没底。曾听同学说过,火车车厢内100号以后的座位,有的是留给铁路职工的,我何不冒充一次呢?说冒充铁路职工,其实就是逃票。我持站台票混入车内,进入午夜时分,尽管瞌睡虫不停地光顾我,但我不敢闭眼,生怕查票的过来。我正襟危坐,捧书佯读。当有穿制服的人从我旁边经过时,我的心突突地跳,屏气静观。越怕什么越来什么!"查票查票。"车头进来几个人。待他们快到车厢中间时,我站了起来,徐徐地往车后走,做要如厕状。那班车是夜车,所幸只查一次票,我侥幸逃脱。深夜2点,车停泰安站,我下车后不敢走出站口,便径直沿铁路线向前走,走了不近的一段路,夜深见不到人,无法问路,但我总算绕出了车站,感觉离车站不近了,岔开道转到了一条路上。

下半夜去住宿挺不划算,我也不情愿打车。那时从中天门到南天门的索道要到天亮时才运营,不如提前去登泰山吧,这样既省钱也省时。好在那时年轻身体好,不是常说"年轻无极限"吗?

我不知从哪来的这么大的胆子,也许是好奇心战胜了恐惧感吧!登泰山是我第一次外出旅游,一路上我对什么都好奇,下半夜一个人向泰山顶爬去,第一站应是岱庙。岱庙是历代帝王祭祀泰山的地方,庙内古柏苍劲,碑刻林立。因为天还没亮,我应该参观的第一个点,却成了我最后参观的一个点——我是在下山的路上顺道进去了。过了红门、中天门,天空中有一点点的明亮。

印象最深的是路两侧山岩上的石刻,在"虫二"两字的崖边,我驻足观望。据说这让许多游泰山的人费了不少脑细胞去猜想,其实是古代文人的游戏,是繁体字"风月"二字去了外框,取近似字所得,寓风月无边之意。好玩,有意思!

拾级而上,两侧石刻一路铺展犹如书林,待到感觉累了时,正欲歇息,却见石刻"从善如登",再往上走,"天街"两字映入眼帘,那就是南天门了。泰山极顶玉皇殿门外,有一方高 6 米、宽 1.2 米的长方形石表,人们称之为"无字碑",源于何时已无从考证了。

在无字碑的不远处,有一块书有"国泰民安"的字碑,据说这是一位国际友人的手迹。

在天街我买了一瓶啤酒、一袋花生米,坐在天街门前台阶上,一边吃一边看风景。我预订了天街上的一家小旅馆大通铺,床是上下铺的下铺。

晚上我游了天街,出门来到天街,好一个朗月当空。环顾四下,隐隐约约的景色看不真切,找不到"一览众山小"的感觉,只有与月亮从未有过的接近。这种攀登了1000多米之后所带来的感觉真好。月色如一件薄如轻纱的衣裳,罩在泰山冷峻硕大的躯体上,泰山如一艘客船停泊在月光中,天街如同船的甲板。我信步走在月光照亮的山路上,"白驹过隙处"的夜景不同于白天,两侧的山岩似一对恋人款款相视、深情细语。眺望山脚,泰安市万家灯火和道路上汽车的车灯,如渔人撒下带着亮光浮标的网,又如许多痴情的少女扑闪着晶亮的眸子,仰视着伟岸的情哥——泰山。

原以为到泰山是为了看日出,未承想泰山的月夜也别有一番景致啊!泰山因时景各异,杨朔晨观,杜甫日观,姚鼐雪观,我则是夜观泰山也。

我得回来睡了,明晨还要看日出呢!两男两女的四名老者来了,两个妇女在我对面的下铺,一名男性老者正要到我的上铺去,我站起身让出我的下铺:"老同志,我睡上面。""谢谢!"在泰山观日出,早晨要起早。不到凌晨4点,下铺的老者把我喊醒了,可能是我年轻瞌睡大些。"山顶上冷,我这有衣服。"老者见我只穿个单褂,递给我一件卡其布的外衣。谈话中,我得知这是姐妹连襟两家,难得清闲,结伴而行,圆一下在泰山观日出之梦。观日出的人很多,两对老夫妻恩爱地搀扶着,每上一个台阶都相互提醒帮衬着。"来,站这里,这里看得更清楚。"我们随着人群结伴观日出,泰山极顶上有很多人,大家都往东边张望。一会儿,东方日出了,太阳似一跳一跳地,冉冉上升,从深红到橙红,转眼成了金色,光华射向碧空。我带了部相机,在那时照相机还是个稀罕物,他们四人来时没带相机。我带的相机,也是在来之前借的。我只带了一卷乐凯牌胶卷,没舍得买富士胶卷。我为他们照了几张相片,他们中午吃饭时非要请我一起。我答应他们回去后把照片冲洗好再寄给他们。

晚上我又是一袋花生米,不喝啤酒了,我得省点。可能看出我是个穷学生,睡我下铺的老者便邀请我去吃饭。饭毕又请我一起游曲阜,我答应了。

曲阜为中国历史文化名城,当时还是个县,人口少,称为名邑更准确些。城内有多处古城遗址,代步工具就是如战国时那样的马车。我买了块有战国马车图案的石刻镇尺,它已陪伴我潜心夜读至今。孔子死后,鲁哀公将孔子故居的三间小屋辟为孔庙,西汉以来,孔庙屡次重修,规模不断扩大。孔林内孔子墓的两侧,有一建筑曰"子贡庐墓处"。《史记》记载,孔子葬后,学生守丧3年,独有子贡在此守候6年,表达了对老师难以分舍的感情。孔子弟子们各移四方奇木来植,林中树种众多,枝繁叶茂,四季苍翠。20世纪根据蒲松龄小说改编的电影《精变》,就是以这里为外景地的。

  几天后行程快结束时,我们用了4卷胶卷,有3卷富士胶卷是他们买的。我掏出20元钱给他们,却怎么也给不掉。临分别时我记下他们的名字和单位,睡我下铺的老者名叫陈平,是兖州市粮食局的职工。回肥后,我把胶卷冲印照片,寄给了他们,之后我们又通了几封信。

  1994年我出差到山东,还顺道去了兖州看望了陈老一次。当时已退休的他听说我来,特地从家里带来月饼,陪我过了个中秋节。

  人的一生会接触许多人,有些人转瞬即忘、永无重逢。想不到我一个平常的举动,竟得到如此重的回报。同游的交情,10年后的拜望,这一段却使我长久不忘。转眼已过去22年了,自然之景搬不走,唯独与人的情感交流,更增景色的内容,每忆常新,回味无穷。不知陈平可还康健?! 希望下次再见面。

重游逍遥津

如果不是工作之需，一般我是不会到逍遥津公园去的。我小的时候是经常进去玩的，且大多不是从门进，而是翻墙头，只因囊中羞涩买不起门票。为人父时，我带女儿来过几次，也是 20 多年前的事了。

昨天，六安路小学 1971 届（三）班聚完会，作为东道主，我们邀请了几位从外地回来的同学留下来逛一逛，都说好久没去逍遥津了。人间四月天，难得半日闲。我和方宇同学商定翌日带大家重游逍遥津。

上午 9 点，我和方宇、张勤、肖幼清、李雪来到公园大门口，公园管理处郭兵副主任早已在那等候着。公园大门古色古香，抬头便见门楼上"古逍遥津"四个大字，遒劲有力。这是清光绪甲辰年（1904）陆润庠所书，据说陆是清朝第 101 位状元。

逍遥津公园，东北毗邻被誉为翡翠项链的环城公园，西南分别相邻宿州路商业街和淮河路商业步行街，公园占地 500 多亩，地处闹市区中心寸土寸金的位置，说明公园的历史悠久。

　　进入园内，可见疏影横斜、溪流如织、地貌起伏、亭廊曲回，给人以步移景异、闹中取静之感。

　　沿着小径来到藏幽园，一排排红色的杜鹃花随风点着头。传说杜鹃花是寻子的母亲变成子规啼血染红的。今天的花儿开得特别艳丽，莫非知道了远方的游子归来了？郭主任领我们看了两件镇园盆景。一件是一块一尺见方的石头，嵌合在盆景树根里，天然成趣，著名书法家王家琰书写了"天然"两字。再一件就是名曰"探海"的盆景，苍虬的枝根蜿蜒而下，拖至地面，令人叫绝。

　　藏幽园的南墙上刻有十块浮雕，勾勒出从"桃园结义"到"三国归晋"的全过程。向东走100米，就到了张辽墓前，新增了一个仿汉门阙，六件神兽像，亭内神兽驮着方形铭碑。记忆中的一尊张辽的塑像不见了，郭主任说移到飞骑桥附近了。逍遥津公园古时是淝水上的一个津渡，园名源于庄子的《逍遥游》，是三国的故事使得该地成为名园。早在1700多年前，操平张鲁，拟取吴蜀，蜀吴修好，联袂对操。彼时孙权领十万大军，围攻合肥，守将张辽有勇有谋，履险如夷，率七千人奋力抵抗，史上有云"张辽威震逍遥津"。

　　后人塑像是为了纪念张辽和这段历史。墓地是供人凭吊的地方，叱咤风云的英雄塑像与荒芜凄凉的墓地数米之距，塑像放在这里更易引发人生苦短的感慨，我渐渐懂得塑像迁移的用意。

世事沧桑,千百年来,古逍遥津一直是官宦的私家园林,或姓窦姓卫姓龚,几易园主,直到新中国成立后园主才改姓"公"。1953年被设为公园。

逍遥津公园呈扇形,西边为园林区,古木参天,枝叶茂盛,灰喜鹊、鹩哥、斑鸠鸣着悦人的声响,盘桓在我们身边,似认识一般。记得有一次,就在这西区,我帮着一位好友寻找珍养多年飞失的八哥,苦苦寻了几个小时无果。我与老友交情甚笃,经常到老友家里去玩,八哥是听惯我的手机铃声的。突然我的手机铃声响了,没等我打开手机,栖在树枝上的八哥帮我回了话:"喂!喂!""喂个屁!滚下来!"这八哥径直落在我的肩上。在西区与东区连接处有一座南津桥,建园之初就有了。20世纪六七十年代,我们高兴地从这经过,过桥就可以到园东的动物园了。昨夜才下过雨,树与花的绿叶显得格外翠绿,轻风拂叶,四周的景致也灵动了起来。深吸一口清新的空气,馨香让人心醉。今天我们没有儿时急于东去的兴奋,倒是被道路两旁的佳花名卉吸引,石榴树上缀着花苞,有几个花苞等不及同伴,张开了红红如樱桃般的嘴唇。红色、粉红色的蔷薇花开了整枝,花叶相间各竞姿态,它张扬地开着细密的小花,绿叶黯然地隐身花下。3米多高的绣球荚蒾,叶纸质,花白色密而多,如伞一般罩在树干上。常说"人间四月芳菲尽",其实不然,我意应为"人间四月尽芳菲"。感觉小时候这里也有许多花,只是今天更感到花的不同,花开得璀璨、耀眼,路边落英缤纷,花团锦簇,似是夹道欢迎我们的。

过桥向东,在一片萋萋芳草地的北侧,有一处古色古香的建筑,就是蘧庄,原是徽商会馆,现辟为海洋馆。欲寻蘧庄的前世今生,必须要说一个人——龚鼎孳。龚是合肥人,明末清初大司马,他虽没有包拯、李鸿章、段祺瑞出名,我所知道的他是降清明将,与秦淮八艳之一的顾媚是一家。还有六尺巷的故事,"千里家书只为墙,让他三尺又何妨。万里长城今犹在,不见当年秦始皇"。虽为妾室顾媚的建议,却为家乡合肥留了一处胜景,让人不敢再说"头发长见识短"了吧。不知哪一年逍遥津成了龚家的私家园林,龚家后人把原先的斗鸭池扩建修整,依着水岸建了蘧庄,种植荷花。庄门联曰:"至隐大千界,池环小五州。"我们循着湖面,没能看到荷花。哦!还没到荷花开放的季节呢!

缘岸行,一处高耸的楼阁呈现在我的面前,这是逍遥阁,2003年建造,阁有5层,30多米高。郭主任领我们扶梯登阁,每层都有一个展厅,展示着秦砖汉瓦、陶器古董、工艺美术品。

在五楼的展厅,有一组展示了张辽威震逍遥津和濡须之战的模型,立体感强,人物刻画栩栩如生。模型一隅有孙权借箭场景。"空城计"在三国历史上只有一次,而草船借箭却不止一回,这次草船借箭发生在孙权与曹操的濡须之战。权坐船刺探操营军情,露迹遇射箭攻击,权船险侧翻,命转船头,船平衡,遂脱险,操气极,感叹曰:"生子当如孙仲谋。"在五楼展厅的四壁,以瓯塑手法刻有《洛神赋》场景。瓯是浙江温州的简称,瓯塑的材料是用油泥浸桐油后阴干的,这样更显绘画色彩鲜明的效果。《洛神赋》是曹植创作的辞赋名篇,叙述了自己在洛水边与洛神邂逅,彼此间心生爱慕思念。版画描绘了从相见、爱慕、约会到思念的过程,终又回到现实的苦闷。曹植才高八斗,其《名都篇》有"归来宴平乐,美酒斗十千"。李白有"陈王昔时宴平乐"句,这"陈王"就是指曹植。40年前,因部队迁移,一部分发小随父母离开了合肥,而今如穿越时空,我与同游的发小调侃起来。张勤同学广读书、称学霸;肖幼清同学是儿时我的同桌,我每次在"三八线"上挑事端,总以我败北收场;李雪同学好客热情,同学去京必有好酒好菜招待,老公陈哥喝起酒来很有大哥风范。逍遥阁五楼大门上,镶刻有不少铜圆鼓样器件,郭主任说这是门当户对的"当"。我用手摸了摸"当",想拽下几个塞进腰里,什么时候与同学们不能"当"时,尤其是遇上学霸、牌神、酒仙而难"当"时,就拿出几个"当"来壮壮声威。请放心!这不是诱人上当的那个"当"。

　　登上阁顶眺望远景,心旷神怡,感慨颇多,东北毗邻的被誉为"翡翠项链"的环城公园,可见人车穿行不闻其声。郭主任指着湖心对我说:"可记得 2007 年这里举办的航模比赛?那边是放弹药片的位置,湖的四周还装了栅栏。"我想起来了!时间过得真快,现在距 2007 年的农运会已有 9 年了。9年不算长,我与几位发小自 1977 年分手到如今近 40 个年头了。

往东俯视,那一片郁郁葱葱的地方原是动物园。儿时常去看动物,喜不自禁,那个年代没什么好玩的,心中的愿望不是看电影就是看动物。听说20世纪80年代,一只狗熊跑出来了,一只壮年斑马走了……后来动物园搬到大蜀山南麓的野生动物园了。逍遥津动物园是第一个成功繁殖丹顶鹤的地方,为此而建的标志性建筑双鹤亭至今依然屹立在湖畔,亭顶上的两只鹤还在曲项顾盼,莫非在等待几十年前嬉戏的小伙伴?

下了楼阁,天上下了小雨,如轻纱,似浅梦。我们几个围桌品茗话旧,张勤同学指着船坞处,但见电动的脚踏的各式游船穿梭于湖面,掌控船向的小孩握着如汽车一样的方向盘。逍遥湖水面开阔,柔波潋滟。初见印象总是先入为主的。几十年来,无论是在影视上看到,还是在西湖、东湖、昆明湖、莫愁湖上荡桨泛舟,我总感觉周围的场景就在家乡的逍遥湖。我们小时候划过的木板船,现已见不到踪迹了。阁的南岸,有一处半月形的桥连着水榭和楼阁,这座桥给同学的记忆太深了,祖辈、父辈和我辈,有不少人都在这里照相留影过。可能我的下辈没在此照过相,也不稀奇,儿辈成长已是城市快速发展、景点增多的时候。感慨由之而来,我们已不是昔日的少年,而这古老的桥似乎没变,一直在这等候着故人,我们几个同学依序重照了相。

在飞骑桥边,我们抚着桥上栏杆,追昔着那场战争。

孙权领十万大军,围攻城池旬日未果。一日,权带小股人马巡阵至逍遥津北,忽闻连珠炮响,辽率精锐步骑,突袭而来。众将拼死护送孙权突围,权坐骑行至小师桥,桥板已被拆除,无法通过,前无去路,后有追兵,形势异常危急,权不由得仰天长叹。牙将谷利急中生智,让权"持鞭缓控",然后挥鞭,以助声势,骏马奋力飞奔,跃至津南,夺路而去。正如罗贯中诗云:"的卢当日跳檀溪,又见吴侯败合肥。退后着鞭驰骏骑,逍遥津上玉龙飞。"后人重修此桥时,改名为"飞骑桥",原桥址位于寿春路东段,1955年修路时填平桥洞,掩埋于地下了,现今飞骑桥为新选址建造的。

郭主任领我们到儿童乐园,如今的儿童乐园十分热闹,不知哪一年新增了碰碰车、电马、时光穿梭机等各类游乐设施。我们几位同学总年龄加在一起260多岁,却久久驻足在大象鼻子滑梯前,这是我们儿时常来玩的。大象的寿命可到130年,眼前的大象应是壮年吧,不胖不瘦也不老,还是老样子。问知我们可以滑滑梯时,我和张勤同学先后从象鼻子上滑了下来,找找儿时的感觉,果真是人到中年的困惑释然不少!

逍遥津公园永远会存在的,以后我的每一次游园都可称为重游。这份美好会随着时间顺延,成为永久的寄存。

时间紧,几位同学中午还要赶飞机,我们没有继续游东区。张辽塑像位于园东门正中大道,辽横刀立马,英姿勃发,所向披靡……没能拍到张辽像,我说没关系,待拍好再发过去，毕竟现在的科技手段与几十年前不可同日而语。问问同学们可有遗憾，都说很高兴。

"我们曾荡桨在故乡的绿波上……"我和方宇同学仍觉得有些遗憾，若能带三位女同学划船，划那种儿时划过的木板船就更好了。

记忆不老

朋友们来肥,我常带去游览逍遥津公园。我的普通话一般,家乡方言重,不少朋友误听成了"小妖精"。什么大妖精、小妖精?云里雾里的。我不得不多做些解说。"逍遥津"一词,早见于西晋史学家陈寿《三国志》,成名于罗贯中《三国演义》。《三国演义》第67回有"曹操平定汉中地,张辽威震逍遥津"。"汉中是指合肥吗?""飞骑桥在哪?"有问必答。东道主不好当,陪吃陪喝还兼导游。

文字是无声的语言,曾写过几篇关于逍遥津的文章。听说,近日属地将对逍遥津公园进行整体维修。

思绪再度涌起,顾虑随之而来,会不会把公园整修得遗迹不存、面目全非啊?

2020年10月5日,我约了公园管理者,去公园探个究竟。

从正门入园,迎面就是三国名将张辽塑像。公园管理处主任朱金亮告诉我,底座改用整石,增高了的塑像后移数米,位于主干道路中宫,视觉上更加威武震撼。

"还有几尊塑像呢?"逍遥津与张辽密不可分,我在考虑其他几尊塑像的命运。

  一行人穿过如织的人群,来到绿树翠竹丛中。"知道这塑像的内容吗?"我提问。小我几岁的市政绿管办的许新国回答:"草原英雄小姐妹和鸡毛信。"

  "唉,知道这些故事的人都老了!"我发出叹息声。

  "龙梅、玉荣、海娃,头羊和群羊。"听着我与许新国说着塑像里的故事,年轻的陪同者受了一次爱祖国爱集体的教育。

  "老哥别担心,这两尊塑像还保留着。"公园管理处朱主任说,将对塑像做保护性的修复。

  故事并非虚构,经历那场暴风雪的两姐妹被截肢了。2008年北京奥运会,两姐妹作为火炬手,再次感动中国、感动几代人。

  "双鹤亭怎么维修?"虽然动物园早已迁离,在动物园原址建的这个亭子却大有来头。

  "修旧如新,鹤顶红采用现代新型材料,永不褪色。"1979年出生的朱主任显然备了课。

  20世纪60年代,合肥逍遥津动物园成功试验繁殖丹顶鹤雏鹤,《动物学杂志》等学刊专门作过报道。

  "这是合肥的一张名片,永远亮丽,不能丢!"同行者有同感。

  在世的老人和我等奔60岁的人,没有不知道大象鼻子滑滑梯的,许多人自己来玩过,后来带孩子来玩过,再后来孩子又带孩子来玩过,后来……我回溯时光,说先前有一句流传于合肥地区的歇后语:逍遥津动物园——没象。老合肥人知道,没象,就是"不咋的、不丰富"之意。人参加饭局什么的,被问怎么样,回答说"逍遥津动物园",听的人会理解成"没吃到好吃的"。20世纪70年代建了大象鼻子滑滑梯后,人们记住了长鼻子大象,把先前的歇后语反而淡忘了。人过半百称老者,雕塑大象也高龄。许新国慨叹,材质碳化很严重,目前正在拯救"大象"。

再说说那一直被老合肥人惦记的水榭旁的曲桥,在合肥人心目中,不亚于杭州人对三潭印月的熟悉。杭城三潭美,庐州曲桥秀。

逛逍遥津,不得不看蓬庄。蓬,快乐之意。"乐山乐水乐逍遥。"朱主任像是懂我心。"老哥,游船码头南迁,蓬庄北面设置水系。届时游客视野开阔,徜徉其中,其乐无穷。"

人,是特别的生物。平日不在意的周围,遇到改造时,却莫名地会关心起来。"这个亭子叫什么名字?"行至西园梅花山,我问及不知休憩过多少回的凉亭。

"报春亭。"随行人答。

"俏也不争春,只把春来报。"见名识亭岁。报春亭不远处还有一亭,曰牡丹亭,与汤显祖没关系。同行者告诉我:"当初建亭时,地块上真有一株牡丹,随着时光流逝已不见花影。"

惋惜有补,又见古木朴树。朱主任说:"经专家鉴定,这株朴树有300多年历史,目前正在全力保护,原来树下的石桌、石凳已移走。"

"那石凳我坐过。"许新国说。

"怕是谈恋爱的时候吧?"我神聊同事。

"老哥,陈列馆里有许多石刻,可去看?"朱主任还是一个心理学家。

"好啊,好啊!"练书法的人有软肋。"古逍遥津"四个字,出自清朝状元陆润庠之手。真迹清样不知在何处,真迹石刻已有年代了。

朱主任说:"有一年陆润庠来庐州,当时龚家主人求墨宝。"

"龚家主人是谁?"一个问题提出,数人拿手机"百度"。

"龚心钊(1870—1949),比陆润庠小约30岁。"

"也可能是龚心钊的父辈。"看来,我得回去查区志了。

常说,不识汉字读半边。"庠"字读成"yǎng"就错了,应读成"xiáng"。他人读错可以宽容,公园管理者可不能读错。

看我不停地抚摸镶嵌在墙壁里的石刻,馆员们拿出拓片来。

"拓片有损石刻,尽量不拓。"我倍加珍惜。几部手机聚光,隐约辨识出石刻上有"嘉庆辛未闰三月定安张岳欢"一行字。

一行人考起古来。嘉庆辛未,是1811年。定安,广东有定安。查"张岳欢","百度"跳出的是"张岳崧,广东定安人,海南在科举时代唯一的探花,知名书画家"。看来,这"张岳崧"就是石刻上的"张岳欢"了!

"崧"字写成"欢"字,是笔误还是其他原因?我得查查字帖,或是请教书法老师。

可以肯定的是,最早存有这个真迹的人,绝对不是龚心钊。

张岳崧去世28年后,龚心钊才出世,他俩不可能穿越时光隧道!

诗外功夫也是诗。在一块石刻面前,有人想上"百度"查"成亲王"是谁。

我忙制止,报出了清代著名书法家成亲王的名字。成亲王的字,我没临过但见过,疑惑由我解。

仲秋的园,金黄的叶。那一片像是银杏,近看却是"无患子",又名"肥皂树"。

朱主任说:"需要保留的树木,已经挂牌标注。"大半日的探究,心中悬石落定,公园管理者们用心在呵护市民的每一处记忆。

不大的逍遥津公园,承载一代又一代人的记忆。我生活和工作的区域与之共生数十载,一湖一亭、一砖一木,差不多是每一个地方都有回忆。

今作此文,愿记忆不老。

2020 年 10 月

李　　府

　　第一次接触李府（李鸿章故居），是在 1993 年。

　　围绕着李鸿章故居的拆建，全市开展了数次讨论。是拆东留西，还是拆西留东，抑或全拆后异地重建？我当时只是报社的一名通讯员，人微言轻，甚至连插话的机会都没有。

　　李府验证了"富不过三代"的古话。从十字街到小东门，差不多都算是李府的房庑。据说到李家第三、四代人时，大多房产转移出去不姓"李"了。原先的建筑有晚清民初风格，青砖黑瓦、廊壁雕琢……修含山路、建新安商城……仅留下现在 5 亩地的区域——修建李府成这样。

　　2003 年 3 月，我算是与李府有一次深层接触。我工作的部门——庐阳区委宣传部组织了一场"诚信杯"演讲比赛。李府里的三位讲解员获奖，她们是邬玲玲、王宏梅、范榕。

　　三位成了李府的金牌讲解员，多次为外宾和相当级别的要员讲解。现在去李府，不容易见到她们——其中一人当上副馆长，另外两人被其他场馆挖走了。

　　李府里不乏书法之美。中国佛教协会原会长、书法家赵朴初的一张照片存放在橱窗里。赵朴初与李家有何关联？原来赵朴初是李鸿章的晚辈。

家族里有善书者不等于李鸿章也善书啊？错也，李鸿章24岁考中进士，文采出众，字更了得。历史上因字丑人丑不得录取的举不胜举。有一个展厅展示了李鸿章的墨宝，"海军公所"条屏，"大海有真能容之度，明月以不常满为心"等对联，临摹《兰亭序》的书作……除牌匾为真迹外，其他展件皆为复制品——真迹见光不易保存。

参观完正厅，折转进东边的近几年才建的纪念馆，展出的物品非原物。我虽不情愿多介绍，但还是偶尔会聊一些。

诸位，那大清的国歌，就是合肥的倒七戏。李鸿章出访欧洲时，主宾两国需奏国歌。国歌？什么国歌？听都没听说过，随同的幕僚们慌了。李鸿章爱听家乡的倒七戏，随团的戏班发挥了作用。再说说"李鸿章大杂烩"，客人中有人问杂烩是什么"会"，我说是徽菜代表菜之一。据说，李鸿章在回请欧洲使节时，一桌中国菜不够吃。情急之下，李鸿章命厨师将残存的食材一锅煮端上来。多种食材放一起，味道特别的鲜美。外国人吃得涎津尽收、畅快无比。就这样，"李鸿章大杂烩"出名了。

出得大门，客人们回望，感慨李府面积实在太小。我顺着话又开讲起来："别看面积不大，差点毁于火灾！"2015年11月11日，施工人员损坏了李府西端的燃气管网，一时间，烟气弥漫，随时都有爆炸的危险。所幸，我参与了那次事故的抢险,说起来自是如数家珍又娓娓道来。

我每去一次李府,成就感就增加一倍。20多年前我拯救不了李府大片的老建筑,想"嘴不尿"说几句话都不能,几年前我却为保护李府做过努力。

包 公 祠

外地朋友来,游览包公祠,我常客串导游。虽不专业,也能说个大概。

包公祠全名"包孝肃公祠"。包拯是个孝子,一生严于律己,宋仁宗多有褒奖,赐予"孝肃"谥号。

包拯享年64岁,曾任知县、知府等职,官至枢密副使,相当于现在的监察部副部长,死后享正部级——被皇帝追赠礼部尚书。

有客人问:"包拯是合肥人?"宋真宗咸平二年(999),包拯生于合肥小包村(今肥东县包公镇)。电视剧《包青天》热播,主题曲的首句"开封有个包青天",让人感觉包拯是开封人了。开封市属河南省,包拯——河南人也!其实,百年人生,一个人的祖居地、出生地、游历地、寓居地、为官地……不可能只在一处,按志书编纂规范,应详细注明。为官地不是出生地,包拯出生在合肥,他人休想赖去!

包公祠是为了纪念包拯而建,现在的包公祠所在地并非最早的原址。950余年间,数个地方都建有包公祠。合肥的包孝肃公祠初建于明弘治年间,清光绪八年(1882)移址至此并重建。此地原是水域上一方小渚,后定名"香花墩"。明《庐州府志》曰:"包孝肃故宅,在镇淮楼西凤凰桥巷,有读书点,人称香花墩。"今地香花墩,实是用了城内之老地名。此"香花墩"非彼"香花墩"也!

"包家祠堂李家修。"这是流传在合肥的一句佳话。清军、太平军交战,包公祠损毁。清光绪年间重建时,李鸿章胞弟、时任湖广总督的李瀚章写了"色正芒寒"横匾,捷足先登地占据了中心位置。李鸿章不好相争,又不愿屈居偏旁,稍思后,写了一篇《重修包孝肃公祠记》,刻石于祠后。

回文匾额回味浓。祠内还有几块现代人书写的匾额,大多有回文的韵味。我爱引导客人左读右读,如:清风亮节、气正阳庐……保不准当年是命题征匾?

经历过"文化大革命",重修的正殿内塑有2米多高的包拯像。古铜脸庞、浓眉长髯、神情严肃、正义凛然……塑像两边分别站着王朝、马汉、张龙、赵虎四大护卫。

有客人问:"怎么不见展昭?"四大护卫和展大侠皆为虚构,这四大护卫像是在电视剧《包青天》热播后新塑的。

不过,殿内左侧陈列的几把铡刀确有记载。分别标注有"龙头""虎头""狗头"的三把铡刀,又分别用于铡皇亲国戚中的不法分子、贪官污吏、劣绅恶霸。

正殿东面有一个"六角龙井",井沿上布满一条条深深的凹痕。该井又被称作"廉泉",据说,井水灵验,清官喝了精神倍增,工作学习创佳绩;若是贪官喝了,头疼脑涨肚子疼。果真这样吗?无考。我会补充说,《合肥故事》里记载,有一任合肥知府不相信,从廉泉井里打水喝了,不住地抱头倒地叫痛。

我问:"可喝一杯井水?"都摆手。传说可当信,井枯已无水。多年前合肥啤酒厂生产的就有"廉泉"啤酒。

合肥有两家酒厂为"包"打起官司来。一家生产的酒冠名"包公特曲",另一家生产的酒冠名"包河特曲"。谁是正宗?同是包公家乡人,何苦对簿陌路行?

说到酒,感觉离"吃"就近了,我会就势宣传有关包公的美食。

包河里的鱼,个个黑脸黑头黑皮肤,威武身躯双眼皮……如同包青天的"黑",民间有称包青天为"包黑子"一说,寓示着"铁面"。

包河里的莲藕色白质细味甜又无丝。无丝——"无私",客人多不相信。我回忆曾吃无丝藕时的神奇感受,言之凿凿又眼神笃定。还有那包公豆腐、包公莲心汤……

说包公故事,品美食大餐。每次从包公祠出来,或近中午,或过晚,胃的防线最易攻破。客人们都要我带他们去品尝正宗的包公鱼、莲藕、豆腐……客人们边吃边望我,那神情分明告诉我:"想喝'廉泉'啤酒!"

庐阳书院

庐阳书院,在《庐阳区志》和我的散文集里记载过,常同文化界的朋友们议论。许多次到三国新城遗址公园都从庐阳书院门前经过,三过现代版的"书院"而未入。

这一次,我得认认真真地入门。

促成此举有个重要因素。2015年10月25日,某某公司参与文旅建设,与庐阳区共同出资成立合肥庐阳旅游开发有限公司,负责大杨镇、三十岗乡47平方公里范围内的文旅产业总体规划与打造。本是想用专业的人干专业的事,怎奈,因生态保护优先战略,许多项目不能落地,加上其他原因,该公司提出撤销原计划。合作不成不能强求,到2020年4月25日,历时4年半的合作告终。客观地说,该公司做了不少工作,我知道的就有挖掘和传播三国文化、庐阳文化,重建庐阳书院,举办多项文化活动……现在运营模式变了,业已打造的品牌若丢了,实属可惜。庐阳书院又将何去何从?既是管理成员之一又爱好文史的人心中纠结。

芳菲四月,天朗气清。我和同事王文涛,驱车十多公里,穿越三国城路自然保护地,融入三国新城遗址公园的满园春色。曲径通幽处,青砖玄瓦的古朴庭院呈现眼前,抬首发觉已来到庐阳书院门前。

志载:"庐阳书院,在城东南隅,本旧育婴堂址。康熙间知府张纯修创建,名为'横渠书院',后改今名。乾隆二十一年(1756年)知府赵瓒添建堂庑,有记文,嘉庆年知府张祥云重修,五邑生徒并肄业。"

1705年,清代知府张纯修在庐州城里创办横渠书院,后改称庐阳书院。历任官员和乡绅慷慨捐赠,乾嘉年间数次修缮扩大,并划苇荡、学田和典当租息供书院日常开支。1853年,书院毁于太平军攻打合肥的战火。

1862年,富绅褚开泰捐资重建书院。1879年,李鸿章等人提议将府学考棚余屋增修扩为书院,增加学田,李鸿章亲题匾额。1902年,李鸿章长子(实为六弟李昭庆过继)李经方捐资助学,在庐阳书院基础上将其改为庐州中学堂,俗称小书院,地点在今天的合肥九中。

我站的位置是城市西北角,与志载的东南角位置相对,难道说有两个庐阳书院不成?

合肥自古重人文教育。现代人接受教育的地点和形式很多,而在古代,书院是主要的专供学子们读书或大家们讲学的处所。现存的1909年清朝的《学堂官报》上还载有为小书院的学生请奖折,以及对家境贫寒的优秀学生发放津贴的花名册,可以看出书院创办者和管理者的用心。小书院培养了一大批优秀学子,对庐州教育事业发展的贡献不可小觑,也是合肥自古重视发展教育、重人文传承的写照。

辛亥革命之后,庐阳书院只存在于人们的记忆中了。

百年后,国家日渐重视弘扬中华优秀传统文化,传统书院悄然复兴,重建庐阳书院的呼声也渐起。庐阳区政府、合肥庐阳旅游开发有限公司、秋浦书院等多方群策群力,最终于2018年春建成庐阳书院并揭牌。

步入庐阳书院,我感到陌生而又熟悉。在现代教育制度下成长的人,对有着悠久历史的书院感到距离十分遥远,但熟悉的骨子里的传统文化基因与书院风格似乎有一种天然契合。

坐落于AAAA级旅游景区——三国新城遗址公园的庐阳书院,占地9亩,建筑面积2600平方米,含两进三殿两廊。书院整体不大,但严谨规整,讲堂、斋舍、书堂、祠堂齐全,错落有致。加以庭院绿化、林木遮掩,以及亭阁点缀,山墙起伏,飞檐翘角,构成生动景象。书院整体与三国新城遗址公园风光相互映衬又水乳相融。中国古代的士大夫们喜爱置身于大自然、寄情于山水。不恋闹市繁华嘈杂的庐阳书院,坐落在融历史风貌和现代园林景观于一体的公园里,自然恬淡的书院氛围与宁静幽美的公园风景完美交融,仿佛在静静述说着儒家之道。

宗正堂内,淡淡茶香中,我从书院程龙伟院长、王守一顾问口中了解到了庐阳书院的前世今生。

听到的与我来之前的备课情况一致。庐阳、庐州皆为合肥的别称,按现代说法,"庐阳书院"就是"合肥(市)书院",一个市级书院落户某个县区,这好理解,总不能是"空中书院"吧!书院是市里批的吗?

根据民政部《民办非企业单位名称管理暂行规定》第四条:民办非企业单位名称不能单独冠以市辖区的名称或地名。

巧合的是,书院选择建在冠名庐阳的区。沾光的是,书院可以与行政区划名称或地名连用。虽说批准的书院名称是"合肥市庐阳区三国文化书院",但对外文化交流中可以用"庐阳书院"之名。

天地人和,人是至关重要的因素。此前有不少文化界的朋友说到现在书院院长程龙伟,经座谈了解到,原为中学教师的程龙伟,酷爱国学、音乐和书法。

4年多来,程龙伟带领的书院团队,以传播中华优秀传统文化为基础,全力汇集热爱中华优秀传统文化的仁人志士。在与现代教育相结合重新开始学术研究和教育活动的同时,全年举办了诸多活动,包括礼敬先贤、文化论坛、经典传播、旅游研学、联合讲学、企业培训、艺道展示、比赛竞技。书院还致力于三国文化和庐阳文化的挖掘、学习、研究和传播工作,形成一股提升三国文化品牌和庐阳文化品牌的民间力量。

古老书院焕发出新活力,令人倍感欣慰,但重生的庐阳书院仍面临着进一步延续发展壮大的考验。但正如书院所倡导的精神"遵生存道,居正待时",庐阳书院将在这一方恬静淡雅中,沐浴中华复兴的时代和文化之风,初心不改,敦实成长。

不为标榜,本着传承中华优秀传统文化的责任;不用刻意,对无视物欲独守清静的文化人给予更多的支持。离开书院前,我对小我10多岁的程龙伟说:"甘为书院鼓与呼!"

书院之行至今,数月过。每当书院有需要协调的这事那事,我总是一马当先。

胃,是通往心的最近的器官,我还在适当场合推介书院研究的"三国菜系"(附后)。不为别的,4年半几多人的心血不忍丢。书院若迁往其他县区,不能冠名"庐阳",至少庐阳区缺了一个向世人展示的品牌。

2020 年 7 月 18 日

附:"三国菜系"
三联碟小凉菜——桃园三结义
草船借箭
长坂坡
满宠筑城
滚滚长江东逝水
关公豆腐

曹操鸡

张辽点兵

诸葛馒头(诸葛亮发明)

望梅止渴

舌战群儒

张飞牛肉

一盒酥点心

华佗汤

诸葛八卦

蒋干盗书

三国鼎立

水煮三国

美人(仁)计

连环计

诸葛操琴

群英会

乔国老祝寿

锦囊妙计

空城计

五色棒

台州研学游

不知"研学"一词是不是新名词,反正我年少读书时不知什么叫"研学"。不知不打紧,我记忆最深刻的一次台州之行,可能算得上"研学"?

2013年10月,分工不联系招商工作的我赴台州——为招商。安徽省围棋协会的黄学智老师介绍了台州客商,因我与黄老师熟悉,领导派我带着区招商局和乡镇的负责人,陪黄老师去台州实地考察一下。

出站口外,台州的客商已在那里等候。近些年突然发现自己有"辨音知乡"的天赋。那次在站台前与客商简单对话后,我问:"老总和我是老乡——安徽霍邱人?"老总不解,离家10多年,乡音差不多都没了。老总说话用了"高兴洋账",露了底,又邀我去"斗两杯",我的预判成了笃定。"洋账"和"斗"是家乡方言里的代表词(字)。

招商的成果本篇不表,单说在台州招商之外的学习收获。

"爱我中华,修我长城……"老总想带我们看江南长城,担心被拒绝,绕弯子开场。

正合我意。观胜境是我每到一地的必修课。行至揽胜门,抬首而望,刻有"江南长城"四个大字的牌匾悬挂在山庙屋檐下。"1、2、3",我数着数拾级而上,数到"198",我已至庙门。记住了"198",下次若有机会再来,考考同登者。

穿过山庙,便见一尊雕塑。底座托着跃起的战马,马背上的人飒爽英姿持刀望海。"立马空东海!"好个拍案惊奇的雕塑创意!

塑像是谁?此乃民族英雄戚继光也。

"老乡,我们来看您了!"印象中家乡的名人馆里也有戚继光的雕像。

"戚继光是安徽人?"同事中有人问。"一说是山东人,又有一说是安徽人。"退休前当过记者的黄老师补充道。

"戚继光抗击倭寇!"英雄不问出处,定是中国人。

导示牌上的文字:江南长城全长6000余米,现存5000余米,元朝建成,以防御水患。老总介绍说,台州三面环海,古老的防水设施也成了戚继光抗击倭寇的军事设施。

"1561年,倭寇侵扰,戚家军人执松枝一束,隐蔽住身体,使倭寇误以为是丛林,等倭寇过去一半,立即发起进攻。"经商的老总摇身一变成雅儒,继续道,"台州之战历时一个多月,伤亡倭寇5400多人。"有风景,有故事,一行人愉快地沿北固山山脊逶迤向西走。至中段,有庙宇俨然,原来是台州府城隍庙。"咦?怎么这里有个城隍庙?刚来的路上见过城

那人·那事·那景 | 119

隍庙了！"有人问。

历史上台州曾是个县，先前见的是县城隍庙。唐朝初期，台州升为州治，眼前的是府城隍庙。城隍有都、州（府）、县三级，满足阳世人们对美好生活的精神寄托。

一地两个城隍庙，不稀奇，咱家乡合肥也有两个城隍庙。

逛了城隍庙，游玩烟霞阁，傍晚时分，来到古街——紫阳街。整个街呈"井"字状，保留有清末民初的建筑风格，街道两边的门面大多一两层。

"紫阳街可是……？"问的人，显然以为街名是源于当代某人的字。

"不是，刚才在城隍庙门口还看了紫阳真人曾经炼丹用的古井呢。"

问的人还是抓了抓头。一行人从城隍文化说到了历史。紫阳真人，南宋人，名张伯端，字平叔，号紫阳。紫阳真人在《西游记》里有记载。

大家都读过《西游记》，有人记得住，有人早忘了。让故事再现，一行人一边品尝着王天顺海苔饼、马蹄酥，一边谈笑风生话西游，加之脚步落在青石板上的响声，震碎了古街的夜晚清静。话说那唐僧师徒四人，帮朱紫国国王救妻，与持有紫金铃的赛太岁大战。赛太岁劫来美女，3 年不得近身。原来是那紫阳真人施的法术，送给美女一件旧棕衣变的新霞裳，着衣即生一身毒刺。手碰手痛，臂搂臂疼。悟空拿下赛太岁后，观音菩萨带走了赛太岁。朱紫国国王与分离 3 年的美妻得聚不能欢。又是紫阳真人出现,收去了美女身上的新霞裳。

咦?不对!那《西游记》说的是唐朝高僧取经的事,怎么南宋的紫阳真人会出现呢?明朝文学家吴承恩玩起了时光穿越。小说可以虚构,更何况还是神魔小说呢!

按时间算,那吴承恩差不多与戚继光同年代。估计两人也是不识,若识,保不准吴大作家也会把戚大将军写进《西游记》里——杀得了倭寇,自然能捉得了小妖!

也可能,这条街的命名与《西游记》有关系。总长5公里的路旁有紫阳宫、一洞天、奉仙坊等50多处经典,经反复推敲,还是决定用"紫阳"命名街(区),以纪念张伯端。又据说,当地努力打造紫阳街,在我们来之前其才被评为"中国历史文化名街"。

有幸,恰逢时,我等数人研学在台州。

卢 沟 桥

来北京有上百次,差不多算是"北京通"了,却未到过卢沟桥。

遗憾终有补,这日天朗气清、阳光和煦,我和同事们来到位于北京丰台西南处的卢沟桥。

同事间有问有答,温故知新,增长见识。

卢沟桥的历史可追溯到800多年前,1192年金章宗年间建成这11孔联拱石桥,全长266.5米,有大小狮子501个。早在13世纪,卢沟桥就出了名。意大利旅行家马可波罗在游记里盛赞卢沟桥是"世界上最好的、独一无二的桥"。80多年前的事变,让国人更加铭记卢沟桥。1937年7月7日,日军以一名士兵失踪为借口,要搜查宛平县城,遭中国守军阻抗。卢沟桥事变,成为日本全面侵华和中国全面抗日的起点。

"日军怎么过来的?"有人问。

"我的家在东北松花江上,……九一八,九一八……"有同事哼唱爱国歌曲。

1931年9月18日晚,日本关东军以中国军队炸毁南满铁路为由,向中国东北军驻地北大营发起进攻,震惊世界的"九一八事变"发生,东北沦陷。

"日本离那么远,怎么说过来就过来？是偷袭吗?"

落后就要挨打。1894年中日甲午战争爆发,大清帝国战败,签订了不平等条约。帝国主义列强对我们进行疯狂掠夺,俄国想在东北建立不冻港。1904年在我国土地上发生日俄战争,战败的俄国将关东州(中国辽南旅大地区)的租借权和南满铁路转让给日本。

驻扎在此地的有日本关东军。

1932年,日本关东军在东北扶持傀儡政权——伪满洲国,直到1945年抗战结束前才解散。

书接现场。

历代政府对卢沟桥进行了修缮。卢沟晓月,曾被选为"燕京八景"。桥的东端入口,有清乾隆手书"卢沟晓月"四字刻碑,桥的西入口有清康熙的手书。

我问康乾关系。

"可是父子?"有人弱弱地问。

"把雍正往哪摆?"我付之一笑。

"哦哦哦,是祖孙。"

同事中有爱唱歌者,哼着"卢沟桥的狮子啊最奇呀怪,你就数哇数哇数哇,怎么就数不过来……"。

在栩栩如生又神态各异的狮子石雕群边,一人问:"公狮母狮怎么区分？"

有人答："踩球、鬃毛长的为公狮，膝前有幼狮的是母狮子。"

"为什么刻狮子，而不是其他动物呢？"

百兽之王乃神兽，象征智慧和力量，有驱魔镇邪、吉祥繁荣、生生不息之意。

桥面保留了一段最早铺设的天然花岗岩巨型条石路，车辙带有厚重的历史，使人不得不驻足沉思。山川震动……我不禁慨从中来。

桥下芦苇摇曳，河水清洌，野鸭嬉戏。站在桥面俯观河水，似蓝似黑。上"百度"，读康熙《察永定河》诗，找到了答案。"源从自马邑，溜转入桑乾……"此段河水黑曰卢，故名之。

桥的尽头，赫然立一城楼，曰"宛平城"。历史上的县城，现在属宛平街道，两边建筑古朴典雅，多为老北京的风格。问当地老者，知宛平取"宛然以平"之意。昔日的驻军已不在，古城成了供游客游玩的特色街区。

勿忘九一八，吾辈当自强。一行人在中国人民抗日战争纪念馆前留影，励志不分童蒙和老叟。

莲 花 池

公差滞京,常住地附近有一个莲花池公园。而今算来,为邻10多年,未曾进去过一回。

深秋一日,权当健身,进园闲逛,竟颇为受益。

"先有莲花池,后有北京城。"莲花池,是北京的城源。3000多年前的北京,属燕国都城——蓟。蓟这个多年生的植物,是依托莲花池水系发育而来的。

莲花池原名西湖。莲花池的出名有一种说法:公元1115年,北方的女真族统一各部落,建大金国,定都会宁。金灭辽,夺燕京,更名南京,定为陪都。江南江北分橘枳,塞外塞内莲花移。西湖的莲花成就一大景观,文人趋之若鹜。

公园建有似纪念碑样的景点,在远处便能看到"侯仁之"三个刻字。侯仁之,何许人也?走近看得,侯仁之,中国著名历史地理学家。20世纪90年代,北京西站选址在莲花池,经侯老呼吁,最终选址东移100米,保住了莲花池。感佩侯老,后生有幸。

公园以莲花而名,做足了莲花的文章。公园长廊展示珍贵莲花的图片。花,人皆爱。我被一个个如诗如幻的莲花品种名所吸引。花面粉色,花团锦簇,故称"粉团"。盛夏开花,气贯夏季,色艳丽姿飘逸,恰似夏日骄阳者为"叹夏"。哎,夏梦,乃为金庸终生叹。开花时间与早桃成熟期相同,且花形如桃,雅号"夏桃"。粉红花瓣舞动,因其母本叫"舞妃莲",便于区别,冠之"粉舞妃"……

莲花究竟有多少个品种,我得回去上"百度"查查。

人的生日是固定不变的,动物植物的生日,则是根据人的主观意愿确定的。莲花是十二花神里的六月花神。民俗将六月二十日定为莲花生日。有诗云:"冰簟疏帘小阁明,池边风景最关情。清清不染淤泥水,我与荷花同日生。"

环绕池岸的橱窗里,有描写莲花的诗文:"小荷才露尖尖角,早有蜻蜓立上头。""出淤泥而不染,濯清涟而不妖。""惟有绿荷红菡萏,卷舒开合任天真……"

有一处闭门的园子,匾额上写有"菡萏园"三个字。菡萏是什么?引颈向内,见到仍是一盆盆莲花。"菡萏"为莲花的别称。

公园被城区包围,闹中取静。公园沿池景点众多,茂林修竹,长桥卧波,曲水流觞。一处楼台亭阁楹联为"接天莲叶无穷碧,映日荷花别样红"。

徜徉其间,有感有学,沁人心脾。

"本杰士堆",是什么呢?即人造灌木丛,为昆虫鸟类营造适宜的栖息环境,以发明者本杰士兄弟俩的名字命名。还有那人造小湿地、昆虫巢穴。这才感知,鸟鸣律婉,一点听不到园外的喧嚣声。

莲花池,成了我在北京工作之余的好去处。

陶然亭公园

北京的公园有很多,我去得最多的要数陶然亭公园。

陶然亭是以亭文化为主题的公园,有迁建、仿建、自建的亭子36座。

陶然亭,中国四大名亭之一,建于康熙年间,取自唐代白居易诗句"更待菊黄家酝熟,共君一醉一陶然"。

公园内的名亭,请随我一同欣赏。

爱晚亭,原名枫叶亭,取意唐代杜牧诗句"停车坐爱枫林晚,霜叶红于二月花"。

湖心亭,明代张岱《湖心亭看雪》记:"天与云与山与水,上下一白。湖上影子,惟长堤一痕、湖心亭一点,与余舟一芥、舟中人两三粒而已。"

醉翁亭,欧阳修《醉翁亭记》:"太守与客来饮于此,饮少辄醉,而年又最高,故自号曰醉翁也。"

独醒亭,取自屈原《楚辞·渔父》"举世皆浊我独清,众人皆醉我独醒"。

亭子按形状分,有圆亭、方亭、六角亭、八角亭、扇形亭、连亭……可谓造型多样、各具特色。公园内有一桥亭,名曰"百坡亭"。苏东坡家乡四川眉山为纪念诗人,在三苏祠瑞莲西池修建百坡亭。亭的两端入口有书法家书的"水光接天"四个大字,引自苏东坡《赤壁赋》里的文句:"白露横江,水光接天……"亭子对面,有数块石刻,刻有苏东坡的书法作品。

二泉亭,有元代书法家赵孟頫题"天下第二泉"五个字。

清音阁,始建于乾隆年间,原坐落在南海东岸,供清帝休闲观景听音赏月,1954年迁建于此。

公园的最高处,建有"一览亭"。唐代杜甫有诗"会当凌绝顶,一览众山小"。登亭环顾,杨柳垂青,陂陇高下,蒲渚参差,亭阁棋布。

江山亭聚,不是那种微缩景观,按1比1比例建设,小品雕塑景观如原貌一般。书家云集,在公园随处可见书家题字。王羲之、张旭、赵孟頫、袁俊、郭沫若、启功、欧阳中石……

陶然亭公园还是爱国主义教育基地。建于元代的慈悲庵,在20世纪早期,曾是李大钊、毛泽东、周恩来、邓颖超等先进知识分子进行秘密活动的场所之一。不远处有五四运动时北京大学学生会负责人高君宇和石评梅的雕塑。

驻京工作10多年,我几乎每年都会到陶然亭公园去看看,原因有几个方面:一是,我1988年第一次来公园即被吸引,有家乡的醉翁亭,给人亲切之感;二是,独来或是陪朋友同往,走过青年、中年到奔60岁,总有"一如初见"的感觉;三是,每一次游玩,接受一次红色教育,多一次对碑刻诗词文章的重温,赏心又悦目。收获颇多,怎么会不常来呢?!

2022 年 10 月 25 日

上九山古村落

春分前夕,与几位朋友去山东,受当地友人相邀,便去上九山古村落看看。

车行途中,友人为我们"预热"。北宋初年,即有人在此定居立村,历代有村民迁出迁入,户数曾达 300 户。村落里的房屋、院墙、桥栏、桌凳等都为石制,是一个用石头建成的村落。

随着蜿蜒曲折的山路,颠簸了好一会儿,车停在幽静古朴、绿树碧合处。

"古时犯事的人跑到这里,官兵都抓不到。"同行中有一老者曾来过。

"鲁南峰影嵯峨甚……"我脑海里蹦出陈毅的诗句。

友人说:"鲁南有临沂、济宁、菏泽、枣庄和日照,上九山在济宁邹城境内。"

时下有调侃语:"上车睡觉,下车尿尿,路上拍照,事了啥都不知道。"

哎!刚入村口就有不知道的了,一排开得鲜艳,蕊带点红的白花难住了人。

"是白梅,还是梨花?"

"还没到桃花开的时候。"

"是杏花!"幸有专家级的同行解答,"杏花在初春开花。"

"深巷明朝卖杏花""花褪残红青杏小"……吟几句诗,振奋一下精神。

刚迈步,问题来了,若走完古村落得有多少个问?

100个为什么该有吧!

友人似乎猜透了我的心,请了他的朋友——古村落管理处的王总当向导。

古村落原来叫"古树村",因村口一棵古松树而得名。更名为上九山,是2013年的事。旅游公司倾心打造,现已成为AAAA级景区、中国传统村落、中国历史文化名村、中国最美原生态古村落。

之所以冠名"上九山",王总说:"方圆有九座山,村落位于西北角。从风水和卦象上看,居阴位的上九是阳卦,居高而无权,寓不在官位的退休贤人或在野的能人。"

原来,一个山名有这么多的故事。

建筑是文化的符号。受伏羲文化和儒家文化的影响,古村落现存遗迹有玄帝观、爷娘庙、进士院、老学堂和各类作坊店铺。

进入正门,左手处是伏羲庙,右手处是女娲庙。

眺望四周,九座山画出了一个巨大的同心圆。往前走,脚下踩的是大块不规则的山石,经千余年的风雨侵蚀,加之往来摩擦,石头表面已没有了凸起。

"世代居此的居民怎么生活?"我身临其境不由得生疑。

王总说:"村里人世世代代主要以卖鸡崽为生。山里人勤劳朴素又诚信,本地销量饱和时,便千里迢迢奔东北。山里人用被子包裹着鸡蛋,人一路抱着包裹的鸡蛋,到了东北差不多有21天了,孵出来的小公鸡不算,来年再去时收上一年小母鸡崽的钱,母鸡崽在喂养中死了也不算。由于讲诚信又让利,深受东北一带的人民欢迎。"

当然,现有的少量未搬离的居民用不着长途跋涉了。年轻人可在功能馆上班,年长者开个农家乐或卖一些山里的物产。

正说着,前方有位摆摊大妈正做着生意。

"这是什么?"一个年轻人不认识一袋枯树叶子。

"白桑叶。"

又问功效。大妈说:"白桑叶降'三高'、平肝润肺。"

"那是在做麻油吗?"有人望着大妈膝边磨盘上的芝麻,问。

"芝麻盐。"大妈边磨边示范,每磨出一把颗粒状芝麻,便撒少许盐。

见我好奇,大妈把勺子递来,让我尝尝。一尝,鼻闻香口感糯舌有味,别提多绝了。

包上葱蒜和芝麻盐再配上饼,一定更佳。

科技改变生活。路途遥远,地处山间,加之水电气工程难建设等因素,古村落已不适合现代人居住。公司通过置换买断,安排了绝大多数原居民住新房,在原院落分功能打造旅游休闲点,磨坊、酒庄、麻坊、戏台、民宿……项目多,种类全,可以称作"农耕博物馆"了。

在油坊间,我认识了一个石件——石锤。形如腰鼓,腰部有如鱼鳍的凸出,石锤上凿有三个倒三角形洞口。王总说:"用石锤撞击木楔,层层传导压力,位于底部的豆饼就出油了。"

"冬天百斤豆饼 10 斤油,夏天有 12 斤。"王总说。

"为什么?"有人问。

"夏天温度高,油浸出率高。"。

见只有三个柜(箱)一张床在旧时的新婚房,同行中有个年轻人不解。

"为什么蒙面?"年轻人见磨坊里一头驴蒙面工作。

没在农村生活过的人不懂,在农村生活过的人恰恰爱调侃。

"怕老是东张西望看美女,不干活!"

"真的吗?"年轻人穷追不舍。

"看上美女又没有家具,咋结婚?"

一问一答,笑得一群人前仰后翻,幸好不再走山路。

学而优则仕。古村落历史上不乏参加科考者,在萧进士馆内,我们详细了解了进士的生平。

玄帝观建在古村落的最高处。"我们为什么称炎?"同行人从三皇五帝说到如今。

沿路边走边看边问,在萧进士馆和玄帝观之间的一大片区域,地上铺着青砖,往上看雉堞曲折延伸向崖,带有远古的情调。王总说:"未开建,留住乡愁。"

"后人常来吗?"我说的后人,包括儿时在此生活过的人。

"何止！几拨电影人都将其作为外景地了。"

人续行,山鸡也伴行,鸡中健将似想升天般地跳上墙头。有农家乐店主笑脸相对,广告语说:"有墙头鸡,吃一送二(两个野菜)。"

不知不觉间,逛了近10个功能馆,这才感觉肚子饿了,不知是不是因为刚才看了雉堞,受了那"雉"字的影响,想到了"雉鸡"。

中餐看似简单,实则友人和王总极其用心,一上午我们眼光放亮处皆被锁定。先上几杯白桑叶水,再上满满一盆红烧"墙头鸡"。还有那地皮子炒鸡蛋、红烧猪血、红烧土豆腐……最后一道主食,就是山东大饼,包有芝麻盐的那种。

"盘飧市远有佳味。"我被告知,这些都是事先准备的。

胃离心最近,心本来已快乐,添了这么多内容物,差点被乐坏了！

十 竹 斋

早在30年前我任中市区新闻通讯员时,就认识著名书法家唐永嘉。2018年12月20日,我正式开练书法,把刊登在书法作品集里一幅唐永嘉的书作当帖临摹。

业余活动围绕着兴趣。我与唐永嘉老师接触频繁起来,参加书法笔会和宴聚。近80岁的唐老虽不胜酒力,但每次也象征性陪地饮两小杯。一次,我应邀参观唐老工作室,惊讶地知道唐老还是"十竹斋"的掌门人。

许多人知道"荣宝斋",著名的民族文化品牌。北京"荣宝斋"的前身"松竹斋",1672年始创,从事文房四宝和木版水印事业。

"十竹斋"的历史比"荣宝斋"还要久。胡正言,明末书画篆刻家、出版家,字曰从,号"十竹",安徽休宁人。胡正言以自己的书房名始创"十竹斋",发展出版事业,创造出集绘、刻、印于一体的木版水印技艺,饾版、拱花等多色套印技术。

是什么促使唐老担任安徽十竹斋的掌门人?我在与唐老的接触中了解到:曾在安徽工艺美术馆工作的唐老,对书画毕生热爱。眼见安徽著名文化品牌"十竹斋"旁落异地,唐老果断下决心力保,谋发扬光大之业。寒来暑往,数十年艰辛锻造了唐老如磐的性格。

文人多爱竹。唐老告诉我,胡正言的居室周围竹树环绕,书斋里养有十棵嫩竹。

最让唐老引以为豪的是,一次参加全国文化博览会,几家文化品牌创始人谦让。按谦让语来说,"十竹斋"属祖师爷级别的。

文化品牌与文化人的结合,让老字号焕发出新的生机。"十竹斋"现在在合肥桐城路的文化广场内,面积4000多平方米,外带一个1500平方米的室外长廊。打造者,系有着文化传承情结的企业家李总。"十竹斋"在继承传统技艺外,还开展培训、讲学、拍卖、文玩数据化管理等服务。

永远忘不掉的是我和几个同爱好书法的朋友去"十竹斋"的感受,李总、唐老带我们参观。

"这是什么纸?"面对一幅书法作品,我发现那长轴用纸十分特别。

"洒金纸。"

"脱墨效果怎么样?"

"放心!都经工艺处理过。"

他们随后带我参观制作的设备,说是在国内保持领先水平。

在一间百余平方米的展室里,我看到数十幅国画习作。

李总说："有几个俄罗斯留学生，她们每周来学画一次。"

"那是什么？"在一间工作室，一个老师傅正在拿着显微镜看一幅长轴。

"在对文物进行修复！"

走近见有："环滁皆山也……"细看落款：苏东坡。李总说："文物是由一个90多岁的老翁送来的。"

我们兴奋不已，若为真迹，非常珍贵。

我心生喜爱，伸手欲摸。

"不能动！不能动！"李总忙制止。

爱好书法的人，在辨认字是不是苏东坡的作品；爱诗文的人吟诵起《醉翁亭记》来。

有人用手机上"百度"。我猜想是在查两人的生平。

苏东坡（1037—1101）比欧阳修（1007—1072）小30岁。有人提出疑问："当朝得书稿？"

"到宋朝印刷业十分发达，书稿传播不成问题。"有人答。

宋朝洪迈著《容斋随笔》，当朝皇帝爱读。

"那皇帝得书容易？"

"宋朝文化空前繁荣，文人学鉴之风更甚。"正所谓，国家不幸诗家幸！

和苏东坡年龄差不多的朱熹，评阅《醉翁亭记》时说："欧公文亦多是修改到妙处。"

《古文观止》里有当朝"顷有人买得《醉翁亭记》稿"的记载。

一行人，由参观而转向讨论宋代文化和现场鉴宝了。

于我而言，学习了收获了，又得到了一份后续学习的资料——《十竹斋笺谱》。李总介绍说："20世纪30年代，鲁迅邀郑振铎共同出资，发起了重刻辑印《十竹斋笺谱》等典籍的行动。"

弘扬传统文化，坚定文化自信。学了拿了当有个态度，于是我和同事们表示今后要多宣传多推介"十竹斋"。

十 棵 椿

知道合肥地名十棵椿,源于学习中国共产党在合肥的历史。文字记载为:"合肥城市最早的党小组,由童汉章在十棵椿建立。"

童汉章(1897—1943),合肥东乡人,曾参加过五四运动,留学回国后,参加大革命并加入中国共产党,参加过南昌起义。1927年9月,受党组织派遣返乡,以在省立第六师范教书的身份为掩护,发展党员,筹建党组织。

大革命失败后,中共合肥小组星火成燎原之势,先后发展20多位同志入党,并接纳异地归来的合肥籍党员多人。为适应形势发展需要,1927年底,经上级批准,在党小组基础上成立合肥特别支部(简称"合肥特支"),童汉章任书记。

童汉章逝世,陈毅撰写哀词,赞其一生"唯真理正义之是从!"

十棵椿原址在哪?

上"百度",说是在今六安路与霍邱路交口(一带)。省民政厅老同志靳兆忠介绍,现在的庐阳区民政厅大院,就是著名的十棵椿所在位置。

赓续红色血脉,传承红色基因。找准遗址,是对历史的基本尊重。民政厅大院大着呢,到底是哪一处?省立第六师范原址在哪里?

往事不到百年,我请所在地街道办书记帮助找90多岁的老合肥人,想作深入走访了解。

初始回我,辖区内70岁老人居多,90岁又神志清醒的老人难找。

"不难!"辖区内的百岁老人,我分工联系民政时还走访过几位呢!

书记答应细找后,又发来信息,说在现在的位置找到了新的"十棵椿"树。

"有这事,我去看看。"

书记回复说:"小的树龄有几年,树龄最长的有四五十年了。"

嘿,比我还小,差远了去了。

第二天,我到了现场。据介绍,现在所见的十棵椿是古椿树根系发芽长成和新移栽的。

"根系发芽?"我犯起疑惑。

"辖区现存的百年以上的名木古树,没有椿树。"同行的林业和园林局的同事说。

"椿树分香椿和臭椿。"介绍人帮助找依据。

古称香椿为椿,称臭椿为樗。

是啊！那地名应该为"十棵樗"或"樗海云街"等雅号了。

大家一番议论,认定一个事实:想找到近百年的椿树,想必是不可能的了。

移栽就移栽吧,没有办法,权且这样。

那童汉章的住处和省立第六师范也在此处吗?

去雷麻,走肥东,中共合肥特支故事永流传。童汉章指导帮助东乡、西乡、南乡成立党组织,发动各阶层人民投入抗捐抗税、罢工抗暴等斗争。鄂豫皖革命根据地建立后,以合肥、寿县为中心的游击区成为中共中央通向根据地的重要桥梁。

过尽千帆皆不见。我翻遍《安徽合肥地名录》,得到关于"十棵椿"的记录仅只言片语。

关于省立第六师范原址,我只在《图说合肥抗战》一书中查到相近的描述:"省立六女中高中师范部（今省政府院内）。"

在市党史办资料室里,找到了一份记录,我摘抄片段:

童汉章46岁,崔筱斋36岁,蔡晓舟46岁,陈原道31岁,李慰农30岁,张守仁26岁……越往下年龄越小,不忍卒录。合肥早期的共产党员们,大多以"壮烈牺牲"作为生命的结尾。

找寻十棵椿的过程,使我多接受了一次党史教育。

我突发奇想：十棵椿是不是白色恐怖下,中共地下党人活动的暗号？不得而知。庐州大地,哪一块土地上没有红色的印记？此时在我心中,十棵椿应是革命文化的象征。心生此念,身便释然。找到或找不到十棵椿的原址,已经不重要了。

大地,伴随地壳运动而发生变化。树木,也终究有自身的寿数。而唯有红色精神代代相传、永无尽年。

音乐小镇

庐阳区文联常务副主席孙本全提议,到音乐小镇看一看。联系音乐人、服务音乐家,是分内的事,我自是爽快前往。

音乐小镇,位于辖区的三十岗乡,2015年在因水源地拆迁的原村庄上翻建的。

我在政府工作期间,因为不联系这块,接触得不多。第一次真正接触,源于信访维稳工作。2019年3月,我计划15日晚上离京。接到消息,在北京招商的区委副书记张旭生来看大家,我只好改签车次。见面交谈,才知是为音乐小镇的事。交谈里有"迷笛、左岸……",后来知道这些是音乐品牌名。我依稀记得,自己对区、乡领导说过乐于帮助之类的话。

也许基于此,我到过音乐小镇两次。有一些人气,三五家店面开着门。有一家类似微型博物馆,陈列有耳机、单卡录音机、磁带、光盘。我拿着一盒带有邓丽君着旗袍照片的磁带看,同行的年轻人以为我欣赏美女,却不识磁带。我解释一下,磁带保存不便、体积大、易受潮易绞带。随着电子科技发展,模拟录音的磁带,早已退出市场了。

放眼望去,大大小小的房屋建筑,风貌为圣托里尼特色。圣托里尼是希腊爱琴海的一个小岛,建筑蓝白相间,简约大气。墙绘艺术新潮,笔法灵动,色彩艳丽。绿植苗圃有创意,花香馥郁沁人。

此次来,走在石子路上,踩不出足迹,声音却不小。远望,曾被誉为本埠"普罗旺斯"的音乐小镇,暗淡了许多,那是因为风吹日晒雨淋,图画色彩更老成了。

花径被衰草揽怀,"致爱丽丝"的店门上有一把挂锁和一条铁链。透过窗户玻璃向里看,原微型博物馆已物移屋空。环顾四周,才看出小镇少有人迹。唯一一家音乐咖啡馆,像是有人住的样子,我向里呼唤,无人回答,推门入室,不见有人。出门,见一只月把大的小狗,双眼皮、小嫩爪,好奇的眼神望着人。我蹲下摸摸头、握握手,那小狗又喜又怜又怯。

李忠龙,钢琴家,东北吉林人,为了爱情来到合肥,专门从事音乐教学工作。他看上了音乐小镇,想干出一番事业。

我们站在音乐小镇最高处,我的思绪如杨花,漫天作雪飞。

村支书张婷婷介绍说:"上一家音乐企业经营不善,与乡村的事务尚在处理。"

一群人分析了利弊。有利点:三十岗乡,离城区近,毗邻有滁河干渠风光带、国家大科学装置和 AAAA 级景区合肥三国新城遗址公园。需要面临的问题是：地处饮用水源保护地，要解决好生态环保的事。

音乐扮美生活、启发智慧、升华心灵、蕴藏力量。发展音乐事业是庐阳教育强区、文化强区的应有之举。

市国土局张国栋说，"现有政策鼓励盘活集体建设用地"，表示支持音乐小镇项目早日落地，发挥效应。

"休闲文创结合，研学节会累加……"

"乡村振兴、产业转型……"

大家说到了电影《你好，李焕英》，又说到了电影《芳华》。音乐，勾起不同年代的人的情感记忆。

我总感觉，资产闲置实在可惜，多少音乐人需要平台，多少人渴望艺术熏陶。心中有情才动情，心中有歌方能歌。讨论声盖住了夕阳媚人的脸。

围桌坐，加微信。今天是个好日子，明天5月8日——母亲节。相互间，自是少不了节日祝愿。哎，5月8日，也是邓丽君逝世27周年的纪念日，又一同纪念一把。

"无波真古井，有节是秋筠。"相见欢，永遇乐，更有共同喜爱的音乐人。

"我去过筠园！"

"筠读'yún'又读'jūn'。"

一群想干事的人，临收场都不忘扣主题，大议特议起邓丽君来。伊人远去，歌声永在。

音乐小镇之行,是不是我那几年前几次接触小镇的回声?

2022 年 2 月 7 日

最是深刻黄冈游

我曾经游历过许多地方,留下不少的印象。湖北黄冈,是给我留下深刻印象的游历地之一。

在大别山区生活过 10 年的我,直到参加工作时才知道大别山的名由。1000 多年前,李白登顶顾盼山脊两侧赞叹曰:"山之南山花烂漫,山之北白雪皑皑,此山大别于他山也!"

我,一个生活成长在山北的人,第一次到一山之隔的山花烂漫的山之南去。

时光回拨到往日,那是 1989 年寒冷的冬天,游黄冈给我心中带来的充实,减弱了凉意。

我和办公室的老胡、居辉三人,因公滞留在武汉。

"附近黄冈有个东坡赤壁!"居辉建议一起去看看。

黄冈县,这"县"不就是农村吗,还不跟我的老家霍邱县一样?无知者的所想有时真会终生不变。

"远吗?""不远!"一个是有一搭没一搭地问,一个却是认真地答。

书。苏东坡在黄冈写下了《赤壁赋》《后赤壁赋》《念奴娇·赤壁怀古》……我与书法属"两不沾",竟不知从哪得来了兴趣,喜不自禁地动起手来。我手摸石碑,顺着笔势临摹起来,口中背起了经典名句:"哀吾生之须臾,羡长江之无穷……"

两同事不解我怎么"赖"在景区里不走,已出景区门的他们又折回来找我。

一个地方可能成就人,也可能成为一个人命运的转折点。对苏东坡而言,黄冈就是这样的一个地方。苏东坡完成了自我突破,文风变得高远豪迈、旷达隽永。可以说,苏东坡最好的诗、词、赋、散文、行书都是在黄冈作的,可谓"风流最是黄州著"。

我在想,单一个苏东坡就为黄冈带来了许多文化,再加上这块土地上如"井喷"的科学人文大师、令人咏叹的绿色森林、老区的红色印记和那高考"神话"……那些没有什么积淀的地方,急得昏了头,竟然也想冠什么"夜郎自大市""西门庆市"。

果不然,在我那次游历后的1995年,国家将黄冈撤地建市,为黄州市。那"武赤壁"冠名为赤壁市。黄州将城内原来三个小湖整修连通,以苏东坡《遗爱亭记》命名为"遗爱湖"。

识从历中来。不知不为过,错在忽视难得的学习机会,游历本身就是一个很好的学习之法。

其实,与诗词书画、文史典故相比,我最爱好吃。民以食为天嘛。

黄冈游让我终身受益:学习历史的兴趣,旅游的兴趣,精读《古文观止》的兴趣,爱好文史的兴趣,品美食的兴趣……假若当时听不进建议,固执己见,今天的我会是一个什么样的人? 真是"不可知、费思量"。

出了景区大门,我等三人如长了飞毛腿,迫不及待地就想吃到东坡肉、东坡肘子、东坡豆腐……苏轼不仅懂建筑,喜瑜伽,擅诗词书画,更是一位美食大家。有记载称,彼时黄州的猪肉、羊肉、鱼虾极便宜。他摸索出了一个炖猪肉的方法:用很少的水煮开之后,用文火再炖数小时,再放酱油,"东坡肉"横空出世。他做鱼的方法也很特别,选一条鲤鱼,用冷水洗净后,擦上盐,在鱼肚里塞上菜心,煎炖时放葱白、生姜,浇咸萝卜汁和酒,到快要好时放几片橘子皮,趁热食,味道绝佳! 他又发明了"东坡汤",方法是用两层锅,米饭在菜汤上蒸,汤中放有青菜、萝卜、油菜根、荠菜……饭熟之时菜更香。

那一餐,撑圆了三个肚子,三人自嘲——"东坡肚子"。

本篇为补记,去黄冈那年我 25 岁。"下雪天睡凉炕,全凭火力壮。"这是说年轻人的体质好。我天生就不怕冷,更何况装了满肚子的东坡系列美食呢!

时间过去 30 载,每次回味总绵甜。

最忆是杭州

国内有许多城市，我也去过不少，能留下难忘印象的却不多。于城来说，我非伟人名士，生成不了人文景观；于我而言，意义非同一般。

杭州，作为吴越和南宋时期的都城，以及历史上许多人物的游历地、寓居地，后生我不曾留有故事。尽管杭州是我的旅行结婚地，但本篇不打算详述这些。我经常想起与某个城市特别的故事。杭州，就是这样一座我心目中的城市，有许多属于自己的人文景观。

也知妇儿心

我完婚第二年，单位组织劳动模范、先进工作者及其家属赴杭州。卫生系统女同事多，那个团除一名小伙子外，其他全是妇女和儿童。

安全第一！谁带队？

我在卫生系统工作了整整 10 年，局长李文玲在我被提拔离开单位时感慨："仕旺做事从不躲懒！"

"小丁，你带队？"局长当时找我商量。

我在犹豫。去过杭州，没了新鲜感。再说女儿出世才几个月，舍小家为大家？

工会女工部邵滋喻怕我拒绝忙表态："就带个队，保证不添麻烦！"团里的几个大姐、小妹急盼的眼神齐刷刷聚焦，如激光般有威力。

那一路，唉！我名为带队，实是向导兼更夫、挑夫……

西湖、六和塔、灵隐寺……留下了妇女和稚子的笑容。景点外，一个人正坐在石阶烟绕身，焦急地等，心中默念："莫出事、早回来……"

中晚餐的时光最快乐！那大姐、小妹给我安排两瓶啤酒，还是"青岛啤酒"。这在商品不丰的当时是什么概念？我抽的香烟才一元多一包，一瓶啤酒三元。

喝吧，不然愧对多少双感激的目光。没有领队团将焉存？

惊心动魄的一幕发生了。返回前聚集在杭州火车站站前广场，女同事如打了鸡血般，已是大包小包了，还要再去购物。她们丢下孩子，我又成了幼儿园园长了。

左等不来右盼不见。拷问读者一下，为什么幼儿园一个班的孩子不能多？广场上的我彻悟："下次带孩子出门，我得带绳子！"幸亏那个名叫杨天寿的小伙子陪着我，两个辛苦的"保育员"。

火车快发车了,有两名女同事还没到。在那个没有手机、微信的年代怎么找人?派去找的人也不见了踪影,急煞了我。

天意安排,好在那个年代火车经常晚点。

上车后,我望着那两位被找回来的同事,瞪大眼睛咬牙切齿却又咽下肚子里的话:"怎么不让人贩子带走啊?"

往事已过数十年,团员欣喜杭州游。那位帮助我的小伙子也近天命,当了卫生局局长好几年了。

珍贵手足情

"情同手足"一词,文章里虽常见,生活中却是稀缺资源。

2013年4月,我负责淮河路336号D级危房拆除工作。危房遭遇绵绵阴雨更是险象环生,我一连几天焦虑工作竟毫无进展。同事们反映有一户老夫妻的工作特别难做。我登门拜望时心头一震:两位老人不正是我少年玩伴铁生的父母吗?

铁生姓殷,是我上初中时的同桌。他虽学习不算优秀,但并不影响成才。三百六十行,行行出状元。他学会了一套"顶端"功夫——美容美发,在合肥的"青年""时代""大上海"等多个美发厅工作过,不仅界内有名气,有一次参加在杭州举行的全国美容美发大赛,还获得了人生的第一个大奖。有一个宾馆老总看上了他的技术,更看上了他的人品——选做了女婿。

我打出电话,知我为难时,电话那端说:"仕旺,电话里不说,我明天就回来!"

他回到家,10分钟就搞定了。据说,他父母从他口里得知,登门拜望的那个老小伙子,正是数十年前常到家里玩耍的小屁孩时,立即交出了钥匙。

我问铁生:"为什么非要回来一趟再说呢?"

"仕旺你不知,避免电话被窃听!"

嘿!平头老百姓一个,听你啥子呢?我当时没听懂他神秘兮兮的话。

我又一次到杭州去,他从家里背来六瓶有年代的老酒。我开玩笑说:"你哪来的老酒,莫非偷老岳父的?"

他接待我和我的同事,找了一家并不低档的海鲜酒店,却执意让店家把饭菜摆在门口像是大排档的餐位上。他说,考虑我们在职,坐外面吃畅快。他重情又心细,令我不得不钦佩。

我们之间,谱写了一曲又一曲非与女同学的"同桌的你"。我每次到杭州,见他成了必修课。

单位图书室

办公室工作的主要内容是办文办事办会,对工作人员,尤其是对秘书科要求更严。那年4月,我刚转岗到办公室,就遇到领导带我和办公室的几位秘书来杭州,站在楼外楼酒店的屏风前,看见屏风上写着苏东坡的诗:"欲把西湖比西子……"

"谁的诗?"领导拷问一个男性秘书,这位秘书窘迫不堪。这位领导语言犀利地直接问我:"仕旺,你怎么带兵的?"接下来的活动中,几位秘书如老鼠躲猫般远离领导。也难怪领导发脾气,竟有年轻秘书不知苏堤、白堤的由来。有一位轻声问我:"老哥,雷峰塔与雷锋什么关系?"

我差一点笑翻了,他的文史知识都差到了什么程度?

我没有批评,毕竟他是在不耻下问。

这个经历带给我启示,回单位即着手实施。我认为,一个领导,尤其是一个基层领导,要领着大家干事,更要引导手下人成才。

单位每年年底卖废旧报纸,积攒了一点碎银子。我改变传统,不许分、不许吃喝,用于买书——辟建单位图书室。在领导身边工作,若没有一定的知识积累,必是心慌了。

往事并不如烟,那间小小的单位图书室,依旧无声地等待年轻秘书来光顾。

酒能抚慰心

费大爷长我 10 多岁,退休的他几乎每年不少于一次来看我。那年夏天,我们随团考察环卫市场化工作,在途经邻省的一个城市时，因为行程将毕，转日返回，团员们便将行李放在车上，只带简单的洗漱用品去住宿。

第二天早晨出发上车，大家都傻了眼——我们放在车上的行李被洗劫一空。经与宾馆交涉，对方按我们提供的发票额的一半给予补偿。费大爷购物，把"不要发票"当作砍价的撒手锏，他与我们买同样的东西，价格总是低于我们。尽管如此，领队发补偿金时还是尽量照顾他。

遇到这事，领队也感到愧疚，于是带有安慰性质地开恩——允以在杭州停留一天。费大爷心痛着损失，光脚穿皮鞋在房间里来回走动，不愿外出。

"大爷，我带您出去转转？"我试图转移场景。

于是，不穿袜子、不打雨伞的两个大男人，打车径直去那西湖边的景点。几处逛下来，仍不见费大爷转悲为喜。何以见得？傍晚时分，岳飞墓景区只有四个不是躺着的人——费大爷、我和跪在墓前的秦桧夫妇。天上雨不停，淋湿四人，只是有一人对着另一人不住地吐唾沫，伴有气愤的话："就是你！就是你！偷了我的行李！"

但见那费大爷，直把秦桧当偷行李的贼。幸亏有铁栏杆挡着，不然费大爷踢坏皮鞋也不无可能。

西湖小雨润如酥，灯景近观遥却无。到了晚上，费大爷郁结的心胸终开张，饿腹生食欲来。

西湖东北角一家小饭店内，两个受灾人，一瓶烧酒几碟菜，口辣脚热心底暖。

想要做"悟空"

我曾带队来杭州学习过道路停车,这次来学习"空时停车"。才几年之隔,科技运用快得真让人赶不上。城市快速发展,停车成了必须破解的难题。这家公司向我们介绍了"空时停车"的做法。

你的车开出来,车位仍在。在空的时候能不能拿出来,让需要停车的人用?该公司开发了一款软件,附近需要者点开,能就近停车。金总是小我5岁的帅哥,曾经做过公务员的他,成功地解决了车(位)主、物业公司和需要停车者的矛盾,在杭城多个小区试点成功。

这个做法能不能在合肥实施?实话实说,我这次本不愿带队来,过50岁的人想休息;更实话实说,每一次学习之后,必是一场时间不短的劳累工作。引导屏建设、停车场建设……时光大江东去,汗水蒸发无迹。望着信心满满、跃跃欲试的同事,望着激情澎湃的杭城老师们,一股力量在血液里激荡。

性格不光决定命运,还决定了工作者的决策。大家共识形成之时,我鼓励说:"人活着还是要干点实事,否则到了退休后再回望,如《东方之珠》里的歌词一样,'回头望望,沧海茫茫',有白来人间一趟的感觉。"今日的我了解自己,自负是我的性格之一。

永远的西湖

许多游历的地方,若有了第一次的印象,以后在与朋友交谈和自己读书时,就会如一次次地"故地重游",再去的渴望便会与日俱增。杭州正是我心中的这样的城市。

西湖的产生定有个过程,抛开地质学,单说人文因素。隋朝时,湖居城西,以方位冠名。文人雅士多爱游历,创作的作品又扩大了地域的影响。白居易、苏东坡诗文里经常使用"西湖"一词。南宋统治者偏安一隅,不思富强,沉迷于湖光山色,奢靡享乐,掷金铺张,西湖的"销金锅"称谓恰当又辛辣。皇帝爱,文人喜之游之歌之咏之……明朝冯梦龙《警世通言》里的"白娘子永镇雷峰塔",后世演唱不衰,又新增了"断桥残雪"景点。

曾经,理科男的我学历史,常把东周与春秋、五代十国与五胡十六国混淆,后来因为关注并迷恋西湖的文化历史,才彻底地搞清楚原先的误解。在唐宋易代间,中原地区出现了五个短暂的王朝——后梁、后唐、后晋、后汉和后周。杭州属后梁的吴越国。传说,有方士向当时的吴越王钱镠游说:"西湖底有龙脉,填湖建屋宇,自拥可成皇。"遭到钱的断然拒绝。试想,倘若钱有一念之差,千年至今的先人及我等并所有的后人,永不得见西湖。

最近一次来杭州,当地朋友介绍说,滨江区与萧山区之间有一个人工湖——湘湖,面积比西湖大。

"有什么故事吗?"我问。

"据说越王勾践和吴王夫差在该处激战过。"朋友答道。

学校在于大吗?湖也依然?人工造景,故事还是据说?我不想去,待我查阅史料下次来再说吧。

信息互享,顷刻聚齐。西湖之滨且同行。

听说,杭州的特色街区有许多;又听说,杭州的"云平台"建设得很好;还听说,杭州的水环境治理全国领先……留待下次再取经。

难忘武汉

说居住的城市,印象中最深刻、最难忘的,当数武汉。

与北京、西安等古都相比,武汉的风景名胜并不多。磨山、东湖、黄鹤楼、古琴台等,屈指可数。汉街、户部巷、木兰围场,都是后来打造的,年龄尚轻。

我没在武汉寓居过,没有家人在那,初恋情人也不在那。但我常常想起武汉,因为那些年、那些人、那些事,成了我百余斤身体的一部分,挤占了我记忆宫殿里的空间。

写武汉,是为减负减压,只为心的释然与欣然。

我与武汉,一人一地,有着仅次于生命年轮的交往时间。

儿时打谜语:夏天盖被子——武汉(捂汗)。理科男的头脑里仅有"九省通衢、交通要道"的概念,只是一直未曾去过。

1989 年 12 月份,我终于有机会去武汉,去之前异常兴奋,遍告家人。爷爷说,他当年"跑鬼子反"时去过。爸爸说他当兵和出差时都去过。"武汉有个汉正街!"爷爷和爸爸说出一样的话。

人生有许多个第一次,那是我第一次去武汉。

1989年初,全国范围内开展清理整顿公司工作,我有幸被抽调到"清整办"去做秘书。针对当时区里一家公司的经济问题,需年底前外调了解,遂成了初行。

30年前的交通不便,合肥至武汉是不通火车的。一大早乘长途客车,经六安、固始至鄂州。山路居多,一路颠簸,14个小时之后,近晚上9点我才到武汉。

同行者三人,我、工商局的居辉和会计老胡,住在解放大道附近的一条支路上。

"居辉,晚上带我转悠转悠。"我难抑外出的激动,如囚犯的放风。

"武汉大呢!往哪转?光解放大道就有好几公里长。"居辉曾来过武汉,我便不停问他,以增加一些对武汉的了解。

"才饮长沙水,又食武昌鱼。"想起毛主席的诗句,我疑惑地问:"武昌是武汉吗?"我当时以为武昌是武汉的别称,正如庐阳是庐州的别称一样。

"武昌是武汉的一个镇。武汉三镇——武昌、汉口、汉阳,取其首字,是'武汉'之称的由来。""这么大!"大——是我对武汉的第一印象。

晚上小酌,在一处门面不大的酒店,好像是厨师训练班的对外营业部,吃了几个价格相对便宜的菜,菜名大多忘了。那时我与居辉工资都不高,胡会计虽工资比我俩高,但他有几个孩子,负担也是不轻。只记得点了一份武昌鱼,鱼是什么味,没特殊感觉,心疼得只感到一个字——"贵"。

工作之余，我们便去景点一玩。

"汉正街在哪呢？"我甘当小学生，把居辉当老师。

汉正街不是一条街，而是指一片区域，房屋不高，异常热闹。人最多处是吉庆街，街上的饮食摊点使我不停地驻足。"汉正街"的站牌给人置身20世纪二三十年代电影场景中的感觉。我设想，爷爷和爸爸来的时候是否同感？

从汉口到武昌经过长江大桥，"龟蛇锁大江"，龟山和蛇山是大桥引桥的桥墩。

东湖水面波光粼粼，磨山远景清晰可辨。我与居辉下了决心，坐上快艇，任疾风从两颊飞过，身轻飘然如飞，坚硬的竖发"跌了跤"。我们忘了花钱的痛惜——那时的30块钱，相当于一个人两个月的生活费。

出差近一个月，跑了大冶、孝感、黄冈、岳阳、浏阳几个城市，返回武汉正是年末，追回资金10万元。

第二次去武汉是10年之后，1999年我市评选出"十大杰出青年"，我单位有一人入选。市里组织"十大杰出青年"外出采风，我作为联系的部门人员被邀同往，行程第一站也是武汉。

我任区委宣传部副部长、文明办主任期间，我市正争创全国文明城市。庐阳区的软件资料准备得不充分，市文明办要求尽快补齐。

"仕旺，别报喜不报忧。"这是单位领导对我说的耐人寻味的话，莫非领导知情？

"我带同志们专门去武汉取经。"见到领导不能跑,我就主动提建议了。领导批准了我的建议。那时全国文明城市指标刚出炉,中央文明委选择在武汉市试点。

2004年去武汉,没有走皖豫鄂三省交界,是从界子墩到黄黄高速方向,4个小时车程。

心中有任务,于是,与当地同行沟通学习后我们便考察起武汉的市容来。

"仕旺,在哪里?"领导打来电话,显然家里人手不够用了。

"珞珈路与××路交口。"我如实回答。

"路对面是不是解放军某部医院?"

"是啊!"好像领导有跟踪器一样,我怎么就逃不出领导的视线呢?原来领导曾在武汉当过6年的兵,武汉的路他熟透了。

多年之后的2014年,庐阳区终于夺得文明城区殊荣。有媒体报道:"十九载历经艰辛,众将士功不可没,庐阳区获全国文明城区殊荣。"我想这里一定也包含2004年那一批人的辛苦劳动。

第四次去武汉,确切地说是第四、五、六、七……我统称为总的一次吧。

2009年,女儿考上位于武汉南湖之滨的中南民族大学。都说"女儿是爸爸的小棉袄",武汉的冷热气候、饮食起居,"小棉袄"可适应?我几乎每个学期都要去一趟,融入了父女情感,我与武汉更亲近了。

当年,动车开通,合肥去武汉只需 2 小时 40 分钟。我戏笑地说:"动车是为方便我看女儿而设。"

单位领导赞赏我望女成凤心切,一次在武汉召开全国经济发展论坛峰会,领导指名带我。

其间,我抽空去请我女儿和她的室友吃饭,突然接到领导的电话。

"仕旺,快过来,有几位老朋友想见你!"接了电话后,我为四位小美女添了菜,买了单,一桌丰盛的菜总量不变,食客减少。

怎么了?领导不是放我假了吗?我在从武昌到汉口的路上想。

打车赶到目的地,怎么是吉庆街?怎么又是那个饭店?竟然还是那个包厢?

有几位朋友,正是我 2004 年来取经学习时接待我的领导和老师。

曲终人不散,同团的朱传华是从中南民族大学毕业的,他的武汉同学得知消息,非要请吃消夜。

"仕旺,陪我一块去!"

"好的!"女儿报大学时,是他带着我来武汉,找他留校的同学的。东湖一角,一片藕花之上,木栈桥尽头,正是消夜处,他的同学马丽、韦忠南、张泓等 10 余人,唱起了 80 年代校园歌曲,幸好东湖四周没有居民楼。聚罢已夜深,我们小心地走过摇摇晃晃的栈桥,没有惊起一滩鸥鹭,却扰乱了两岸的灯光。没有落水的事故,多了一桩武汉的故事。

40年皆为一瞬,何况区区4年。2013年,我牵头负责七桂塘特色街区的打造。这次任务由我主抓,我不是学商业经济的,感受到压力袭来,于是边学边干,依样画瓢。

一日,考察完武汉的归元寺、汉街,来到位于黄鹤楼周边的户部巷。这是一条新近打造的特色小吃街,品种繁多,色香味俱佳,同事们不忍离开。真可谓:"好吃佬"的福地,美食家的餐厅。

再带着同志们赶到汉正街,却没有了好运。美食不见,曾经难寻。此时汉正街正在改造,脑海中存留着过往的一次次印象。

据说,改造后的汉正街,将是集高端品牌、居民休闲购物于一体的特色街区。果然如此,前些年再去汉正街,我再也见不到老样子的吉庆街,再也见不到那个饭店和那个包厢,但20多年相关的那人那景依然萦绕。我竟不能仔细地多看一眼,尽管此时的她——汉正街蜕变为锦衣靓装,我满是排斥。真是"相见不如怀念"。

我的爷爷离世10余年了,他自是不知。身体硬朗的80多岁的老爸问我:"汉正街还是那样吗?""嗯!"情绪会传染,我不能让失落侵入老爸的心!

我之后再到武汉,不知怎的说不出的惆怅,心里抗争地自喃:"那一切还在,还在!"去看汉正街的脚步总是不愿挪动,怕惆怅未解,又多出了"燕来楼空""而今我来斯已去"之慨来。

一次我在全国特色街区年会座谈会上说:一个城市的历史记忆应该保留,虽城市规模不断扩大,但一处特色街区会影响几代人。如去过上海的人会永远记着南京路,去过南京的人不会忘记夫子庙,去过苏州的人必逛观前街,去过武汉的人焉能不提汉正街……

我怎么又说到了汉正街呢?不是已经下定决心不再去了吗?我说的是我初见时的汉正街,一如祖辈父辈我辈乃至我的孩子印象中的那条街,我的孩子的孩子只能从此文中想象描摹出汉正街的景。

武汉与合肥的距离不会变,黄鹤楼、东湖、南湖、中南民大……许许多多都将在,我脑海中关于它们的记忆依旧在,成为我生活中的元素。那"汉正街"必是转为"基因",永生在我的意念中。

人是渐渐变老的,在我黄金期的30年里曾去过武汉多次,我与在武汉接触的人、地和事的情感会被珍藏且与日俱增的。

艺术人生

记中俄绘画艺术交流展

远山、村庄、河流,雕塑、肖像、花鸟……满目都是俄罗斯风格的艺术作品,没去俄罗斯,也能观赏到。这是我在合肥市文联主办的"中俄绘画艺术交流展"上的所见。

今年是《中俄睦邻友好合作条约》签署20周年。两国多地开展多样纪念活动。此展即如是。

对我这个绘画门外汉而言,"原生态"是我对俄罗斯绘画的最大感受。21世纪初我曾去过俄罗斯,此刻像是回到了从前。时光如倒流。眯小眼睛赏油画,睁大眼睛看画上的美女。眼睛开合度转入正常时,面前正是中方的"罗汉""海之韵"两尊雕塑作品。

老友、中方策展人徐晓虹告诉我,此次展出有百余幅作品,皆为著名艺术家所作。19世纪中叶,俄罗斯出现巡回展览画派,促进绘画艺术的交流融合。

我受教了。以往观赏俄罗斯作品,顶多只记得作者名字是"斯基""娃""夫"什么的。

徐晓虹告诉我,因疫情影响,俄罗斯的艺术家暂不来现场。不过,在 10 天的展期内,主办方会分期、分批安排在肥的俄罗斯留学生观展。

"俄罗斯绘画对中国影响很大!"合肥公麟美术馆馆长朱敏夫向我介绍道。

"省博物馆、合肥工业大学……"其影响范围也包括建筑,我列举了本市的一些老建筑。

会老友不忘结交新朋。经介绍,我与李娜握手。此李娜,非打网球或唱歌的明星李娜,乃莫斯科华侨华人联合会会长、中国和平统一促进会莫斯科分会常务副会长也。

李娜说:"曾为贸易活动来过安徽,对安徽的人文景观印象很深,将来会有更多的活动放在安徽,加强两地文化交流。"

友谊架桥,艺术传情。出席活动的省市侨联、文联领导致辞时说,文化艺术应放在世界格局中,要加强与世界各国艺术家的交流。

活动开幕时间是 2021 年 12 月 18 日上午 10 点 18 分,时日分秒都成双。每一日,若不与有意义、难忘的事联系,大不了是 8 千天、3 万天里普普通通凑数的一分子,终究会消失于无痕。

好事成双,我与庐阳工业区书记刘肖钰同行。

2021 年 12 月 18 日

"情"棋书画

常言道:"柴米油盐酱醋茶,琴棋书画诗酒花。"本文说的是围棋与书画"联姻"的故事。

庐阳围棋运动协会拟举办辖区企业家联赛,邀我参加。我不是企业家,但爱好下围棋,便随口答应。

谁知一报到就接了项新任务。协会想给每位参赛者发一把折扇,需要邀请书画家在折扇上创作作品。按协会会长李曙的话说:"这样,更冲气些!"冲气,乃家乡方言,指漂亮、上档次。书画家作品,有收藏价值。

"好主意!"我对扇面有特殊的感情。中国书画表现形式多样,单书画尺度就分条幅、楹联、中堂、斗方、条屏、册页、手卷……扇面的扇因与"善"谐音相同,被广为使用。经历世事的人都懂得,一个单纯的"善"字,包含了多少深沉的意蕴,上善若水、善行天下、心善神美……止于至善,方能臻于至美。

要冲气,是好事。问题是,时间紧,能找到书家、画家吗?活动多少带有公益性质,有劳动报酬吗?再说写、画什么内容?一连串的事情。我答应帮忙,算积一次小善吧。

先联系书家,正巧,庐阳书法家协会周六上午有个笔会,会后可不可以移师东进?跟孙本全、汪爱军、张徽一说,都爽快答应。

电话联系中书协会员李多来、省书协会员胡兴洪……皆没有问题,压根不提报酬。

回家的路上经过书法家何忠平的门口。何老师近期带两个孙子,上面还有老人需要照顾,前几次没能参加协会的活动,心里痒得慌。我抱着试试看的心理,喊了几声,无人应答。拨通电话,接了,人在家。

"我把门前的花拿跑了!"何老师家住一楼,门前庭院里养了不少花。

"拿吧!拿吧!"何老师一边回电话,一边走了出来。知道我约见门外,方便抽烟。

说了来意,何老师短暂为难后说:"没问题!我提前把家务干完,把饭菜烧好。"老师愿意跟我跑。

太好了!我又发信息问中国美协会员张绪祥:"画家好!周六上午有书画协会为围棋协会义务作扇面活动,可方便参加?"

"没问题!"几乎是秒回。

画家又发来信息问扇面,问时间,问款式。

我回:"可以画好带来,也可以现场作画。"说完,我把手机里存储的一张"弈趣"图发过去,那是我参加文博会时拍摄的。

回到家,我再考虑书写的诗词句子。做人要厚道,书家、画家情义无价,我得多做做准备工作。

为围棋运动写字,不同于一般写作,文不对题总是不好,应用一些围棋方面的诗词句。

过天命又七的人挑灯夜战。先翻那《千家诗》,乖乖隆地咚,千余页厚的书,要翻到什么时候?换书,换那《宋词大全》,此书比那书薄了几百页,翻了一会儿,里面满是愁愁愁、爱爱爱。错错错,看来我的方法不对。阳台上多了几个烟头,我灵光乍现。对了,家里有一本《围棋与诗》的小册子,只是不知放哪儿了。

说干就干,衣服一脱,钻进柜橱里。声响扰得家人疑:"干什么?别冻感冒害家人!"

"是是是,反正不是找情书和私房钱。"着单衣的人振振有词。

给个支点,敢撬动地球。幸好找到这本书,定价2元,207页的书内容丰富,历史上的诗家如杜甫、元稹、白居易、刘禹锡等,都写过关于围棋的诗。我如获至宝又如鱼得水,终于在围棋的诗海里寻得宝贝。

华夏文明凝聚着文化发展的成果。围棋有几千年的历史,依《围棋与诗》的序所言:黄帝时,容成创造过历象,因围棋361个点,象征周天360度。又传尧造围棋以教子丹朱,广大劳动人民画地平沙以娱,也有说战国纵横家如张仪、苏秦等人所作。

还有一说值得商榷：南朝《齐书》记，梁武帝萧衍第八子武陵王少时破荻为片，纵横为局。若此成立，早于这个时代的西晋"王质烂柯"的典故就有问题了。

无论哪种答案，围棋诗至少有几千年的历史。其间不乏以诗才见重的棋手、以棋艺著称的诗才。

编发信息带附件给几位书画家："星期六上午10点40分，帮助庐阳区围棋运动协会义写扇面，词组供各位书家参考。"这才看手机上的时间，正凌晨4点。

附件：

有关围棋的诗词句：

画地博沙、容成历象、尧教丹朱、方寸天地、纵横风云、纹枰论道、境界自成、物我两忘、涓涓心流、动静方圆、和谐依持、黄莺扑蝶、元玉文犀、楸玉枰开、载酒敲棋、谢公赌墅、视辙望旗、夜雨秋灯、胜欣败喜、天地恢宏、坐看云起、虚室生白、马踏飞燕、仙老炼丹诗酒趁年华、知彼先知己、胜负成算在、相攻运意深、破愁逢一笑、复盘闻夜雨、心术无算处、制胜于无形、闲敲棋子落灯花、烂柯山下正弈棋、云在青山月在天、局中大笑惊云飞、闲看数着烂樵柯、五百年来棋一局。

与中央美术学院的二三事

一个理科男,咋与中央美术学院有关联?我的朋友中有中央美术学院毕业的,总不能说我也毕业于中央美术学院吧!

我曾经与中央美术学院有过一次亲密接触。几年前因公务赴京,同行的大杨镇副镇长韦红章拖着我到他表妹家做客——受金石专家父亲的影响,表妹婿小蔡爱收藏,家中满是古玩字画。新近一次到京,巧合的是又和韦红章同行。韦红章表妹来电,一定要请吃饭。嘻嘻,窃喜!只是时值周末,表妹要先带学画的孩子参观一个画展,邀我们同去。好吧!我等吃饭太"狼"相,附庸风雅一回,没什么坏处。

所参观的画展就设在中央美术学院展览馆。一进馆厅,艺术佳作迎面而来。齐白石的虾、徐悲鸿的马、张大千的山水……我是美术门外汉,自然走马观花。

出门抽烟时,竟被展览馆外围的雕塑群吸引。

人的气质蕴藏着经历。数年来参与特色街区打造,处了一批雕塑家朋友。近谁像谁,我花上个把小时琢磨,并发了几件雕塑的图片给雕塑家张灵。

"老哥怎么在中央美术学院啊?"回复暴露经历,回者不是冒牌。

"重寻张教授当年'初恋'的足迹!"感情笃深的兄弟间开起玩笑来。

美术的内行在内,雕塑方面的半坛醋在外,手夹香烟徜徉校园,感受艺术氛围,竟也跟上了学画爱画人的步伐。

我快转岗,公差渐减,看来再出差赴京,尤其到中央美术学院的机会不会有了。

近日,辖区公麟美术馆朱馆长来邀,中央美术学院和合肥市文联举办"中央美术学院安徽校友会书画展",将展出80名在皖的中央美术学院毕业生的130多幅书画作品。

我答应参加,算是学习。这次与中央美术学院接触,是上次经历的回响。

12月5日上午,风和日丽。我在大门处签到台上恭敬地留下"丁仕旺"三个字后,信步进入展厅。

行家看门道,门外汉结人缘。与某一项艺术结缘,方式各异其趣。拿我练字作比,先熟悉书家,再观作品,耳濡目染,渐摸门道……日久啥不生情?

人之相遇,不得不服缘分。嘿,真看到几个老朋友。

雕塑家徐晓虹正和一位美女围着一件雕塑作品说话。打了招呼,我被引荐给这位名叫程远的美女。

"作品好……"徐晓虹连连称赞。

得知紧邻的美女就是作者时,我的崇敬之意露在脸上。雕塑家张灵曾告诉过我,他们当年一起学雕塑的师姐师妹们都改行了。"为啥?""太苦了呗。"

看那作品不是大部头,想到那文章越短越难写,做雕塑是不是同理?

我竖起大拇指。做雕塑家不容易,做女雕塑家更难。

哈哈,遇到了著名油画家杜仲。几次在好友显玉那,把酒后的杜老搀回工作室,还得到杜老送的几本画册。"欢迎小丁常来玩!"杜老发出了邀请。

"好,一定,喊上显玉。"

参观书画展的最大感触,源于中国当代著名油画家鲍加,只是在今天和以后的任何场合都见不到鲍老了。

鲍加,安徽歙县人,中国美术家协会原常务理事、安徽省美术家协会的主席,就在10多天前因病逝世。

主办方为了纪念他,特地开辟"鲍加作品专区"。

鲍加作品如何,不该后生我鼓舌。单看那参观者的表情就知道了,敬仰的、爱戴的、惋惜的、追思的,久久不愿离去。

展厅里最多的是孩子,那是父母带着来学书、学画的。有孩子家长误以为我也是艺术家,向我问这问那。解答不了疑惑,但能给人希望。

每年高考前,我习惯性地给身边家有考生的同事发信息:"进清华,去北大,舍不得离家就上中国科技大学。"人的语言风格随情境而变化,此情此景,指着孩子,我对虚心求问的人说:"就上中央美术学院吧!"

我听多来讲书法

关于书体,我是从中书协会员李多来那里系统学习的。

甲骨文、金文、篆书不断演变。

篆书分大篆和小篆。秦统一文字,小篆兴起。隶书萌芽于篆,用于秦,盛于汉。汉碑的代表有《史晨碑》《曹全碑》《张迁碑》《礼器碑》和《熹平石经》。隶书在书道中兴的清朝,迎来第二次高峰,书家众墨迹丰,功居马首、光彩夺目者有石涛、郑板桥、邓石如等人。

秦时"诸侯争霸,简椷相传",汉时"解散隶体粗书之"的救急之书体草、行、楷书便应运而生。

草、行、楷书的成熟期推迟到魏晋之时。千余年来,名家辈出,如璀璨群星。王羲之、孙过庭、颜真卿、柳公权、苏东坡、黄山谷、米芾……

有两个书体值得一说。一是瘦金体,宋朝皇帝宋徽宗赵佶所创。该字体运笔灵活,笔迹瘦劲,瘦不失肉,风姿绰约。赵佶除不适合当皇帝外,当书家、诗词曲赋家都能自成一家。

再一个就是近当代的启功体,清秀雅正,刚柔和润。

还有馆阁体，是指因科举制度而形成的考场通用字体，以乌黑、方正等为特点，又称台阁体。

榜书，秦汉时称为"署书"。篆、隶、行、草、楷称为"五体"。广义的楷书，指的是大范围有法度起楷模作用的书体，如篆、隶、正等书体。

常说"字如其人"，非指人相貌的俊与丑，实是指人的思想、气质、内涵。观书作如观其人，有高古者，有遒劲者，有方正者，有率性者，有飘逸者，有雄浑者，有清秀者，有朴拙者……大道至简，大巧若拙，各妍其态。

字如其人，为字号如其本人。诸葛字孔明，岳飞字鹏举，张载字子厚……上述几人的书法值得一学。

用笔千古不易。中书协会员、书法家李多来讲了斜、竖、撇、捺、提、左下、鹰爪和对应八种"点"型，又在宣纸上示范了写"点"的八种笔法：下起、起右、顾左、垂、竖、长、露锋带下和横带点。

都是八，围观学员正好三八二十四名。

"老师，合肥方言'睬你个九点'，可是源于点的书法？"同学们觉得有道理。

望着围观的同学们，一向治学严谨的李多来未作解答。

"老师，写字一定要逆锋行笔吗？"

"自然起笔，立马压下，铺毫就走。"李老师示范后继续说，"顺其自然、顺势而为就行。"

"那我看有书这么说的。"请教者仍疑惑。

"藏锋露锋和字体的发展演变关系紧密,东汉以篆隶为主,点画出入欲左先右,便产生藏锋。到魏晋,楷行草书风行,崇尚自然,顺势而为,露锋成为基本笔法。"

随后李老师用身体语言举例,如头往后仰肚子挺前怎么走路,又如谁走出步子又往回走。

"忘了什么东西?"

"忽然想起什么事?"

"改变初衷了?"

同学们讨论起来,课堂气氛异常活跃。

李多来善于用生活作比,给看起来枯燥无味的书法课增加了趣味。

如说到"竖弯钩"笔画时,要多练练,如何执笔,又如何调锋。李多来说:"生活中常讲:你这人怎么就转不过弯呢?"

能转过弯来,书法就会进步。围观的同学散了大半,折回台面,临起"致""寇"等带"转弯"的字。

在教授挫笔折笔时,同学们感觉难写,李多来老师鼓励说:"人生如书法,不经历挫折,不能成就人生。"

李多来老师系统地讲解了"石压蛤蟆""树梢挂蛇"(苏东坡与黄庭坚互谑语)、锥画沙(中锋用笔)、屋漏痕(用笔变化)、折钗股(张力美)、印印泥(线条爽利)等知识,寓教于乐,趣味丛生。

针对有的同学怕丑不敢出手的问题,李多来老师循循善诱:"气蕴胆识积累,都会体现在控笔上。"

"学艺就要不怕丑,脱光衣服往前走!"课堂里谁冒出的一句话,如冲锋的号角。

但看那 24 名学子撸起袖子,笔歌墨舞起来。李多来老师穿插其中,不亦乐乎。

李多来的书法课,不仅比喻恰当,课程设计上也因时而变,临近春节,应学生们的要求,便讲起了"关于春联那些事"。

"两个黄鹂鸣翠柳"(仄仄平平平仄仄),"一行白鹭上青天"(平平仄仄仄平平)。

老师说:"春联上联的最后一个字是仄声,下联的最后一个字是平声。平声,一、二声发音。仄声,三、四声发音。"

班长王彬爱学习,拿出自创的联语现场请教。老师帮助修改,出联为:春和保利平安里,林语花香幸福门。

"老师老师,上下联怎么贴?"提问不断,教学相长。

"看横批写法,从右往左写,上联在右;若从左往右写,上联在左。"

老师为同学们普及春联知识。说那秦始皇统一六国之前,民间有挂桃符的习俗,桃符上刻有传说中的捉鬼之神。五代时期,把联语写在桃木板上。

"新年纳余庆,嘉节号长春。"是我国最早写在桃木板上的春联。

宋朝毕昇发明活字印刷技术,推动了文化交流,但那时红纸春联尚未完全出现。北宋王安石诗云:"千门万户曈曈日,总把新桃换旧符。"

春联起于宋朝,用红纸书写盛于明朝。据说朱元璋定都后,号召官民新年日家家都要贴春联,寓意"大明江山一片红"。

"书写春联应注意什么?"同学们跃跃欲试,已有数人报名参加义务写春联活动。

"字体统一,内容吉祥,尊重习俗,粗润适格。"

"用什么书体呢?"

"忌用草书,不庄重。尽量不用篆书,太古意难从众。"

勒石为记

我是一步一步走进故事里的。半年前,应辖区市政园林绿化管理办公室的邀请,我参加了安徽庐阳董铺国家湿地公园科普宣教馆论证会。

未承想,开了头,后续事情又来了。

经过同事们近半年的努力,长三角最大的水源水质保护型国家湿地公园——董铺国家湿地公园科普宣教馆将建成。场馆面积1000多平方米,场馆正门前须设置景观石馆名。

用什么样的景观石?市政绿管办负责人带来几个景观石样品征求我的意见。

"景观石应大气点!"我这般说,毕竟是长三角地区最大的水源水质保护型国家湿地公园,馆名又有十多个字;再说也是所辖地——庐阳区的一个品牌。

他们竟采纳了我的意见。一周后续报,已经从浙江衢州采购了长10米、宽5米,70余吨重的景观石。

见到庞然大物,想象出购运装吊的工作量,真是不简单。参与者说,据说这块石头产自秦岭山脉。走近细看,巨石呈长方形,石面光鲜平整,无边角无镂空,色泽自然,敦实厚重。

我正看得满心欢喜时,接续的事又来了。

"老哥,帮我们找人手书啊!"

"好吧!"我本为涉猎学习,总不能有始无终吧。他们找我,也是因为知道我书法界的朋友多。

的确,我书法界朋友不少,但我找谁写比较合适呢?

祖国书道,艺苑独英。字体不同,各异其趣。同事们大多觉得行书尤其偏行楷的字适合书馆名。我抱着试试看的心理,告诉亦师亦友的李多来,秒收"没问题"的回应。

我把"安徽庐阳董铺国家湿地公园"十二个字用微信发去,供书家构思布局。万一字写大写小了怎么办?我又不放心地发去了景观石图片和长、宽尺度。

"不妨事的,雕刻者会缩小或放大的!"

我再问:"是写好带来还是现场来写?"

"都行!"

老师就是老师!若有人求我的字,我差不多会提前临笔练许多次。

帮我解了惑,多来老师的问题来了。

一日,多来老师在电话里问我:"是写简体(字)还是繁体?"

"各写一幅吧!"我想比较后再确定。

确定了书者,我不担心。

若字不好,我的"人在旅途系列"丛书书名怎会请他写?

外行的想象多少带有点童真,我担心书家的字被刻坏了。

"雕刻家找好了吗?"

"找好了,合肥雕塑院的马老师。"

电话里被告知马老师大名,我还是没记住。我头脑里一连串雕塑家的名字翻腾,关山月、韩美林、程连昆、徐晓虹、张灵……那个马老师叫马什么来着?我得会一会!

机会来了,听说马老师开车去接李多来老师,一个小时后到景观石现场。我提前赶到。

一群施工人员,正在沿景观石四周铺设草坪。

"这是什么品种?"我躬身以询。

"麦冬草。"施工人员说。麦冬草属多年生草本植物,花期长且四季常绿。眯着眼看,那草木花卉之上的巨石如隆起的山峰。

我又琢磨起贴在景观石上的logo(微标)和馆名的清样来。陪同的同事告诉说:"Logo是这两年向社会征集而来的,以董铺拼音形意D、P,加入鸟、水、乡村等元素。"

不一会儿,李多来和马老师的车子到了。

一下车,李多来便注意看了贴在景观石上字的清样,似自语又像是对我说的:"'国'和'家'两个字都是连笔。"大家点头认同。

一群站着的人,铺展书作,讨论开来。

李多来老师写的简、繁两幅书作让人难以取舍。倾向性意见是用繁体字那幅。可不可以呢？引发一阵议论：根据2001年颁布的《中华人民共和国国家通用语言文字法》第十七条，书法作品、题词等手书字，是可以使用繁体字的。

不管用哪一幅，另一幅字的归宿，早有人张口为先了。

Logo向左上再小一点，下方一排拼音字母不用了，大家经过反复比对后决定这样做。

经介绍，知马老师名瑞生，合肥雕塑院工程师。

"马老师，这字怎么样才能刻在石头上？"因为不懂才问，不怕贻笑大方。

"将书法钩摹本背面加朱砂复印到石面上再刻。"马老师说。

"会不会刻崩字的边啊？"接着又问，"会不会刻不出笔力啊？"

马老师装着没听明白我话中的担忧，平心静气地说："不用担心！"他曾从事这项工作几十年，参与过多个作品的创作。

休怪我多问，毕竟和马老师是第一次接触。我希望团队把工作当作品、把事情当事业，不留遗憾，不想多少年后受人指指点点。

在随后的一问一答中，我学习了阳刻和阴刻、雕塑和雕刻的区别。问到如何保持字和Logo图案的成色，马老师说会用汽车店里的氟碳漆，这样字体不会出现脱落和变色。亦师亦友，多从历中得，我师与日增！

信任填膺,我变口吻:"有劳两位艺术家,辛苦了!"深望着市政绿管办负责人,继续道,"等做好了,我拿30年以上的老酒来请大家!"

简笔以录,因《勒石为记》故事里有我。

关 于 画

我不会画,工作、生活中却多与画和画家接触。

工作中每与省市区的美术家们见面,我特爱请教画坛方面的趣闻逸事。

"蛙声十里出山泉。"老舍以查初白(清康熙年间进士)诗句命题,请齐白石作画。齐白石画了几个游动的小蝌蚪,简单笔墨勾勒出四维空间。看那小蝌蚪,似乎正在焦急地寻找妈妈,从小蝌蚪游动的方向来看,妈妈就在不远处的前面——画的尽头,如山两点隐隐青。

以诗词句命题作画的故事有很多。如"野渡无人舟自横""踏花归去马蹄香""竹锁桥边卖酒家""嫩绿枝头红一点""蝴蝶梦中家万里"……特多,且还不止一个版本,因不同的画家想象力各异。

我一直以为医生、记者、老师多"酒仙"。现在改变观念了,没想到画坛"酒神"也不少。一次酒局酣战,眼见我不敌将败北,突然想到一个段子:

说那郑板桥清廉洒脱,不畏权贵,有多少达官贵人出重金,求其画而不得。偏偏郑板桥的画,流传在民间的最多!

"为何?"画家问。

"不怕县令讲原则,就怕画家没爱好。"我继续说道,"那郑板桥最大的软肋——见狗肉走不动路。"

有了,有心人通过卧底了解到,某月某日某时怪人从哪哪哪经过,遂支起锅灶炖起狗肉来。香气袅袅,几公里之外的郑板桥鼻子又精灵,循味而去,驻足咽涎。

"你们在做什么?"明知故问一馋人。

"你管做什么呢!"

"烧狗肉!我能买点吃吗?"弱弱地求。

"去去去,不卖!"几人继续施展着烹饪的功夫,香气更撩人肠胃。

讨个无趣,已转身的郑板桥十步一徘徊,忍不住折回头来。

"给我两碗吃,要我做什么都成!"

"你能做什么?你叫啥名?"

"我是郑板桥。"

哈哈哈,一阵大笑。"你,郑板桥?我是王板桥,他是李板桥,那位是何板桥……"大笑变成了哄笑。

"我会——画。"说者肚子更显空,证明身份的语言便有气无力。

"来来来,这里有笔墨纸砚,看你还敢冒充。"

就这样,几人索画成功。

杜撰的故事多少有点破绽。

有画家帮郑板桥释惑："烹饪狗肉的人或许喜欢画画呢！"

总之，这个我杜撰的段子，使酣战变成了混战，使我免于被重创。只是，这个段子成了日后画家每每找我碰杯的由头之一。

当然，与画和画家接触多在活动时。去年底，庐阳围棋协会和美术家协会联手。美术家们创作系列"弈趣图"，深受围棋选手喜爱。今年6月，辖区美术家们开展了"以艺抗疫，美术作品捐赠抗疫一线"活动。百余幅抗疫题材的画作，送给了医护人员和志愿者。以画载谊，与子同袍。

与画和画家接触了几年，我虽不会画，却结识了一大批画家，学着欣赏钢笔画、水粉画、国画、油画、风画、版画……这不也算是收获吗？还收获了关于画的故事。

举一个"专群结合说画事"的例子。有人问专门画野生动物的画家："什么动物最难画？"

"老虎、熊猫、猴子……"画家没回答，大家各自猜。

"雪豹最难画！"同为不画画的一位老哥神秘又高深地说。

"为什么？"有人问。

"雪豹比一般哺乳动物多一根脊柱骨，所以难画也！"更自信地回答。

大家齐刷刷望着画家，想得到答案。

那画家给人的感觉,像是知音般默契。

"雪豹多根脊柱骨?"我这个学生物的人咋不知道?事后,我上"百度"搜索雪豹有几根脊柱骨,没有结果。

我又问画家,仍没得到回复。

我打电话问那位老哥,电话那端"嘻嘻又哈哈"!

谜团的魅力在于,永远激励有兴趣的人去解开。

我向安徽农业大学畜牧兽医教授请教。

答案终于揭晓,雪豹不比一般哺乳动物的脊柱骨多。

随嘴说的老哥,害得我考证来考证去,费了老鼻子劲,做了无用功。

再见这位老哥时,老哥说:"雪豹难画,主要因为豹纹的白色与雪的白色易混淆。"

啊,我委屈巴巴看过去。

"插科打诨,大家乐一把吧!"

老哥就是老哥,多吃多少碗饭,多过多少座桥啊!

老哥笑,带动我笑。脊柱骨的故事,有生物版,有娱乐版。

都说"文以载道",其实,画也载道。北宋年间,地方出现民不聊生的情况,皇帝还是从一个地位卑微名叫郑侠的宫廷门吏的几幅画里知道的。郑侠知道绘画比文章力量更大。他见农民衣不蔽体,忍受饥饿,啃食树皮,便作了画,见了几幅画的皇帝掉下眼泪,决定废止多项税费。

一切景语皆情语。画作,讴歌时代,见证历史,达意融情。情意合乎理,理趣有意味。深度如何,意味有无,"似与不似"是需要多少轮温故而渐识的。

  而今,我常去观画展会画家。

2022 年 6 月 7 日

忘暑清乐

区文联通知我,周五下午带上笔和印章参加活动。

庐阳区文联成立不到4个月,已开展多项社会性活动,影响很大。

这次的活动是合肥市清洁协会换届大会,邀请庐阳区文联、书协、美协参加"以艺抗疫赠画送字"为主题的活动。

清洁协会准备得充分,安排得周到。备了四张创作台,笔墨纸砚、茶水空调一应备好。

下午4点,孙本全、李多来、周扬、沃恒洲、李登峰、岳曲、张绪祥等16位书画家来了。有的画家带来了创作好的作品,有的画家现场创作。书法者,每人至少写四幅。我提笔写了四幅半开横(条)幅:"以梦为马,不负韶华""团结紧张,严肃活泼""青松遇寒翠,古枫经霜丹""茶声响杂花梢雨,帘影晴通竹坞烟"。

写完后,被告知即将有一个仪式,需要我讲话。

主持人组织会长单位、清洁协会企业家们依序上台领书画作品,我的头脑快速运转,讲些什么?赫赫温风扇,炎炎夏日徂;宁愿一人脏,换来万人洁;当代时传祥,抗疫排头兵;祖国书画,艺苑瑰宝……几分钟之内,打完了腹稿。望望主持人,没有让我讲话的意图。事后主持人说把这个程序给忘了,我白白浪费了脑细胞。也好! 多了一次打腹稿的经历。

与企业家合影时,一位女企业家手拿我写的字,问是谁写的。同事回答说是我写的。女企业家高兴得不得了,非要和我合影并加微信。我一受鼓励心频跳,身边的老师们浅浅地笑。

仪式简短而成功。美中不足的是,书画作品与人数不匹配。

仪式结束后的几个小时,不见文联的几位女书画家。会合后才知道,看到没拿到作品的企业家失望的表情,岳曲、梁玮玮等书画家重回创作室,直到晚上7点多钟,又创作出二十多幅作品,有的应邀写了整张纸的字。最后实在太累,答应回去继续创作,择日送来,以保证每位企业家人手一幅。

书画传情,满载祝福。"以艺抗疫赠画送字"活动充满着喜庆,洋溢着吉祥。

我和雕塑家徐晓虹

徐晓虹，著名雕塑家，安徽城市雕塑院院长，大我几岁的老哥。

说雕塑家，得先说一下"乔老爷"。乔老爷，原名陈乔华，笔名"乔华"，曾任《合肥晚报》副总。说起乔老爷，在合肥乃至全省新闻界无人不知，在全国都有一定的影响力。尤其是乔老爷一些针砭时弊的文章，至今读来我仍酣畅淋漓。1987年至1996年，我当了10年《合肥晚报》通讯员。初期写稿见报率低，时任《合肥晚报》新闻部主任陈乔华的爱人和我同在一个卫生系统，我就时常登门求教。

见报率有所提升，我的受创率也在提升。

2009年，我负责庐阳特色街区打造工作。在一次专家论证会上，我遇到了雕塑家徐晓虹。徐晓虹，我早有耳闻，曾读过《合肥晚报》记者高国权写的文章——《城市的颂歌》。该文占了一个版面，介绍徐晓虹的雕塑艺术，花园街、寿春路、七桂塘、环城公园……皆可见其作品。

城市雕塑，人文和精神的体现，带给人们美感享受。徐晓虹的雕塑作品,给发展中的城市的市民以耳目一新的感觉。

我是雕塑方面的门外汉,十分想聆听专家们的高见,是记忆力帮助了我们的谈话。午餐时和徐晓虹老师坐在一起,我和他交流起来。

徐老师一高兴,把艺术秘籍不住地往外拿。

2013年整治七桂塘特色街区,藏在"泻碧池"里的一尊雕塑,正是徐晓虹的作品。

干任何事,少不了"激情"和"情怀"两大元素。如这尊雕塑怎么处理?砸碎卖钢材,收入上万,若再重新制作,不下大百万。对雕塑做出新处理,选址安放在杏花公园广场。老城办的华舒撰写的《绽兰(雕塑)迁移记》,成了当地文化界的一段佳话。

从那之后,我和徐晓虹断断续续有所接触,只是这两年接触更加频繁。在电影《猎赝》开机仪式上,徐晓虹任艺术总监;中国第五届钢笔画展,徐晓虹任顾问;中央美术学院安徽校友会书画作品展,徐晓虹任艺术指导。桐城路文化广场开街前,徐晓虹应邀设计制作了人物群雕"新安四家"。徐晓虹不顾新冠疫情,来往奔波,竟促成了中俄绘画作品展。但凡我代表属地参加的文化活动,大多时候能看到徐晓虹。

马不停蹄,与时间赛跑,这个大我4岁的小老头,像个年轻人,也太励志了。

这不,新年第一天的活动还在进行,徐晓虹就拉着我的

艺术人生 | 199

手,说起事了。

"我又不是大美女!"我是指该松手了,说事就说事呗,手差不多被握青了。

原来为一件事:位于市中心的文采大厦裙楼有一块名为"生命的律动"的浮雕,年久失修,存在安全隐患。加之,雕塑表面氧化风化严重,需要抛光处理。

徐晓虹说:"当时工期紧,忙里忘记了落款。"

说到文采大厦,我不陌生。20世纪90年代初,文采大厦是继胜利路十层大楼之后,合肥最高的建筑。时任中国文联副主席的张锲筹划,时任全国政协副主席的马万祺题名。这些,我是从著名作家温跃渊那里听说的。

文采大厦,城市标志性建筑,见证发展背后蕴藏的故事。听徐晓虹一说,我感觉建筑和雕塑密不可分、相得益彰。

我和徐晓虹着手对雕塑进行除患、出新、题款等工作,忙碌起来。

人的一生和什么人接触,真是缘分天注定。那次初握手,注定一起走一段甚至更远的路。

见徐晓虹为雕塑事业不知疲倦,怕他累倒,我尊敬且认真地说:"老哥,别太励志,悠悠的!"

张灵老师

初次见到张灵，是在 2010 年那次女人街整治专项论证会上。

女人街，位于合肥市三孝口节约巷，是一个 20 世纪 80 年代闻名，并逐步走向衰败的，以经营女性生活用品为主的特色街区。庐阳区政府应社会各界的呼吁，着手对女人街实施改造。

为了汇集民智，工作组没有考虑聘请设计团队，而是邀请包括学者、市民在内的各界人士，广泛征求意见，走了一条借脑借智专群结合的整治路径。

张灵老师，个子中等偏矮，梳着马尾巴辫子。爷儿们留辫子，好在人们对艺术工作者这般模样的发型并不感到稀奇。他富有思想和建设性的发言，给我留下很好的第一印象，以后几年里，通过不断地深入接触，更加了解他的作品风格和为人品行。我想如果他愿意，不嫌我愚钝的话，我心甘情愿做他的学生！

张灵老师是湖南张家界人，广州美院本科雕塑专业毕业,中央美院硕士毕业,一直从事教学和创作。"事非经过不知难",不说创作时需要多少积累、多少辛苦、多少灵感,损耗多少脑细胞,单就雕塑制作的过程就有10余道工序,什么手绘效果图、做小样、做泥稿、翻制模具、制作树脂模型、修整树脂坯体、制作硅胶模具、制作石蜡原型、修整后再砂模翻制、铸造、喷砂清洁、表面效果处理,最后到运输安装,这里的辛苦和烦琐可以想象。我认为作品的社会评价是最重要而且永远做不完的一道重要工序。张灵说他们班20多个同学中,现在只有他和另一位同学还在干这行,其他人都转行了。张灵能独守这方清苦的艺术天地,打造凝聚着心血的雕塑作品,真是难能可贵,有资格做我的老师。

  我到制作车间去时,总不免有些疑问,直接做雕塑不就成了,干吗非盘弄这泥巴呢?张灵说:"这泥是从周边城市买回来的,用泥做模型,可方便了。作品要不停地改动,雕刻有讲究光洁的,正是'裁缝不露针线迹';也有更多听任激情和灵感的,无须掩饰笔触和刀痕的。"

  第一次和张灵谈判制作雕塑的费用是围绕女人街主题雕塑。这尊雕塑由他和学生创作,造型没有以口红、高跟鞋、眉笔之类女性用品为模型,而是直接雕刻了一个皮肤白净、金色长发、穿着橘红色花染长裙的人。这座名为"金梳"的雕塑全身共有6种颜色,采用进口的3042B新型不锈钢材料,高3.99米,由12根钢管组成的"梳齿"代表了一年的12个月,作品很自然地留有空间,便于游客合影互动。我一路砍价,设计费不存在,税费全免,工作餐自己解决。张灵保证说如果做得不好,将不在合肥圈内混了,他在得知在价格上"开恩"无望时,还是接受了这个制作重任。时间紧迫,任务重,一个多月的时间里,他和他的创作团队整天泡在制作车间里,其间他也几次接受建设方的现场点评,指这改那的,其专业精神令人敬佩。

成功的背后有很多常人不知的艰辛。在创作"白石知音"这组雕塑前,张灵翻阅了大量记录姜夔的书,走访了合肥学院许有为老先生和姜夔诗词研究会的盛老、张老。刻画雕塑人物的形貌容易,但要其传神就难了。张灵从网络上下载了一大批如关之琳、赵雅芝、李嘉欣之类的美人的照片,与作品人物对照,始终达不到效果。怎么办呢?张灵干脆放下刻刀和工具,跑到山东艺校、安徽艺校,有时还到银泰商业中心,在人海中找寻理想的模特。不理解的人回之以白眼,他给予支持者一定报酬和一张艺术照为纪念。就这样,历经无数次的现场模拟演示,他终于抓住了创作要领,张灵精益求精、认真负责的态度值得学习。

张灵从业20余年,已有不少作品在国际国内获奖,他从不居功自傲,一直谦虚。有时自己费了很多心血创作的作品,未能中标,他也能把知识产权让给其他制作者,他说这也是一份社会责任。都说文人相轻,同行是冤家,但张灵能和业内人士相处得很好,看到各位老师的长处,吸取各家的优点。

张灵的制作车间成了几所大学的教学基地。他的不大的创作室里有几位创作人员，他还带了几名研究生，是高等院校安排来培训的，每月光付其工资就是一笔不小的开支。张灵乐于培育新人，对他们要求很严。

在合肥的几年内，不少学校请张灵就美术、雕塑方面的创作去开学术讲座，有时他是不要授课费的。家乡修路、架桥什么的他也是很乐意捐款，而自己经常由于垫不了资，不得不放弃一些项目。靠勤劳和智慧挣来的有限报酬，他仍能资助家乡和困难的人，他的这种社会担当，真是我的老师。

有一段时间没见到张灵了，听说他把工人工资付了并请工人吃了饭，自己却没有钱过年了，日日跑远跑近，在讨债呢！我电话一联系，果不其然，问其结果，说仍没有要到钱，现在回家过年了。有钱无钱都要回家过年，爸妈还在家等着呢。

张老师不亏待跟自己干活的工人，又体恤着父母想要见儿的心情，是个大孝子，真是我的老师。

我与许老忘年交

许有为先生,是著名学者,乡土文化专家,曾在合肥学院担任教授数十年,桃李满天下,享誉国内外。

我因不是中文专业的,过去与许老并不认识。我自从接手地方志工作后,才听说过许老。

为编纂《庐州揽胜》篇目,我常到区内一些古迹去考证。合肥的文庙,又称学宫,始建于唐代,宋时称景贤书院,起初是一家民办的学馆,由一些富裕之家、饱学之士自行筹款修建,后来由官府投资,成为独立的教学机构,一些人在此聚徒授课、研究学问。清乾隆年间重修,学宫自南向北依次建有棂星门、泮池桥、戟门、月台、大成殿、明伦堂等,另有配殿、礼门、崇圣祠等附属建筑,殿中供奉至圣先师孔子的神位,两厢配祀颜子、孟子等人之位。位于老四中校园内的文庙荒没日久,许老陈书,呼吁整修,并著《文庙重修碑记》,遗憾的是至今尚未镌石。

之后我又在城隍庙内的思惠楼、娘娘殿门前,见到许老撰写的《重建思惠楼记》《重建娘娘殿记》的碑文,于是我查阅了有关许老的书籍,对他博学多识的仰慕之情油然而生。

2012年合肥城隍庙改造的前期工作启动,许老受邀参加特色街区专家论证会。我们第一次会议以电话的形式通知,问到可需派车去接时,许老说自己来。待到见面,才知道许老已85岁高龄,我为没能考虑周到而致歉,许老爽朗一笑,说坐公交过来,顺便锻炼一下身骨,好得很啊。

可能是自身研究的成果将发挥效应的原因,许老精神矍铄,侃侃而谈,不乏真知灼见,闪耀着思想的火花,智慧的光芒。

从那次会后,我与许老的接触便慢慢多了起来。合肥老的中菜市位于中心区域,处在全国首批文明示范街——长江中路,和全区百城万店无假货示范路——淮河路商业步行街之间,随着城市的不断发展和扩大,中菜市已不适宜留在老城区,中菜市搬离后,拟在它的位置上打造一条休闲街区。街区建成,征集街名。许老得知后,寄给我一封信,许老的手迹(只是复印的)。许老说自己年事已高,子女把他的手稿都留作资料,待日后出书用,所以只能给手写稿的复印件。许老建议这条街命名为"翰林街",原因是:李鸿章曾任翰林编修,合肥是李鸿章的家乡,毗邻不远的就是李鸿章故居。虽然人们对李鸿章评价不佳,但李鸿章搞过"洋务运动",在经商办企业方面的成绩是显著的。

一段时期,各地特色街区建设如火如荼,一些古街名巷摆脱了拆除的厄运。合肥有着三千多年的历史,庐州古地名大多集中在庐阳老城区。几年前,我市在芜湖路与桐城路交叉口建起了以姜夔诗词为主题的街头游园。作为姜夔诗词研究会成员的许老,对游园提出了批评,主题公园却没有姜夔雕像,六块浮雕排序混乱,有失史实。南宋词人姜夔五次寓居合肥,有不少作品反映了这一区域的风土人情。2014年,庐阳区改造七桂塘特色街区时,我们汲取游园的教训,数次拜望许老,请许老赐教,以免出错。我们原先设计了姜夔与合肥一对姐妹的知音故事。我想,看点来了,兴奋点来了,可以吸引游客眼球,我们只用姜夔与意中人的两人雕塑。许老坚持,一定要把姐妹俩都放上,而且未必就是爱情故事,称作音乐、诗词上的知音比较妥当。我们采纳了许老的意见。这组雕塑方案确定后,需做样雕,应雕塑家的邀请,许老经常到制作间现场指导,一次还带来了姜夔研究会的另外两个老师——张老和盛老,三位老人年龄加在一起260多岁了,场面十分感人。

古庐州有七门二关,民间流传着"出威武(威武门),进德胜(德胜门)"的口头语,相传出征凯旋和新官上任均从德胜门进城。德胜门遗址位于今金寨路与环城南路交界处,因五代时吴王杨行密驻合肥建德胜军,故名。我们在打造七桂塘特色街区时,想制作一块德胜门的浮雕,由于手头缺乏资料,我们就根据《合肥县志》"右曰德胜,楼三楹,月城顶皆石台",设计了德胜门浮雕图案,像文庙里的大成殿一样。许老审阅后,提出了自己的意见,他说:"大成殿是纪念孔子的建筑,与德胜门的风格和高度应不一样。"他建议我们找一下合肥市政协的戴健,看看能否找到一些资料。戴健是安徽省地方史的专家,我过去多次为文史方面的疑惑请教过他。许老的这个建议,不但帮助解了题,还使我无意中成了一个"合肥第二"。戴健几年前访学日本,日本一位文化学者向他提供了一张根据德胜门原貌绘画的作品,戴健把这张珍贵的作品拍摄下来,储存在电脑中。我因与戴健十分熟识,也得到了这个作品图案。戴健说他是合肥唯一一个拥有这个图案的人,那我就是第二个人了。现在七桂塘街区的德胜门浮雕就是根据这个图案设计制作的。

七桂塘主题雕塑"白石知音"后面有一处背景浮雕,再现了南宋时期合肥的民居风貌,浮雕的留白处较多,我们计划镌刻几首姜夔的诗词。首先选择的是《送范仲讷往合肥三首·其二》、惜别好友的《长亭怨慢》和《永遇乐·次韵辛克清先生》三首。许老认为:"《永遇乐》是作者为跟他交游的汉阳文友辛克清而作,通篇描写了他们相互间的交往和感情,词非写合肥之景之事,且诗中有'长干白下,青楼朱阁,往往梦中槐蚁'句,易引发常人望文生义的误解和对姜夔品行的怀疑,似有不妥。"多亏许老提醒,《永遇乐》换成了告别合肥的词作《解连环》。我惊叹许老的博学,更被他严谨的学术作风所折服。

合肥市城隍庙改造方案公布后,许老向有关方面提出意见和建议:

城隍庙改造引发省城各界人士关注,反映是民间的、积极的。我注意到思惠楼广场改造后的效果图,废除了两座碑记,深不以为然。思惠楼建于明武宗正德十年(1515年),至今已有500年历史,20世纪90年代在原址重建,也有20多年了。重建时,根据有关领导指示,重镌明知府徐钰的《思惠楼记》,并命我撰写《重建思惠楼记》,一并镌石立碑,置于广场两侧。拙撰《重建思惠楼记》,由著名书法家,后任市委宣传部部长林存安同志书写。碑文最后由时任市政协副主席陈衡同志转请时任合肥市市长钟咏三同志审读定稿。这两座碑文,已由合肥市档案局收进《庐州碑文百篇》(2011年市档案局编印)第一、第二两页,同附彩色照片。所以,这两座碑碣本身已经成为重要的历史文物。

思惠楼是重要的人文历史景点,它承载着庐州府在明代的一段清官治理历史,是我市不可中断的历史文脉。因此,我强烈要求恢复两座碑碣,放置在思惠楼正门外广场两侧,使广大市民和外来游客在登楼之际,也能了解这段历史。

几年来,我不断地就文史方面的问题请教许老,与他有一些信件往来。许老已90高龄,治学严谨,关注合肥发展,其精神可嘉可表。

木 工 包

木工和画家是两个职业。木工能挥笔作画,画家能运用好斧锯刨凿,两门技艺在庞鸣身上相得益彰。我的木工包就是钢笔画家庞鸣做的。

在入驻庐阳区崔岗艺术村的50多位艺术家中,有几位还是木工高手,其作品栩栩如生,让人叹服。

我想有一个我称之为书法包的包。笔帘,只能放笔。十余枚印章连同盒子,堆数不小,去掉盒子放在一起的印章,又难免碰撞。若不带印章,担心索字者要求盖印。有时即使带了印章也盖不成。缘何?少了印泥。还有那笔架、镇尺,还是用自己的顺手。哎,何不特制一个包,盛放所有物品呢?最好是木制的,便于放印章。

我把想法告诉了村里,很快就联系上了驻村的木工——庞鸣。村书记告诉我,庞鸣是个钢笔画家,木工只是业余爱好。

谁知,见面一聊天,得知就连钢笔画也是业余爱好。

庞鸣,中等个子,60多岁,面色红润。

我问到他怎么爱上木工这一行时,庞鸣说他少年时学过木工活。退休之后,初情复燃,不为名利,只为传承技艺。庞鸣说:"现在不会有人安排孩子学习木工,一是太苦,二是节奏太慢。时间一久,传统技艺慢慢消失。"

慢工出细活。被告知木工包制作需要些时日,我谢说"不急"。

其间,我和画界朋友交往,时常问起庞鸣的情况。公麟美术馆馆长朱敏夫称庞鸣为老师。安徽省美术家协会第五、六届副主席张国琳说:"新徽派钢笔画学会是在庞鸣的努力下成立的,其钢笔画在全国很有名气。"

前不久,庞鸣刚从深圳参加过全国钢笔画展回来,说孙子回来了,急于享天伦之乐。我俩好不容易约上面——为见木工包的初样。

初样是胡桃木外盒,尺寸为42×26×6厘米。庞鸣边展示边介绍,胡桃木具有纹理清晰细腻、坚硬不开裂的特性,选择的木面无结疤。横竖结合处,采用了榫卯工艺,不见钉子。停、停、停,我学习了。榫卯分别指凸凹部分,部位相嵌,自然连接。

随后,庞鸣带着我一样一样确定印泥、笔架、镇尺、毛笔所放的位置,软包和松紧所放的位置,大小不等的印章分别要刻几厘米的凹槽——卡得紧,拿起来又方便。

欣赏庞鸣老师全神贯注乐在其中的样子后,我俩的话题又转到了"心流"一词。即为某目标,集中注意力,忘了一切的心灵体验。

庞鸣老师表扬我发明的木工包,是书家的福音。

临结束,我问庞鸣老师:"抽烟吗?"

"抽啊!"

两人腾云驾雾,涓涓心流再过。

春节期间,得知木工包已做好,我便急不可待地去拿。拎在手上,物虽不重,心情却难抑。这历经数月精工细作的木工艺术品,如同静卧包内的老师们刻送的印章、朋友们赠予的书具,加强了持包人的学书动力。

杨梅驿站

2022年3月5日,种下了两棵杨梅树,从此在杨梅驿站可看见杨梅了。读书正累时,三孝口街道办主任桑田邀请我去看看杨梅驿站,于是放下纸质书,去读那社会的书。

杨梅驿站,是三孝口街道近年打造的社区活动场所,占地面积500平方米,集阅读、书画、歌舞、培训等功能于一体。

"为什么叫'杨梅'这个名字?"我不解。

"院子里原有两棵杨梅树,移植时死了。"桑田惋惜地说。

"有故事吗?"

桑田娓娓道来:家住江南的青年,承父业经营药材。南来北往到皖中,久居合肥德胜门一带的杨家旅店。杨家有女正豆蔻。青年教女孩识字读诗,日久生情愫。青年回江南,熟梅落心事起。带着梅子和幼苗回皖中,种下幼苗。白云化苍狗,情随年轮增,杨梅树渐渐长大。天有不测风云,日寇入侵,生民失所,生灵涂炭,青年和女孩从此分离。是否再见,无从得知。

多少年后,坊间议论:有耄耋老叟来到杨梅树下,打听杨家情况。又有人见古稀老妪久久站在杨梅树下默立饮泣。

又有多少类似的故事,湮没在时空里。

"故事精彩,少了主角。"多么哀婉动人的故事,我心为之戚戚。

桑主任理解我的意思,说找过树木方面的专家。

种下杨梅树,让故事活起来。

我开始了学习之旅。查资料,杨梅不在本地树种之列。

上"百度"查到:杨梅,常绿乔木,喜酸性土壤(pH值5.5以下),产于中国南方大部分地区。杨梅喜湿耐阴,需要深厚的腐殖层,雌雄异株,一般定植在每年2、3月份。

问同事。庐阳区林业局的魏平告诉我,合肥高新区天乐公园以杨梅树作为行道树。"结不结果?""结,但量不多。"

求专家。我把杨梅驿站的故事告诉了安徽农业大学的束庆龙和安徽省林勘院的胡一民。两位老教授十分乐意帮助。

我又联系文史专家戴健,他那里有一张合肥德胜门的老照片,届时把老照片搬到杨梅驿站里,岂不更好?!嗯,还有那著名雕塑家张灵,请教一下有无高招。

年初八,大雪没膝。杨梅驿站里春意融融,几位专家齐聚一堂。

常说踏雪寻梅,此次几位专家来,不是为寻红白黄(腊)梅来,而是为杨梅来的。

胡一民教授带来从本地采来的杨梅枝,又用史料证明杨梅的适应性。史料记载,南北朝时,任昉任新安太守。

>郡有蜜岭及杨梅,旧为太守所采,昉以冒险多物故,即时停绝,吏人咸以百余年未之有也。昉曰:"与夺自己,不欲贻之后人。"

据说任昉上书朝廷,以杨梅为贡免苛税。

疑问来了,安徽分皖南、皖中、皖北、皖西,地理面貌差异很大,杨梅在皖中合肥能种植吗?

束庆龙教授消解了大家的顾虑,他说杨梅在大别山脉、江浙一带、安徽的安庆宣城地区都有大面积栽培。

解决了可以种的问题,专家们便着手怎么种的问题。

有无种的空间? 一行人踏雪勘察起来。有,可以,就种这里。

选择胸径 10 厘米一雄两雌三株树,雌树种在外面。

"为什么?"

雄树起授粉作用,一般可少种一点。雌树开花结果,品相好看,扮靓城市。

"何时种?"

"3 月 12 日植树节前后。"

现场派单,任务交给街道周磊、王斌两位副主任。几位专家表示,届时会来作技术指导。挖洞、培土、施肥、剪枝等,行行有学问。

专家们又围绕丰富杨梅驿站的内涵而建言献策。

一改旧颜三孝口,几多新貌四牌楼。戴健老师撰写楹联,提供了珍贵的"德胜门"照片,并介绍地方志文献——唐陈鸿《庐州同食馆记》。张灵教授主动请缨,若需要制作雕塑小品,愿意援手。

绿植、雕塑、楹联、驿站、贡品、老照片……杨梅驿站的故事铺展开来。

铁线公园

人生有涯,事业无穷。能多做事就多做,多了学习机会,多了工作体验……思想是行动的阀门,遇事不是坏事。

这不,我转岗到区人大才一个多月,领导就让我参与铁线公园建设调度。

正好,我虽曾涉猎建设工作,但从未涉及公园。人生有憾当自补,干吧!

辖区海棠街道范围内,有一段弃置的铁路线,两边住宅区集中。庐阳区委、区政府决定利用城市空间,沿铁路线打造公园,服务辖区居民。经立项批准,计划6月底前完工。

给建设单位负责人打电话10多分钟后,我和区人大、海棠街道办的同志已赶到项目现场。项目单位、设计单位、监理单位人员先后来到。

"可到办公室喝点茶?"项目单位负责人问。

"办公室?"我反问。

见我迟疑,项目单位负责人忙解释:"项目部地点选好了,正在简易装修。"

"好！我下周来看。"

我主动和年轻的项目单位负责人加了微信："年轻人，干好了，我会为你们奔走相告作宣传；干不好，防止我腰包里随身带的两块砖头。"

现场有许多老同事，他们懂这个意思。

天降小雪，一行人走在铁轨枕木上，真正的现场会，不是在室内围坐看上去像开会。

项目单位汇报的第一个难题是，树木移植需公示、复核、审批等程序。

"走快速通道，分区域申报。"

胸径大于30厘米、绿化面积大于400平方米的，须上报送审。

在儿童专区节点，设计单位展示效果图，铁轨上放置一个火车头和几节车厢。

"购置了吗？"我问。

"还没有。"采购方说，"树木没有移植，车头、车厢不好放置。"

"抓紧，别买赝品！"我的意思是待大型乔木新植后，火车头和车厢运不进来。再说，全国各地办铁路公园的太多，别说蒸汽机车头、车厢了，内燃机车头、车厢也快告罄了。

在站台节点，设计单位说考虑了站台票、汽笛声等元素。

环顾一下四周，我深望比我大10岁的区大建设顾问、三国新城遗址公园原主任马先掌。

"像我们这个年龄的人,差不多都有个关于车站的故事。"车站,差不多是每个年长者爱情的场景。

是公园,又地处海棠街道,设计单位考虑了一个海棠景区,原景再现周恩来、邓颖超生前的工作地——中南海西花厅。海棠花开是群花,暗合总理和人民心连心的品格。爱好诗词者脱口出"绿肥红瘦,海棠依旧""恰似西川杜工部,海棠虽好不吟诗"。

"那海棠果能吃吗?"吃货工作时不忘本。

"可以吃,富含有机酸。"我答。

"孕妇和肥胖者忌食。"马先掌的话,掀起一股求知潮。

在公园北端西侧不远处,有一块墓地,对于一个面积小的城区来说,公祭堂的建设十分不易。计划在公园与墓地间建一个景观涂鸦墙,项目单位担心,施工时会遭到群众反对。

"告知群众代表,"我对同行的村书记高磊说,"尊重知情权。"我转过面对设计单位负责人说,"让出祭祀过道,清理排水沟杂物并加盖,涂鸦墙背面设计图案,与周边景观和谐共生。"

涂鸦墙暂时涂什么?设计方最早拿出的是体育项目图案。"是体育公园吗?"有人看似在问,实则是对不动脑筋的一种批评,那画面上的体育人物面目狰狞,类似于动漫卡通图案。

我说:"蒸汽机的发明,推动了机械工业的发展,可以把近200年火车发展的历史展现出来,对未来火车前景作一个展望。这样也不失为一个研学地,对孩子的兴趣培养有所帮助。"

事实上,设计方采纳了我的意见。

固镇路下穿处与公园交会处怎么办?与全民健身中心如何衔接?现议现定,现场是最好的课堂。

小雪已变大,调度会将了。建设单位负责人询问我第二次调度会时间,我随口答了。

刻意从来逊机缘。未承想,定的时间正是农历正月二十二,公历 2022 年 2 月 22 日,是星期二,下午 2 点……

好事总成双,雪花开二度。第二次调度会时的风更劲雪更大。一行人冒雪踏勘,坐在室内喝茶,那是茶话会了。

喧哗如雷,人头攒动处,正在移植树木。你可参加过植树活动?告诉你,植树是力气活,更是技术活。现场,施工人员根据《合肥市植树造林导则》的要求,树穴长宽深不小于 0.6 米。若树根系发达,深度需适当加深,再添加基肥、泥炭土和草炭土。树木胸径大于 8 厘米的,移栽时需要进行固定支撑。

"停!"在铁路东侧,马先掌踩了几下覆土,轻轻摇摆树木,看见了树木原土印迹。

施工人员等着被训。

"公园是供游客游玩的,人走在上面,加上雨水的影响,覆土会下沉的。"马先掌边说边蹲下做示范,"这样,覆土要盖住原土印迹几厘米才行!"

刚收住情绪,马先掌又来火了,但见数十块置石散乱地堆放在低洼处。"谁看到?"马先掌大声问,施工人员窘红了脸。置石有造景、挡土、护坡等作用,若用心,寸石顿生情境。

在海棠驿现场,施工人员一筹莫展。缘何?挖了2米深,仍不见基土层。继续挖,建设费用成倍增长;若不挖,地面建筑将来会出现裂纹。社区工作人员说:"该处历史上是个鱼塘,土质为稀泥层。"

我和建设顾问、设计人员会商,现场敲定,做大面积平筏基础[1]。

施工人员愣在原地不动。又咋啦?涉及变更签证,担心审计过不了关。

死脑筋,设计因需而变,请工作人员写入调度会议纪要里。

听此言,施工方激动地说:"还有……还有……"

"有话照说!"我从不躲闪。

那彩色跑道设计成本100元,实际做成需要300多元……

我望了望建设方负责人。

"下步采取EPC[2]方式。"

---

[1] 平筏基础,指平板式筏形基础,在较好的持力层上,浇筑钢筋混凝土平板,以强化建筑物的基础。

[2] EPC,指受业主委托,按照合同约定工程建设项目的设计、采购、施工、试运行等实行全过程或若干阶段的承包。

"我说的是现在!"建设方无语,我接着说道,"保证质量,借瓜打锣。"

借瓜打锣,是我在工作实践中生造出来的一种方法,审计通不过,而项目方实际是亏本在做,只有通过增加其他的临时项目,以减少损失。

日子,是0到9这几个阿拉伯数字的不同排列。日子因有内容物作为支撑而变得难忘。铁线公园的建设,带给我许多这样非比寻常的日子。

撰 联 记

庐州铁线公园建设临近尾声,领导让区文联负责公园里的楹联牌匾的撰和写。

化民成俗,必由于学。公园内建有几处亭榭,当有文脉延续,翰墨飘香。

时间紧为其一,关键是我对楹联不精通。

其实,说不精通,拔高了自己。我曾写过不少的自由诗,还有就是义务写春联时,应邀即兴撰过联,质量勉强带有寓意和喜庆。

任务当前,不能退缩。在文联工作,楹联知识,迟早都要学,机会随时光流淌而渐少,无关乎将来能用到多少。

怎么办?鸭子上架——被赶的。临时抱佛脚——翻书。撰写楹联要注意什么?字数没规定,但要节奏相同、平仄协调、对仗工整、词性相对,更重要的是要融入情感。

我是带着情感领任务的,几天晚上没睡上好觉。

几天所学,超过上学时一年所学。

"李易安赏花绿肥红瘦,杜工部爱民四海放歌。"不见盐迹可感咸味,自我感觉良好,用了两处典:一是李清照的《如梦令》词,一是杜甫的"三吏三别"。杜甫一生未写过海棠诗,却留下大量反映民间疾苦的不朽诗篇。

"西府贴梗垂丝木瓜海棠珍品,平楼藕塘清华永青地域名景。"我用地名、花品入联,实在没有办法了。

我还给区文联主席团的每位成员发信息,广泛撒网。

撒了网,后续工作一大串。文联主席团有的成员不熟悉公园情况,去现场采风,请规划设计人员介绍情况。

收齐作业,有二三十幅。过筛,淘汰,精选,再逐联讨论。

"盛世海棠开新韵,庐州珍卉结彩霞。"

不行,"海棠"与"珍卉"有合掌之嫌。所谓"合掌",指两个相同或者相近的词意表达,如"神州"和"中华"。

看第二个联:"海棠驿群芳呈艳增添满园春色,西花厅场景又回赓续红色浪潮。"

"增和添是一个意思,赓和续有所区别。"

再说,再说,发言者欲言又止。

"不提西花厅,因为涉及总理宣传要经过报批。"

讨论时提出,在西花厅照壁上摘录邓颖超《西花厅的海棠花又开了》里的句子:"看一眼海棠花,可能使你有些回味和得以休息,这样也是一种享受。"

一致赞同,契合公园主题。

"花逢好雨齐开蕊,人遇知音同赋诗。"

有人提出"齐"与"同"词义相近,似重复。

七言联,重点考虑第二、四、七字。

"一二书声便是春风拂面,三千世界依然秋雨沁心。"

"'一二书声'是偏正结构,'三千世界'像是佛语。"

嗯,把"三千世界"修改为"百万游客"为宜。

讨论"铁添绿带相延浉上,公建园林普惠庐阳"一联时,有人提出把"庐阳"改为"庐州",撰联人反对,"上"和"阳"都是方位词。

讨论另一个联时,有人用了"聚民意"和"惠民生",上下联出现了两个"民"字,撰联者认为是大忌。

陈频老先生大胆创造,自撰联:"诗吟草木诗行翠,笔写烟霞笔墨香。""诗""笔"两字用了两次,楹联上下联里的叠字运用,是对"诗""笔"作用的深入解释。

专业与业余相结合。我们聘请楹联专家陈频、戴健、时英武撰联,并指导修改我们文联所撰的楹联。

在我撰的联里,我看好的大多被淘汰了。

从来刻意逊真情。望着满园硕果累累的海棠树,哪一棵不是异地选购得来?不长的铁路线也不知走过多少回,我和同事们开玩笑:"铁路和站台,勾起了多少人的爱情故事?这条铁路线成了我几世不忘的工作场景。"未承想,我随手权当充数写的一副楹联被大家认可,晒一晒:

"海棠怒放庐州城邑,铁线延伸人世心田。"

也许,因为评委中有两位和我多次同走这段铁路线吧?

兼听则明。征询专家、市民、领导多方面意见后,新增了关于社会公德内容的联。再创作再讨论再修改,套用"爱一个人好难"的语式,可以说"成一件事真累"。

到公园开园前一周,所需要的几副楹联终于敲定,没耽误!

附:《铁线公园楹联》

1. 诗吟草木诗行翠

   笔写烟霞笔墨香(陈频撰)

2. 惠民生铁线新添七彩色

   集众意公园又放四时花(戴健撰)

3. 仁心仁义待人有度

   和雨和风润物无声(时英武撰)

4. 海棠怒放庐州城邑

   铁线延伸人世心田(丁仕旺撰)

5. 开卷书香拂面

   推窗皓月临空(孙本全撰)

6. 花逢好雨齐开蕊

   人遇知音同赋诗(马先掌撰)

7. 铁线作琴弦声声悦耳

   公园当画本幅幅怡情(王家瑞撰)

8. 行仁政长空旷朗

   起和风大地清新(李多来撰)

区名由来

我的工作地现在的名字是庐阳区。从 1949 年 1 月 21 日合肥解放至今,依时序来算,庐阳区前身先后为第一(二)区、东市区、南市区、南市人民公社和中市区。2002 年初,合肥进行新一轮区划调整。笔者有幸参加筹备工作,现就区名的选定,凭回忆以记。

最先选择的区名是庐阳区,上级没批准。为何?合肥,又称庐州、庐阳、合州。把一座城市的别称冠以区名,显然是大材小用了。

上级要求我们以辖区内著名地名冠名,我们先后选了几个名字。

百花区。唐末,吴王杨行密为女儿百花公主在合肥城内建造了一座府第,院内有一口深不见底、水清甘澈的老井。百花公主每日以井水为镜,临井化妆。后来,人们称这个地方为"百花井"。可能决策者认为,杨行密是藩王,其女不能称"公主",也可能认为"百花"一词太泛化,用在哪里都行。

鼓楼区。因庐州古城内有鼓楼。不行,南京、西安等市都有鼓楼区,岂不重名了!

县桥区。相传明朝有位县官,贪赃枉法,鱼肉百姓,但此县官却想"流芳百世",便命人在金斗河上架桥,搞所谓的惠政。县官一帮人乘机中饱私囊,桥一直未修起来。县官怒道:"此桥为何不成?"桥工不敢说克扣工钱,只好回答:"万事俱备,就缺顶桥人。"县官不得已,从贪污款里吐出一点。桥合龙后,县官胡话连篇,忧郁而亡。可能不说这一段,区名都批了。一说,反而来事了。怎么能用传说,甚至是非正能量的贪污故事来冠名呢?

范巷口区(奎星楼区)。《合肥县志》有"饭巷口"一说。据说某次战乱中,有人做许多饭在此巷口救济灾民。后来此处居民多姓范,"饭""范"同音,改称范巷口。也不行,岂不成了"范家区"?汇报的人又补充道,过去这里有个"奎星楼",文化人士聚集之地。也不行,其他区的名都是两个字,唯独你们用三个字。再说,奎星,有功名利禄之嫌。

逍遥津区。出处见《三国演义》,"曹操平定汉中地,张辽威震逍遥津"。暂不说三个字不行,"逍遥津"易让人读成"小妖精",陡生无端遐想。

忙煞了筹备组里的一帮"秀才",劳而无功一阵子。

兄弟城区都起好了名字,原东市区更名为瑶海区,原西市区更名为蜀山区,原郊区更名为包河区。瑶海、蜀山、包河,在城市里都有确切地点。快到上报时间了,上级左右不定。到向国家上报前几日,不得已才同意将"庐阳"屈尊降贵作为区名。

　　山之南、水之北,谓之"阳"。合肥,历史上先后属扬州、九江、淮南、庐江等郡,原区域在庐江以北,这是"庐阳"的由来。2002年2月10日,国家批准了合肥市区划调整方案。2002年3月6日,上级召开动员大会,原中市区正式使用了"庐阳"这一区名。

起 名 记

辖区大杨镇的同事登门,请区文联帮助起一下名字。

大杨镇雁栖社区,占地 3.61 平方公里,住宅 1.66 万户,人口达 3.4 万人。按照《合肥市城市社区规模优化调整工作实施方案》精神,"1 万户以上的社区原则上拆分不少于 3 个"。

一个社区调整为 3 个社区,原来的社区名可作为一个社区之名,还需要再起两个社区名字。

雁栖名字的由来,是此地曾考古出土了商周文化遗址——古大雁墩遗址,1985 年被命名为市级文物保护单位。我把起名的任务通过微信发布出去,定了会商的时间,要求"美人"都要发言,发起"头脑风暴"。我特地把"每人"打成"美人",思考者最漂亮。

会商时大家踊跃发言,陈述观点。一说用辖区里的路名,如紫荆(路)、春梅(路);一说用辖区内的小区名,如森城、滨河、鹤翔;一说用"欣巢",古时该地为巢伯国,寓示古地今日发展欣欣向荣。另一名字为"乔柯",援引唐诗"乔柯啭娇鸟,低枝映美人"。说者可能受了我说的"美人"的影响,不过"引经据典"值得表扬。

与会者讨论了"雁书"一名。苏武被匈奴流放到北海牧羊,汉使寻,匈奴谎称苏武已死。汉使说,天子射雁,雁脚上绑着一封信,说苏武在某大泽之中。匈奴不得不放苏武回汉。

讨论热烈,免不了涉及文史诗词。有说用"雁楼","雁字回时,月满西楼"。

用"雁山",或"雁湖""雁潭"。沈括《梦溪笔谈》里的"雁荡山"即为"雁山"。文中记载:"山上有一大湖,山下有两个小潭。"用"雁归","春草池塘惠连梦,上林鸿雁子卿归"。

有说用"雁南""雁北"。春到雁北飞,秋来雁南飞。有说用"雁鸣",雁的叫声,是鼓励同伴的,满满正能量。

用"雁阵",雁讲团结守纪律,队形始终为"一"字、"人"字。"雁阵惊寒,声断衡阳之浦。"

还有两个名字,带有美好的寓意——"栖霞"和"默潭"。想到了"栖霞",是因为该社区最西边有董铺水库和南淝河,绚丽晚霞与浩渺烟波相映成趣。"默潭",出自"浅水哗哗,深潭默默"之句。

待大家议论差不多时,我们确定几个原则:一是不用企业名;二是不用"雁"字开头,方便办事的群众,避免群众去"雁栖",跑到了"雁(潭)"等问题。放在任何地方都能用的地名不用,要有文化底蕴。花之物语是花语,地名当然也有物语。

采取排除法，大家最后专注于两个名字。一是"高墩"，古大雁墩，高数米，墩顶有数千平方米，取其谐音"高登榜首"之意。

再一个就是"名鼎"，"大名鼎鼎"的简称。此地出土的乔夫人鼎，是合肥地区发现最早的带有铭文的青铜器，从形制和纹饰特征看，此鼎属春秋早期的器物，具有很高的史学价值。称为"乔夫人鼎"，因鼎盖外缘铸有"乔夫人铸……"的铭文。至于乔夫人是哪位诸侯的夫人，有待进一步的考古和发现。

老店招里藏记忆

合肥城隍庙历史久、级别高、面积大……此话怎讲？听我道来。

合肥城隍庙始于宋皇祐三年(1051)，距今近千年。城隍庙分都、州、县三级，合肥城隍庙属州级。合肥城隍庙原址在环城南路和省立医院接壤处，20世纪80年代建设时被湮没。合肥城隍庙面积120亩，在现存的州级城隍庙里算是大的。

合肥城隍庙还有许多出名的地方，如城隍老爷争议大、城隍娘娘非正传等等。关于城隍老爷，有两种说法：一说为北宋庐州知府，素有三"不朽"（气量宽宏、敢于直言、提携后学）的孙觉；另一说为汉光武帝刘秀封的合肥侯坚铒、东晋镇守合肥的安西将军郗鉴、明代庐州知府徐钰，先后任合肥城隍老爷。笔者倾向于第二种说法。

不说相关信息，本篇专表老店招。1986年1月1日，合肥城隍庙开业。开街前，管理方倡导、邀请名家撰联书匾。曾几何时，牌匾有楷书、行书、隶书多体，或中正庄严，或恣肆奔放，真可谓翰墨芳华，气韵灵动。经过几次重修，商业业态发生了变化。今年5月11日,我随区文联的同事们实地探访。

对联是中国特有的文艺形式。汉字字形方正、音节分明、声调匀称。对联精练优美,又重修辞多表现,或状物写景,或咏物言志,或抒情寓意,或缅古叙怀,或扬善抑恶。同时,又与书法糅合,相映成趣,更显神采飞动、瑰丽典雅的艺术美。

安徽省多名酒、名茶。城隍庙庙前街东西两侧有角楼,设计之初为醉月居、茗香轩,邀请当代楹联专家撰联、当代书法家书写。

醉月居楼联"李太白邀月我徘徊,辛稼轩命杯汝前来",由徐味撰,刘子善书。茗香轩楼联"炉火闻烹金斗水,晴空新试六安茶",由刘夜烽撰,葛介屏书。

诗酒趁年华。而今酒庄、茶店不再,已改行经营其他物品了。得知老店招不存的消息,我的心情陡然转阴。几位撰者、书者已作古,真迹现在在哪里呢?

区文旅集团的同事像是安慰地说:"我们再想办法!"

"被人收藏了也没关系,拍张照片留存,记忆有所寄托。"

走到庙前街的北端,曾经的小吃货我已不年轻。我指着两个小门店说:"那两间分别是陶永祥和史义兴炒货店。"

抬头望望,"陶永祥号"牌匾的字为书法家王家琰所书。久违了,老朋友!

"史义兴是一家百年中医妇科门诊,20世纪中期改作糖坊。改革开放初期,史义兴从事炒货,吸引各方吃货纷至沓来。"

有人问"史义兴"现在花落谁家。答曰:"到某某兄弟城区了。"一行人中有人不禁慨叹。

古时药店有一副著名的对联:"但愿世间人无病,宁可架上药生尘"。横批:"天下平安。"现在药店的广告语多为自我推介。

老戏台还是原来的模样,新近修缮了一联:"生旦净末丑唱穿尘世事无常,酸甜苦辣咸说尽人间戏有道。"细看,此乃合肥市政协文史委员会主任戴健撰联、当代书法家蒋立功书写。我问原对联呢,随行的五味斋传人刘海波说有老照片,我请他发给我。

所幸,我们还看到了部分老店招。城隍庙正门厅内有两联。一副是陈频撰联、张兆玉书:"连九域融五洲门通四海,送千祥惠百姓地接八方。"还有一副是孙洪伟撰联、张良勋书写:"回头看处酒绿灯红利往利来老城隍,到此来时墙粉瓦黛人山人海新气象。"

百味园门檐上悬挂着老字号的招牌——绩溪徽菜馆。店主说:"新开店时寻不着老招牌,急着请郭因老重写的。"

"哪年写的?"

"5年前。"

郭因老是书法界的前辈,我知道老人家再过3年就到期颐之年了。

短短一上午，如同观赏了书法展，拜望了多位书法老师、楹联专家。

临结束，惺惺相惜，欲行且停，欲语且休。区文联、区文旅集团、文化爱好者有个共同心愿，那就是挖掘老店招的故事。

2022 年 5 月 11 日

诗书馨香半边街

半边街,合肥人都熟知。该街位于大蜀山北麓,倚山而建,半街半园,景入山林,灰砖灰瓦,可品美味小食,可得艺术熏陶。

仲春之际,我忝列在职班学习,课余我常到邻近的半边街逛逛。

长久干一样工作,有可能会成这方面的专家。用心盯着半边街看,原来这里有许多我的书法、楹联方面的老师,日日课堂和半边街的现场学习,加之孤灯伴读,竟使一个月的集中学习变得尤为快乐。

请跟我来,从半边街一路走过。

街口左手马头墙上镌刻着清李天馥诗《九日游蜀山》:"重恋极望树千章,款段风柔趁夕阳。……却悔数年游宦拙,等闲留滞负秋光。"

李天馥,清朝诗人,合肥人。诗人为大蜀山自然景色所吸引,抒发出人生的感慨。

"半边街"三个字的街牌,是曾师学李百忍的我省书法家何瀚手书。

说来也巧,驻足这个街牌的当日,公麟美术馆的书画家邀请我参加一个活动,说省书协主席吴雪莅临指导。请不了假,遗憾!

墨村(酒店)楹联:"山一座街半边风光独秀,店百爿菜千种口味犹佳。"陈频撰,吴雪书。

憾有补,见墨宝如见人。

一路走过,仿佛置身诗海词林,但见翰墨奇珍。

而今我来师不在。"啸傲凉亭淝水灿,吟深古韵蜀山幽。"我在余国松老师撰并书的这副楹联前默立良久。余老曾多次点评过我写的字,奖掖后生。可惜老先生去年驾鹤西去,那些穿越时空的场景值得永久记忆。

街的正中,有清朝合肥县令孙葆田撰的楹联:"合则留不会则去,肥吾民勿肥吾身。"史学界研究认为,孙葆田为官清正廉洁。合肥流传有"包公虽清,不比老孙"的民谣。

有一联得来不易——天眷楼楹联,由安徽省文史研究馆特约研究员袁文长撰并书。我除见了门牌外,因装修遮挡,上下联只能看到"美"和"食"两个起头的字。急于知道,便发信息求教。袁文长老师正参加个人书法展活动,我直到晚上睡觉前,才收到这副楹联的内容。

真草行篆隶,虽然书家字体各异其趣,有的字一时难辨,短短几天,竟被我这个书海岸行的人一一辨认了出来。"风月无边",是石海松书写的;"无定境"牌匾,史培刚所书;"雅韵流香",乃李士杰笔意;"伴山亭"匾,陶天月作品。撰联者、书者还有张家安、凌海涛、陈建国、黄书才、欧新中等。

不让人着急,暂列举几副名联：

抚琴歌月下,把酒醉山街。
满堂玉馔香风远,四座琼浆醉意生。
水光悬翠影,山霭绕晴廊。
绿盈曲径无尘到,酽绕深廊有月来。
俯瞰庐州嫌眼小,行吟蜀麓怨词贫。

就此打住！我已怨词贫兼嫌眼小了。

半边街的打造者费了不少心血,街区有诗书浸润,更加柔美多姿,就连那数十家小吃店都增了一瓣馨香。

2022年5月24日晚

钟情谜语四十载
——记合肥市灯谜协会成立

今年2月下旬,庐阳区文联成立。文联理事的确定,综合考虑了专业性、广泛性的因素,尤其是开展较好的社团组织人员。合肥市灯谜协会会长吴家宏当选。

文联是广大文学艺术工作者之家。文联工作者在与艺术家们交友的过程中,会涉猎多方面的知识,几年下来也是半个杂家吧。

近水楼台先得月。三伏天的一天,庐阳区文联一行来到位于瑶海区银屏街的合肥市灯谜协会。

早在1981年,合肥市工人文化宫即成立了灯谜研究组。范淑敏、吴仁泰等组员们以灯谜为终身爱好,致力于灯谜创作活动,灯谜研究组后经注册批准成立协会,是合肥市宣传普及灯谜传统文化的社会组织,现有会员数百人。

接力棒传递着,至今已走过了41个春秋。

有朋自界内来,更是乐乎!吴家宏和协会的陈、程、王、张、罗、杨等老师已等候多时。

猜灯谜,有助于增长知识、开阔视野和陶冶情操。合肥市灯谜协会成立至今,常年活动不断,获得国家级行业评比的10余个团体冠军。当了解到协会经费有限,仅靠一些社会活动方支持时,参观者一行油然而生敬意。40余年的热爱,40余年的坚守。

吴家宏会长随后向我们举例普及灯谜常识。

谜语有谜面、谜目、谜格和谜底。

"木兰之子(花生),孔子之墓(丘陵),东风不与周郎便(金屋藏娇),落红遍地树上稀(多谢),怒容顿起(生气),教师示范(仿生学)。"

吴会长说:"以上谜语,若不框定谜目,猜什么呢?"

正此时,有人说:"最浑人的是谜格!"

对了,"谜格"如考题里的提示,有助考生确定思考的方向。

吴家宏思维敏捷又滔滔不绝。

秋千格,如荡秋千,上下转换,谜底两字,顺读、倒读意不同。

卷帘格,别名倒读格,三字以上的谜底,颠倒读更契合谜面。

"信息爆炸,可以做谜的素材广泛,现在不太讲究什么格了——"吴会长想继续说。

"得留一手!我们慢慢消化。"我便指着同行的年轻人,意为让其多来几趟。一位副会长补充道:"无格之谜方为高。"

"不露面,不直解,形扣和义扣。"程蓓副会长向我们讲授了猜谜方法。

学问学识多从问中得。

文联与灯谜协会的老师们,问答互置,饶有兴趣地讨论起来。

灯谜,源于春秋战国时期,是一种富有讥谏、规诫、诙谐、笑谑的文艺游戏。

随着时代发展,元宵佳节,都城不夜……谜书于灯,映于烛,列于通衢,供人猜赏。从都城到州府再到乡野,普及开来。

猜灯谜活动,有助于拓宽知识面。如:"'花褪残红青杏小',打一科技用语。"谜底是:最新成果。

春天开花最早的果树是杏花,若没有一些农林常识,还真猜不出来。

文联里爱好书法美术和诗词的同事提问,苦练专业之外的功夫。前不久,吴家宏会长在微信群里发了一条:"年终算总账。打一唐诗句。"谜底是:"花落知多少。"

国外有谜语吗? 不知谁这么一问。

"有!"文联里有爱好谜语的同事说,"谜面和谜底,乃互为其词。"

从翻译作品来看,一个词义,不同文字语言有多种表达形式。

"汉语博大精深,一词多义、一字多音,就谜语和谜格而言,西方的远没有我国的丰富和有趣!"

"西方人多浪漫且幽默,他们爱用隐语和花语。"

"前不久,看了欧·亨利小说《仙人掌》,即是花的隐语。"爱读书的杜莉兴奋地说。

调研学习的收尾永难忘记:市灯谜协会的老师们以我们的名字为谜底,现场创作了谜面。

"一门七进士,叔侄五翰林。"协会老师们用清康熙皇帝为海宁查家御题的门联为面。谜底是"丁仕旺"。

太抬爱了,我忙更换谜面并笑着说:"兵丁痴梦当将军。"

古今中外、天文地理悠游了一番,合肥市灯谜协会办公地凉爽而气氛热烈,空调遥控器调不慢时针的步伐。"钟情谜语四十载,风鹏正举九万里。"正当我想用这句话答谢并作结语时,现场的效果凸显出来。但见不远处,文联的几位年轻人正填表,申请入会呢!

2022 年 7 月 30 日

行舟扬帆欲揽月

早听说过周扬,第一次见面是在那年的 7 月 24 日市清洁协会书画笔会上。他虽中等个子,眉宇间却透露出儒雅自信的风范。

"可是中书协会员?"我向同事们打听。

"省书协会员。"知者答。

"多大年龄?"

"30 多吧。"

"那也了不得啊!"我这个爱打听江湖名号的人发出赞叹。近距离接触周扬,是在一个赤日炎炎的下午,他邀请我们"坐坐"。"坐坐"的意思很宽泛,本地以推杯换盏为主旨,都知道。我和同事们说,还是先到他的工作室去看看。见器识人为其一。其二则是,到饭店坐等吃饭,用方言说,那多"糖像"(不好看的意思)。

按周扬所发的地址,打车来到位于沿河路的工作室。

我们在揽月阁门前握手对接。

"为什么用'揽月阁'命名?"欣赏完匾额上的字后,我问道。

"最早到合肥来,租住在一小区的顶层阁楼上,临摹学书到下半夜,经常与月为伴。"

"欲上西楼乘东风,推云揽月入怀中。"

"有诗意!"第六感提示我:小周也爱诗!

闲叙中得知:周扬,1987年出生,毕业于中国美术学院,师从周建威老师。他从枞阳县来合肥打拼已10多年了,创建了揽月阁书法工作室和紫扬书院,致力于成年人和青少年的美学教育。

不大的工作室被隔成办公、教学、会友和作品陈列区。

果不出我所料,悬挂的书中有几副他撰并书的楹联。

"书斋细心诗心运,味与清溪一样长。"

"苍松翠竹乃佳客,枕石化蝶应忘机。"

这几句诗作,绝、律、古风、新韵和孤雁格皆有。

"天意君须会,人间要好诗。"

我咏出白居易的句子,表达一下钦佩之意。室雅无须大,书法是一门综合艺术,全面的文化素养是书外功夫。周扬还是中国诗词学会会员。

在工作室,他问我们:"可写两笔?""不了,不了。"鲁班门前弄短斧,关公帐前耍长刀,一向胆大的我立马含蓄起来。

"房租多少钱?"我跳出了界外。

当我们感叹租金不低时,周扬淡然一笑:"除开艺术班,还外聘在几所中小学讲课,还能保得住。"

艺术人生 | 245

其间，区文联孙本全副主席说到上级交办的书展任务时，周扬听到后主动请缨。"不，不，不，下次再安排任务。"我心有不忍。

说好是来调研学习的，怎么能又吃饭，又变相摊派任务呢！

他执意说班里学员有了难得的展示机会。拗不过，无招，就这样吧！

35岁，正是创业立业并走向成熟的黄金阶段，周扬显得更成熟些。他热爱公益、志向远大，孜孜不倦的追求精神和厚积薄发的艺术功底，注定他今后的诗书之路会更加广阔和美好！

义务写春联

我乐于参加义务写春联活动,基于两点:一是服务大众,愉悦自己,有利身心的好事,为何不做呢? 二是写春联是练书法的必经之路。不敢写春联,能学成书法吗?

说义务,当纯粹点。有主办方理解书家,往往会给一些交通费,书家辛苦,不忍再让其破费。我先后参加了十余次义务写春联活动,不曾拿过一次交通费。

不为别的,自己在职,免得引来"不务正业"之类的闲语。

一次,主办方硬往腰包里塞信封,我执意不要。

"总不能让老哥倒贴(交通费)。"主办方解释。

"没倒贴啊!这茶这纸这墨,还有水和电……"我昂首观四周,以笑婉拒。

"那晚上参加……"主办方诚意邀请。

"可以啊!"答者之意不在酒,在于同行共切磋也。

一杯又一杯,请吃点小菜。我豪饮数杯,已不胜酒力。不熟悉的人还以为我要喝回那没拿的交通费呢。

"老哥,别忘了明晨还有一个义务写春联的活动!"

"不会忘!"我像跳舞队老太太赶场一般激动,酒劲早就消失得无影无踪。

第二天上午活动结束,几个同行来到我的案台前。

"仕旺老哥厉害啊!"几个竖起的大拇指朝向我。

"嘻嘻。"我以为是夸奖字呢,面带憨笑。

"老哥昨晚喝那么多酒,还没有耽误今天的事。"

啊,原来不是表扬我的字,而是惊奇我醉酒也豪情。

义务写春联活动,锻炼了我的胆量,促成我笔耕不辍的恒心。每一次活动后,我都会回味。哪一笔、一画、一字没写好,下次多注意哪些。台上十分钟,台下十年功。我才三年功,不求速成!

练功不务正业。我习惯早起,用潮毛巾堵住门的缝隙,练完后用塑料袋包住习作,避免墨香溢出。再清洗笔砚,收拾书具,打开大门通风。7点30分前,精神倍爽地忙工作。

人不闻墨香,但能觅墨迹。一次下午需到一家农林企业走访,与义务写春联活动有冲突。我对主办方说,只能利用中午休息时间过来参加活动,让区农林部门的同事在活动小区门口等我,写了春联,下午2点30分前与同事们会合。

躺着也中枪。难怪我上车后感觉同事们表情不自然,逼出"炸"来。

"老哥中午在这里吃饭?"甲同事问。

"老哥父母家住这里?"乙同事关注敬老。

幸亏写过春联匆忙洗手,指甲缝里留有残墨。

"你看你看……"我伸出双手给同事们看。残存墨迹露行迹,水墨丹青取代了缤纷色彩。

被误读,不怕!更何况,"误读"里也有正面成分。那次,主办方挂出"合肥市百名书法家义务为民写春联"条幅。我不是书法家,但又被误认为是书法家,羞答答的心脏怦怦地跳,误读的正反面相抵消了。

我常赞叹身边书法界的朋友的诗词功夫了得!临帖赏书,自会与诗词有所接触,若写春联时能借用化用,记忆会更深。毕竟,运用是一切学习的最好方法。又一次参加义务写春联活动,我事先把米字帖春联内容背了个滚瓜烂熟。临场,不够用!求字的人临时出题。

"我爱人打工在外,看怎么写?"

坏了!刹那间思考,不能停顿。"风雨兼程小康路,天伦之乐一家亲。"写完上下联,续写了横批"和睦家庭"。

"我家开棋牌室,帮写一副!"求字的人像是串通一气,当上"联合考官"了。

缺啥补啥呗!

余生我还会参加许多次义务写春联活动。活动的前置条件是临近春节,有的是时间。我豪情依旧,现今除每日练字外,还学诗词,以备不时之需。

第一次参加书展

早听说,著名书法家方明也爱好下围棋,我和他偶尔在市内围棋活动上见面,算是没有切磋过的棋友。无论怎么算,我们还不算书友,与他接触时,我尚未开始练字。待我2018年12月20日正式开练时,方明老先生已故。

几个月前,北京大学书法研究院的武韶海老师带我参加一个笔会,一位60多岁的大姐问我:"仕旺,可认识我啦?"

嗯?愣了一会儿后,我想起来了。"啊,胡大姐!"没想到在这个场合遇到方明老先生的遗孀。

胡大姐说她在方老先生离世后的这几年,致力于书法教育教学,教学点就在我工作辖区的康富大厦。

且与老友说故人。我们共同回忆起上一次见面的情景。那次是合肥市业余围棋协会换届,方明老先生作为合肥围棋界的元老应邀参加。协会会长胡世侠本想安排饭后我与方明老先生对局一盘,因方明老先生已80多岁,不胜长时用脑,便和我相约择日手谈。陪同方老一起来的胡大姐送给我一幅微缩的方明老先生的书作影印件。没曾料到,那次竟是我和方明老先生最后一次见面。

我担心胡大姐离恨感时,忙把话题往回拉:"大姐,那本影印书作至今还放在我家书橱里呢!"

听此言,胡大姐欣慰一笑。

有一部名叫《一盘没有下完的棋》的电影,观后多会感悟人生苦短。我和方明老先生的棋缘,只能算是"一盘未开局的棋"。

那次笔会后,我经常被邀请参加由胡大姐牵头的书法同人的活动。我乐意参加,因为我练字时间不长,活动中能见到界内名家,是个难得的学习机会。也许是我与方明老先生的棋缘已尽、书缘初来吧!

新近一次见面,胡大姐告诉我:"要把方明老先生的书法精神传承下去,计划举办一个书法展,除展出方明老先生的部分作品外,还邀请界内同人提供展品。"

"小丁,邀请你参加!"60多岁的人喊我这个50多岁的人为"小",可以的!

我一时不知如何回话。练字不到两年,其间帮人写过春联,没参加过一次书展。

怎么办?思绪起波澜。参展的名家一定不少,我那"三脚猫"功夫会不会贻笑大方?

那字,呵呵,如鳖爬,也敢献丑?

胡大姐说:"专门留个展厅给你的单位,至少可以展出20幅作品。参展不但不收费用,还给每位参展者一份纪念品。"

曾听胡大姐说过,展时选择在 8 月 29 日,正好是星期六。有"9",寓示她与方明老先生阴阳相隔却阻止不了爱的长久。"8"则是祝愿参展的书家事业、家庭、书艺……皆日臻繁盛。

好一个吉日,好一个与方明老先生同在的追梦人——胡大姐。祖国书道,艺苑独英,文化瑰宝需要爱书赏书藏书者呵护。能被邀请参展,我深深懂得这种尊重的分量,且不说每次来时的精心安排和热情款待。

可我,心里的纠结仍继续。

任何一件事的确定,都是"跨栏定律"的功劳。一路练字过来,艺海岸行,会老友交新朋,身心愉悦。

人生的挂碍本来就不少,单单是一个练字,陡增多个负面的语句,能练好字吗?

人生禁不起太长的等待,我与方明老先生的棋约,不就是在无察的等待里失去机会的吗?!

我索性选择了百分之五十一,放弃那百分之四十九,去参加书展!

"喂——喂——喂……"电话发出,约上何、孙、汪等几个单位里的几个书法老师,写上 20 幅书作装裱送展。展点在工作辖区,我得尽些力量,相关部门对接、车辆停放、氛围营造……手到拈来的强项。

展日前夜,看到挂在墙上的自己的书作,总觉得这笔没写好,那笔写粗了……想到明天的"亮相",会不会"跌相"?我的字像不像展品里的"鹤群之鸡"啊?若明天有"现场挥毫"的项目怎么办？

疑问随着顾虑来，这是不自信的表现。子夜仍难眠，起床光臂膀。做甚？练字呗，真个是"书到用时方恨少"。写了"卧虎藏龙、谨言慎行"等常写的条幅，边看边摇头。翻阅《行书字典》，把写出的每个字琢磨一遍又一遍。再练，仍不理想。想发微信给李多来老师，让老师写样字发来，依样练，以备明日"现场挥毫"之需。哦，已太晚，作罢，不能扰了老师的梦。

不知第一次参加书展的老师们，是否和我有同样的感受？

一夜无梦，及至日出。原本我留有后路，在交出的两幅书作的落款了"载月"的雅号，偏偏某位严谨的工作人员在书作下附了标签：作者　丁仕旺。

木已成舟，豁出去了。我自引颈觅铡刀，聊做从容就义状。

"仕旺啊！"安徽省政府参事室的资深参事、著名书法家余国松老师喊我。

我和余老认识，还是通过李多来老师几年前的介绍，多年前的一面之缘，余老居然还记得我，怎不让初学书法的我激动？"老师好！"我的双手伸举半空下不来。

知道余国松的人，都爱欣赏他的书法和诗词文章。

坊间人们送了他一个特别的称号"寿春松"。因为余老是寿县人，名字里面有一个"松"，而且又是安徽文艺界的一棵长青松!

　　李延宝来了,周彬来了……他们都是书界的前辈和名家。攀谈后得知,坐在我左右的两人,一个是中书协会员、省硬笔书法协会名誉主席周鉴明,一个是中书协会员、省书协楷书专业委员会委员叶武。

　　众人随行巡展,一行人步入我书作的前方。坏了!我的腿如注铅,似是虚脱样的拖不动了。"仕旺,过来!过来!"余老师在喊。走了多少秒像是走过了30年,憋出黑里透红脸的人,记不得听到了什么。视觉里见"指指点点"的场景,如无声的电影。

　　事后缓过神来,听胡大姐说:"老师们给了你许多鼓励、传了许多真经……"啊啊啊,可惜!早知这样,我干脆提前喝个八两酒——以壮胆,至少能听到一半真经呢!

　　人生里有许多个第一次,第一次爱与被爱、第一次关怀与被关怀、第一次逃课与勤学……我不能逃之夭夭,不能年龄越大胆子越小。能有第一次,本身就是一种幸福!不能往永远没有第一次的方向去想!好在,这一次的第一次,满满鼓励、满满收获、满满爱,见名师、遇老友、思故人……书展为媒,书缘接续。

有故事的图片

市区文联举办摄影讲座,我很高兴能参加,算是在文联岗位上的一次充电。

主讲人吴芳是中国著名摄影家,原路透社、法新社、美联社、盖蒂图片社特约摄影师。他曾参加过全国两会、汶川地震、北京奥运会,南非、巴西、俄罗斯三届男子足球世界杯,缅甸战乱等重大新闻的报道,摄影作品多次被国际国内的著名报刊选用,获得过多项殊荣。

讲座的题目是《纪实摄影——有故事的图片》。纪实摄影,以记录生活现实为主要诉求的摄影形式。定义都会背,但吴芳诠释出别样的精彩来,一个个故事以摄影图片的形式娓娓道来。

希望工程的大眼睛女孩,饱含企盼的眼神。庐江县抗洪英雄陈陆的遗体告别会上,身着警服的陈陆的妻子面带悲痛、强挺腰杆向悼念的人敬礼。在医院手术室里,一名女医生在吸氧,细看,那名女医生怀孕约有7个月了。

有一张图片,一名小伙子给病床的女朋友送花。这张看似平常的图片,背后的故事却感人至深。小伙子拼命打工挣钱以供医疗费,后来女孩还是去世了。远在广西求医问药的小伙子赶回来,在遗物里找到了女孩临终前写的字:"感谢此生有你!"

有一组图片,男孩的妈妈离家出走,爸爸开着大货车带着脑瘫的儿子跑长途……组图的最后一张是孩子面部沐浴在从家中小窗透过来的阳光里,隐喻着父爱是孩子一生唯一的阳光。

拍春运图片,吴芳独辟蹊径,借鉴世界著名摄影师马克·里布的手法,透过玻璃窗拍候车的旅客。有几个小女孩外出打工,眼神中有好奇有忐忑。

吴芳用光影见证了城市的变迁。老城里的道士岗、北新庄、双窑洞、合钢、保龙物流园……新旧对比,耗去了摄影者数十年的光阴。

摄影师有社会担当。《矽肺生死路》,令人鼻酸的标题。冒着危险,拍摄11年,作品中的人物大多不在了。打工者给工友上坟,新工友又给老工友上坟。吴芳说:"不是揭露黑暗,经过呼吁,那家工厂将打工者纳入医保,购置了吸氧机。"

吴芳说:"穿矿服下过发生矿难的深井,穿隔离服到过重症病房。"有一组域外图片,那是吴芳以国际红十字会成员的身份,到缅甸内战一线,被搜身,被枪抵着头,枪炮子弹从身边呼啸而过。

已退休数年的吴芳老师坦言摄影生涯的遗憾。如拍摄

"留守妻子"组图时,限于自己的男性身份,走不进被拍摄者的生活,浮光掠影,作品难精。

互动环节将讲座推向了高潮。有人问故事信息来源,如何寻找有意义的专题,怎样与被拍摄者沟通,广角、超广角、修图、调色、裁剪……问得都很专业。

我欢喜地来充电,却满脸泪痕受教育。就在本篇脱稿之前,欣闻庐阳区文联的同事已将根据录音整理出来的材料发布在工作群里,图片的故事传播开来。

2023 年 3 月 10 日

一年之计在于春

文联需要开一个会,省书协会员、揽月阁创办人周扬又邀请我们到他做古玩收藏的朋友那里去看一看。何不两项工作一次完成呢?

春节期间的一天,阳光和煦,一行人来到位于琥珀山庄的艺品阁。

琥珀山庄古玩城,城中藏幽城中园,不规则的区域里有数十家紧挨着的斋、阁、居、堂、馆,门头牌匾文苑意境、清雅古朴。有刘墉、鲁迅的字,有当代书家的字。周扬告诉我,艺品阁的小陈40岁左右,他和其祖父、父亲三代人都爱好古玩收藏。好家伙,我们带的书包绝对是小了。

古玩包含的内容太宽泛。见我们求学心切,小陈打开保险柜,取出几件宝物,一一向我们介绍起来。这两件玉璜,距今有7000年历史。

"能摸吗?"我们弱弱地问。

"当然可以!"

我和同事们用手润泽了一把宝物。几厘米长短的石片,带刃的一面犹如斧头的斜切角。

常说,上下五千年,得读多少书才知皮毛。手握的物,让人横跨70个世纪。难得!

"这叫什么?"小陈指着小孩手掌般大小的玉片问我们。

"玉璜。"有人答出。

"彰显身份地位,女性专属饰品。"

"贾宝玉有通灵宝玉,薛宝钗戴的是金锁,史湘云挂的是金麒麟,请问,林黛玉有什么呢?"爱读《红楼梦》的同事即兴发挥起来。"有贾宝玉啊!"一同事脱口而出。

小陈又取出两件玉蝉。一件光滑像是戴过的,一件表面还带有琢痕和浮玉灰。

"都是墓葬品吗?"

"不全是,汉代有逝者含蝉之俗,寓精神不死,再生复活,蜕化成仙。"

"世人有戴的?"

"蝉"与"缠"同音,世人也爱佩戴,寓示腰缠万贯、金枝(知了)玉叶和一鸣惊人。

因蝉以露水为食,象征着高洁。听此言,同事们又开始动手动脚。一摸,从手到脚透身凉。

识了玉器,小陈又带我们看砚台。小陈极为用心,文联的书画家多,岂有不喜欢砚台之理?

四大名砚为洮(州)砚、端(州)砚、歙(州)砚和澄泥(黄河一带)砚。

区文联副主席、书法家协会主席李多来说:"歙砚的取石地多在江西婺源。歙县和婺源交界处的龙尾山有奇石。因在歙县雕刻制作,也因歙砚久负盛名也,即使在婺源雕刻,仍以歙砚之名。"

听着李多来述说,小陈微笑又点头。我们来之前被告知小陈就是婺源人,有人宣传自己家乡,窃喜着呢!

有一件有年头的端砚,砚台底部的款识和题诗已凹凸不清,砚面上有两个大小不一似人眼睛一样的圆形白斑。小陈说:"砚眼与砚石的硬度不同,会影响下墨,砚眼多且大,属稀有珍品。"

几件陶瓷器皿和一堆碎片,足足耗去一群人近一个小时。

这件是官窑瓷器,那件是汝窑瓷器。

五大名窑指:官、汝、哥、定、钧(窑)。

听音误把"钧"当成"军"了。不奇怪啊,既有官窑,有"军"窑不很正常吗?

此"钧"非彼"军"。定、汝、钧是以地名定州、汝州、钧州而名。

"钧州在哪?"不懂就问,值得表扬。

"钧州在河南,为避明万历皇帝朱翊钧,改名为禹州。"小陈耐心答疑释惑。

"这是哥窑瓷器吗?"见瓷器上有纹片,区文联常务副主席孙本全问。

"根据纹路不同,哥窑瓷器里分开片、文武片、百极碎……纹里有金黄色和铁黑色,有金丝铁线之说。"听完小陈的解说,大家以仰慕的眼光看着他。

在一排古玩陈列架前,区美术家协会副主席颜海群盯着一件陶器不想离开。

喊她,不答。同事走到近前,用手在她眼前晃着。

"可不可以把这件拿下来看看?"颜女士缓过了神。

"可以,可以啊!"小陈小心翼翼地站凳取物。

那物20多厘米高,呈圆柱状,一侧是手拎把子,一侧是壶嘴状,可能是盛什么东西的。

酒壶、茶壶、簋……五花八门,大家费劲猜想。

"长沙窑的陶壶,盛水用的。"小陈给出标准答案。

"你家不养猫吧?"颜海群问。

"不养、不养……"小陈抓抓头,纳闷地左右望望。

也是,欣赏古玩,怎么突然会有此设问?我、颜海群和其他参加过那场活动的人都笑了起来。去年这个时候,在颜海群工作室,我和几位书画家创作,她家的猫蹲在桌子上观看。吃饭时,人多嫌桌小,那猫自顾自地占了个位置。

"下去,猫咪!"我撵走了那猫。大家开吃开喝,没顾及猫咪的感受。半个小时后,颜海群离开了一下饭桌,返回时对我抱歉起来:"不好意思,猫咪把老哥的作品都撕了。"

"什么什么?"

走出饭厅到客厅,独独我写的那几幅字被猫咪撕个稀巴烂。

听此言,小陈明白了:搞古玩的人不养猫,上蹿下跳会损坏物品。

看来,以后带猫啊狗啊上大桌,小小孩更要上大桌咯!

铜制物品不易损坏。区文联副主席、美术家协会主席张绪祥在那自顾自地欣赏着青铜器。

"张老师,帮我画一张青铜器作品。"周扬不像是索画。

"有的画家专门画古玩,配以花鸟鱼虫。"张绪祥的话诠释了诗书画同源。

"孔晓瑜的孙子孔鼎即是。"我说。

借地开短会间,见我微挪身体,手不自觉地放入口袋,气味相投的人掏出香烟。成人教育,中场也要给人抽烟啊!

"能抽吗?"我在问之前,手早就伸了过去。

"古玩怕猫不怕烟!"小陈拿来烟灰缸。一看,发现连古玩专家的烟灰缸都像一件古玩。

"烟熏鱼肉储存久!"我笑应。

"就是古玩!"小陈翻着底座,展示红铜鼎脚,原来这是一件清朝的三足鼎式香炉。

"啊!"不能抽了,我忙摆手以回敬人的尊重。

步经前厅,依依不舍。那玻璃罩里有一件大型唐三彩古玩,约40厘米高的骆驼背上有6个吹奏乐器的人。

"6个人与汉人不一样吧!"小陈提示我们。

"好像都有络腮胡子。"有人说。

"这件作品叫《胡人吹乐》。"小陈说。

"流传汉地曲转奇,凉州胡人为我吹。"庐阳区文联一人随口说出。

唐代对外文化交流是全方位的,许多乐器是舶来品,如琵琶、羌笛……

"原来是这样。"有人嘘叹。

"羌笛何须怨杨柳""琵琶声停欲语迟",唐诗里增添了许多名篇佳句啊!

钱币的分类、南红的鉴定……小陈仍意犹未尽,犹如怕绝学失传一般急迫,看来是不想留一(几)手了。区文联李登峰、杜莉、孙兆辉几人不想离开。得得得!我叫停。来来来!加微信。贪多嚼不烂,我的意思是开了头,以后慢慢学。

参观的结局不乏高潮。也许是节气巧合,也许是刻意安排,这日2月4日是癸卯年立春。人的一生记不住几个立春日,今年的立春很特别,正所谓:一年之计在于春,文联研学正此时。

2023 年 2 月 4 日

一把镇尺

我曾经拥有好几十把镇尺,各式各样,不同材质,铜质的、不锈钢的、紫檀木的……

有朋友索要,不让人话音落地地给。现在还剩十余把镇尺,其中有一把石刻镇尺一直放在案头上,非物贱无人理,也非我舍不得,而是每当我把这物件里的故事告诉索要者时,没有人横刀夺爱,所以才有这把镇尺与我"长相守"。

35年前,应该可以说"很久以前"了吧!每个当过学生的人,对生活最大的感受就一个字——穷。我虽然穷,但我想出去看看。那年夏天,我带着省吃早点和勤工俭学积攒的35块钱,逃票乘车,只想去一下泰山就回。中餐一瓶啤酒、一小袋朝天椒,晚饭变为一瓶啤酒、一小袋花生米,这般安排腰包里的钱才勉强够。没想到,我为同在泰山旅游的陈老一行人让床铺并帮照相,一分无意的耕耘竟得到陈老善意的十分回报:在泰山不受窘,又有畅游几地的快乐;陈老请吃、叫醒又邀游。

昔日不识未来面,而今的我对过往重新认知。那时,陈老说:"小丁,和我们一道去邹县、兖州?"我犹豫不语,因为囊中羞涩,还因为听不懂,"州"县吗?"六"与"允"组成的字念"yǎn"吗?我真的不认识!

"小伙子,不用担心。"身为学生的顾虑,陈老尽晓。

一路上,陈老是"后勤部长",还兼职"导游",让一个理科男着实受益匪浅。

邹县是孟子故里,孟庙、牌坊、棂星门……我们的欢快留在胶片上。在孟母故居,陈老叩首致谢:"谢谢老人家,搬家到此地。"

不怕读者笑话,那是我第一次听说"孟母三迁",那孟母故居正对面就是学宫。

兖州有孔庙、孔府、孔林。如在杏坛听学,陈老"填"猛料,我是那"鸭"。常说人生寿数两个坎:73和84。孔子73岁去世时,众人吊唁,不少弟子守灵3年。弟子子贡经年不离,并从南方移来佳木植于墓旁。

《桃花扇》的作者、孔家后代孔尚任的墓也在孔林里,两位大家跨时空地相依,互诉千年世间事。

这里有蒲松龄的故事,那是现代人的功劳。那时,电影《精变》选择了孔林作为场景。落难书生未遇到富家小姐,仅仅是避雨时恩典了狐精所变的动物,由此展开了一段令人回味的人鬼故事。我看过《精变》,从孔林回来后又看了一遍。我还购阅了《聊斋志异》,复读过几回。

故事堆砌一线牵。吃过午饭,陈老带我到旅游纪念品商店。"小丁,买点东西带回去?"陈老执意。

我受宠若惊,吃喝游都不花钱,又怎么好拿呢?情急之下,我看到躺在货柜上的镇尺。往来"三孔"景点,我们乘坐的车不就刻在镇尺上面吗?镇尺长 30 厘米、宽 5 厘米,普通石材上刻有两驾同向驰行的马车,车盖车厢装修如春秋战国的风格,把人直拉到 2000 多年前。一问价格,便宜得很。我领情地拥有了这把镇尺。

在过去的 35 年间,我偶尔想起陈老。按当时陈老约 50 岁年龄推算,陈老若在世,至少有 85 岁了。我坚信陈老健在。不少高龄人规避说 73 岁和 84 岁,总是说成 74 岁和 85 岁,我希望陈老至少能活到 96 岁,我与他会有几次不期而遇,正如 35 年前的那次偶遇。常常伴随我回味这段情感的就是这把普通至极的镇尺。我读书时,它帮我分页;我练字时,它帮我压角。我爱好文史、喜游古迹是因那次邂逅加深兴趣的吗?有点关联。这把镇尺,我时时把玩,倍加爱惜,它在我心中仿佛已是一块会说话的石头了。

如果不是去泰山,我就不会见到陈老;如果不是采纳陈老的建议同游曲阜,我就看不到那战国时的马车;如果坐那马车没有特别的感受,这把镇尺就不会遇上我。我常作这般的想。镇尺前世在山里,今生伴我读。人在一生的各个时期,受经历、思悟能力的局限,你不可能在当时就能感知能认定谁是影响你很深的人。待到有"哦……"的感慨时,那人已远去,几十年光阴过,今天的文章正是数十年前故事的回声。

我现存的镇尺,还有几把樟木的和铜质的。樟树生长在南方,属我国保护树种。我有两把跟随我20多年的老樟木镇尺,是黄山市的朋友特地从民间收购后拆拼,再请木匠精心打制的,雕刻的图案文艺怀旧。镇尺发出特殊的芳香,清神醒脑。镇过的书页,幽香依存。

好友索要,己欲施人,友情陡增。

还有几把铜制的镇尺,上面刻有诗意的句子,如"笔歌墨舞""竹雨松风"……铜质镇尺,得来时颜色发浅,及至用久,空气氧化,手泽浸润,呈现出古铜色的包浆,像是出土文物一般。有朋友想要,舍有形镇尺得无价情义也。

别说物件了,单单说朋友吧!能跟你相处35年以上的,恐怕也是寥寥无几。唉!也难怪这把镇尺给不了人!

一幅大理石画

我在《神奇的云南》一文中,说过得到这幅大理石画的故事。

我不太恋物,书籍、字画、邮票、砚台……朋友若喜欢只管拿,我并不吝啬。有一样东西,不同于别物,将来即使送人,定是依依惜别地送。

20年前,合肥市城管局副局长姚远大姐带我们一行人到云南。

"仕旺帮我拎东西哦!"

"没问题,我当保镖兼搬运工。"大姐是领导,又是我公文写作的老师,怎么说我也得好好表现啊!

原在市委宣传部工作的大姐知识面广,性格也开朗。她率队的五人之行,一路上自是少不了欢歌笑语。

后来,在一幅大理石画面前,我凝住神。

大家顺着我的目光抬头,有一块非同寻常的大理石画,镶依在木框玻璃面里,画框长100厘米,宽60厘米。画面黑白相间,似海浪拍打礁石后退去之势,溅起的水花卷起千堆雪,画面上方多有留白处,层层海潮远去,水天一色。左上方有两个灰白色呈"M"的造型。很写意的画面,我把自己都看到里面去了,未怎么还价,急不可待地付了钱,这幅画归我了。

在路上,我不时地展开画观赏,同事都说好。尽管画面上有"潮落天方晓,海鸥逐浪飞"的题字,我还是给它起了别样的名字——踏浪的礁石。

"仕旺,看你怎么带?"大姐不太认同我的行为,又说我不善砍价。

"我自己扛着。"接着又补充一句,"抱歉!不能帮大姐拎东西了。"

飞机、火车托运这幅画,怕会石断玻璃碎。带画上路辗转几地,同事中的爷儿们也帮我扛,爷儿们的行李增加到了大姐手上。那幅大理石画可称踏遍万水千山而得。

直到今天,已退休的大姐仍笑着说:"那次出差,本指望仕旺帮我拿东西,变成了我帮仕旺拿东西。"

这幅画有回合肥后的故事。一次我的另一位老师——安徽散文家协会副主席郑家荣找到我:"仕旺,听说你有一幅大理石画?"我知那么大动作得来画的事肯定隐瞒不住,没正面否定。

"给我看看!"老师穷追不舍。

郑老师是合肥市出了名的收藏家,看到眼里可就拔不出来了!我心作此想,却不好拒绝。

情急之下智慧生。郑老师看画前我已请人用膨胀螺栓将画固定在墙上了。老师先是赞叹不已,随后风云突变地说画很一般,接着又说用两个"老虎"两个"猴子"的木雕和我换。

画在墙上不便取,再说老师的木雕,学生怎敢夺师爱?我说了一大通话,就是不情愿。若画真的不好,收藏家会给你差不多一个"动物园"?

望着画,想着来历和与之有眼缘的人。其实,许许多多珍贵的物品都已刻在生命记忆里了,无论这物品珍藏在何处,心的位置是最完美的处所。

搬新家时,爱人负责装修之事。装修的事,绝对只能一言堂,否则非吵架不可。我忘了对爱人说,不要把那幅大理石画钉上墙了,将来哪位好友想要就给了吧。谁知爱人比我更珍视,这幅大理石画又被钉在了书房的墙壁上。共同生活在一起,相互影响最大。我劝爱人不要太恋物,她反击一句:"你舍得,你送人啊?"她的话意味深长又一语三关。

我真的当她面,拨出电话:"朋友若想要,自带工具来!"

爱人急了:"带工具干吗?"

"下膨胀螺栓呗!"

我平缓放下手又平缓地说:"天命过后做——减——法。"

记忆大师——温跃渊

在我的脑海里,有一些关于记忆的故事。

学生时代听说过:有个人把圆周率后面的上百位阿拉伯数字都背了下来,据说是用谐音作成诗来记忆的:"山顶一寺一壶酒……"看电视剧《读心专家》,其中有一集说到"记忆宫殿",把需记忆的东西分类,放进"宫殿"内的每个"房间"里,需要什么,按殿内的路线走下去即可得到。又听说有人能把《红楼梦》背得滚瓜烂熟。……还有很多很多,真令人羡慕!

当然,这些都只是听说,或是在影视作品里看到的。现实生活里,我还真遇到一位记忆大师——温跃渊。

温跃渊是著名作家。20多年前,他和另几位作家帮助合肥市撰写《市容之光》一书,我那时只是市容战线上的一名通讯员,还没有机会接触上几位作家。印象中我见过温跃渊一回,那是宣传处处长让我送材料给他,我已记不清当时温老可问了我什么。温老那时50岁出头,平头短发,给人感觉是个平和、质朴的人。这些年里我也曾听姚远、俊超他们说到温老,说他善于交谈、平易近人。就这些,我对温老没有更多感觉,更谈不上有深刻印象了。

真的没想到,我有次参加一项文化活动,刚进会场,一位老者走向我并伸出了手:"仕旺,还认识我吗?"两手相握时,我的大脑像计算机一样在记忆里快速检索。

"啊!温老,您好!"我一直对自己的记忆力有信心。温老面带笑容,还是板寸的发型。站在我面前的他,显然是一个标准的老人了。也难怪,毕竟我和温老20多年没见了。

"温老高寿?""78。"

温老一直带着笑容。

"还记得我?""当然记得,听说你后来到宣传部,又到政府办了。"

我在宣传部工作5年,在政府办工作6年半,这10多年,他也可能从俊超、姚远那里听说过我,这不稀奇。

不管怎么说,温老能记住20多年前交往不深的人,确实让我这个平庸小辈心头一热,更何况是一个知名作家、一位老者呢!我陡增了对温老的好感。

活动中温老的讲话,我特别认真地听。那次活动的主题是围绕合肥市历史文化的。温老说到安徽文采大厦的建设经过,那时合肥没有什么高层建筑,最高的大楼就是胜利路上的十层大楼,建文采大厦时,起初只打算建七层,如果建成算是合肥市第二高楼了。温老从工程筹备、跑立项、跑经费到大楼落成,娓娓道来,边说边展示出文采大厦工程的创刊报和书法家许云瑞书写的机构门牌子"文采大厦筹备处"。温老说的都是30多年前的事了,那时书法家许云瑞、作家温老的头衔前面还有"青年"两个字。

我惊讶起温老的记忆来!

中午吃饭时,我坐在温老身旁。我为一件事向温老表示歉意:根据会议活动安排,有一个赠画赠书活动。温老送了一幅墨宝给活动承办方益民街道,是一个书有"开卷有益"的横幅。2012年,城区重新规划调整,原益民街道、安庆路街道、三孝口街道三合一,组成"三孝口街道",原益民街道已不存在了。真怪我,20多年前跟在温老后面写材料,包括像我这样送材料的人中,现在只有我一个人还在庐阳区工作啊!我心中感到自责,若是我早告知温老就好了,不然他的横幅可能会写成"三生有幸"或"百善孝老"了。

我向温老问到几十年前一块编书的同事,他都能说出每人的大体情况,看来温老不但是记忆惊人,更是注重与曾经共事的同志间的感情。

"仕旺,听说你写了两本书,显玉为你写的书评,我也看了。"

天哪!活动中作家众多,我压根不会也不敢说的事,竟被温老点中了。我受宠若惊,坐立不安。

"小辈不才,业余创作留个记忆!"我的心灵受到强烈的震撼,并非因为那些稚嫩的拿不出手的文章,而是因为温老对我这么关注。温老不仅著书、写日记和收藏,还练书法、画粉画……在他已装得满满的"记忆宫殿"里,竟然也装下了我这个无名小卒的许多许多。温老关注我每一阶段的成长和努力,我何止是不才,简直是不诚、不忠、不够处。这20多年,我竟对始终关心我的老者不闻不问、茫然无知。

出于对温老的无比崇敬的心情,近期我一直在读温老的著作和有关的描写温老为人处世的文章。省文联原主席季宇是温老相处多年的朋友,季老说:"被誉为'民间史官'的温老有两绝:一是收藏,省里的老报刊,从创刊号开始至今,大多被他收藏;二是他几十年如一日坚持写日记,雷打不动。温老不仅善于写文,而且能书能画。"我似有未必准确的感悟:温老超常的记忆既来自收藏和写日记的习惯,更来自生活和对所接触人和事的友爱。

死记硬背毕竟是无味且无意义的苦差事,现代资讯发达,想要了解什么信息都可用鼠标点击,而温老记忆中的事物都有着难忘的故事,满溢着温暖的情、重重的义。这也加深固化了他的记忆。

相识温老,三生有幸!收笔前,我迫不及待地把《故情萦怀》《学海岸行》两部书稿当面捧给温老,附上便笺:"有烦大师删繁砍枝、斧正杀青!"我会经常去看望温老的,不是为记忆大师添加更多的记忆内容,而是为了让我对令人尊重的温老记忆更深刻。

我与猫王二三事

被誉为"东方猫王"的蔚道安,1934年12月生于安徽合肥,国家一级画师,画猫近70年,真可谓情有独钟。

过去我曾听说过蔚老,也见过他的作品,真正认识他是在20世纪末。我有几个喜爱收藏字画的朋友,遇有名家作品展览非去欣赏一番不可,若能与名家认识讨得一幅更是乐不可支。蔚老爱人关阿姨同我们在一个单位,一次,余华炯、徐庆柱两位老哥喊我参加一个饭局,我们坐在一位精神矍铄且戴着眼镜的老者周围,他就是蔚道安。我不停地敬烟斟酒,蔚老来者不拒。让我感到惊奇的是,蔚老不仅酒量很大,谈话的思路也并没受到酒量的影响,滔滔不绝,妙语连珠。宴罢,蔚老欣然挥毫作画。

之后几年,我虽然没见到蔚老,但常听到有关蔚老的趣闻。小平同志85周岁的时候,蔚老感念伟人忧国忧民,遂以满腔热情画了《白猫·黑猫》图,并题跋:"皂白难分高与下,功过何须问史家。"这幅画在《人民日报》发表后,被小平同志的女儿珍藏。

有如此成绩非偶然,蔚老勤于研究,不辍求艺,嘱夫人在家养了数以百计的各种猫。他潜心观察猫的各种习性、形态和表情,逐渐烂熟于心,下笔成猫,活灵活现。他曾赠两位友人各一幅猫画挂于客厅,殊不知被这两位朋友的家猫误认为是真猫闯入厅堂,一阵抓挠,两幅画均被抓破,令两位朋友扼腕叹息。

蔚老善画猫,也善饮。有一名藏画者,闲时展卷把玩,观者疑之,猫缺胡子,再宴请蔚老,添上了胡子。回去后再看,猫眼无神,似病猫一样,再请而三,画"猫"点睛。我没问蔚老真否。

蔚老爱喝酒,酒可能是艺术的伴侣,曹植、李白……无酒怎么成?李杜诗篇万年长,至今还有酒芬芳,这里当然也就有酒的功劳。

蔚老确实是爱酒的。2007年长江中路拆迁,蔚老住新华图书城西边的老房子里,老两口十分支持,几个孩子需分户,按照政策是可以的,出于对工作的支持,我向蔚老表示感谢。蔚老说:"口头感谢不算!"我知道,蔚老想饮酒了。宴时,70多岁的他饮了很多。我没有找蔚老要画,因为我对字画一窍不通,也不收藏。2002年3月至2007年4月,我在区委宣传部工作,由于工作关系,常会在一些活动中见到书画家,几年下来,橱子里积累有几幅字画。2007年4月,我转岗离开之前,办公室一个爱好收藏的同事老陈对我说:"丁部长,有句话不知当说不当说。""请说。"老陈低声说:"我想要你两幅字画。""什么?""你若舍不得就算了。"老陈很不自信地说。"不是我舍不得,而是要字画没有要两幅的,全拿去。"老陈疑惑地望着我。他以为我是冲他的,其实我说的是真话。凡我不喜爱的,再值钱的物件我都不会要的,我觉得是干起哄、假风雅,活得太累,不仅字画邮册送人,歙砚也让人随便拿,年轻时最怕别人拿我的书。人到一定年龄才会做减法,现在有来拿书的我也开始慷慨了,爱读书,我任何时候都支持!

我没要,倒是蔚老这次主动为我画了一幅猫画,上面注明了"仕旺雅正",送不出去了,否则这幅画又得送人了。后来家里搬新家,爱人把这幅画挂在了女儿的房间。

我家住在顶层,目前没发现老鼠,暂不需要以猫镇屋。家中的宠物比熊幼年时与猫干了一架,知道猫的厉害,后来遇到猫时老实地绕行。也许是被宠坏了,这小样偶尔"犯像"时,我就以猫叫制服它。蔚老的猫画得栩栩如生,这下我明白了小狗只敢在我书房里撒野,从不敢去女儿房间里"发泼"的原因了,原来是挂在女儿房间墙上的蔚老给我的那幅画。

见物思人,好久没见蔚老了,我拨通了蔚老的电话,听蔚老说了几句答非所问的话后,传来了关阿姨的声音。关阿姨说:"蔚老现在除了耳朵听不太清以外,身体其他方面都还好,照常作画、照常喝酒。"蔚老知是我打的电话后,又抢过电话对我说:"小丁,什么时候再请我喝酒啊?"

如今蔚老已八十有三,仍丹青不知老将至,坚持勤研笔墨,以宣纸为伴侣,以灵猫为知音,酣畅作画,禅意深蕴。

虽然作画不是用喝酒的嘴和听话的耳朵,我还是要真诚地祝愿蔚老:少喝点酒! 健康长寿!

风生水起马踏归

我因工作的关系,能见到一些书画家和他们的作品,却是一直只见书法家王家琰的作品而不见其人。

王家琰是中国著名书法家,参加过首届中日文化交流会。最早发现王家琰的伯乐,还是安徽省原副省长、书法家张恺帆。张老见字爱才,虽错把王家琰的琰(yǎn)字读成了"tán",却丝毫不改变他对王家琰后半生的影响。王老书作雄浑有力,遒劲疏朗……

那年冬季的一天,应好友新安晚报书画院院长何显玉之邀,我和几位朋友到新安晚报书画院参观。穿过两边墙壁挂满书画作品的楼道,走进显玉的创作室兼办公室,显玉与两位70多岁的老者早已端坐在那里。经显玉介绍,我才知道那两位老者一位是书家王家琰,另一位是画家潘家忠。

"幸会!"昔日见书画,今日得见面。我鞠躬,握住二位老师的手。

大家对王老早有耳闻,显玉向大家介绍了潘老。潘老擅长画十二生肖、花鸟鱼虫,尤擅长画马。

我未料到,今天能同时见到两位书画家,我们兴奋地与二老交谈起来。知道二老不吸烟,烟瘾很大的我克制着不摸烟盒。

善书者乐书,善画者必画。一番聊侃后,我们推拥着二老进行创作。显玉早已把笔墨纸砚备好了,二老也不推托,王家琰先书。

何显玉牵纸,牵纸的活看似简单,其实不然。显玉说:"不少初学者在名家身边做这项活至少两年。"

我知道达·芬奇也是从牵纸、研磨学徒开始的,我对我的老师充满期待。

王老泼墨书写"风生水起"四个字,蘸墨很多,像快滴下的"饱"。每写一字,王老就用废弃的宣纸压上吸附墨汁。写完"生"字后,王老看看长纸的下半部,自对自地说:"哦,字写大了。"

韩蒙说:"就写'风生起'三个字吧。"

王老写到"起"字收笔的捺时,像是铆足全身的劲,使人想起力透纸背的意境,这一捺完全不同于我曾见过的藏尾露锋的样子。

韩蒙说:"高手从不补笔。"显玉对着韩蒙嘘了一声,示意大家不要发出声响,他怕干扰王老作书。

王老执意重作一幅。这回显玉牵纸、王老作书时,大家都没有再说话。王老再写到"起"的捺时,如同太极散打的发力,如果没有地球的引力,恐怕王老会腾空飞起。

我想等笔会结束后,再找王老师要那一幅缺"水"字的作品。"风生起",好抒情的短句,使我想到"大风起兮云飞扬",又想到了"沧海笑,滔滔两岸潮"。这无"水"的作品,也有波涛汹涌之势。风生,起的何止是水。

王老正在折叠那幅缺"水"之作,我以为他会收起来,其实王老师只是便于撕毁的。未能等我劝阻,这幅字已成碎片了。

"夫水,智者乐也。"虽然我觉得好可惜,但由此可见王老对自己作品严谨负责的态度,他自己不满意的作品是不会留给别人的。己所不欲,勿施于人。

稍稍休息后,潘家忠画马。显玉说:"画家作画不需要牵纸,围观者说话不受影响。"只见潘老稍稍洗了洗笔,先用一支细笔,在画纸上画了马的两只前蹄,接着又画了马的两只后蹄,再开始画马头和马身。

我问为什么。周围的朋友回答:"这是根据马跑的姿态,确定马的神态。"

有一位朋友对我说:"再画头和尾,是为确定比例,便于谋篇布局。"原来有这么多窍门。

潘老不断地换笔,先浓后淡地画出各个部分。一会儿,一匹奔腾的骏马跃然纸上。一朋友悄悄对我耳语:"我女儿是属马的,想要一匹马。"我说:"今天是新安晚报书画院邀请的,待我们邀请时再请画家帮我们画。"话虽这么说,我既不希望又希望潘老如王老一样,画一幅漏笔的,无论如何不能给撕了，留给我们啊！张灵说："画画就需要补笔，不断地补漏，我没希望了。"不过，后来潘老知道了，专门画了一幅。朋友属马的女儿终于可以说："我有一匹马！"

王家琰画瘾上来，手开始痒痒了："老潘，我来画一些花草。"

有友不解，书家会画画？其实王老的画也很了得，只是书法名气更大，人们往往只知其书而忽略了他的画。他爱画梅、兰、竹、菊、老鹰和荷花，笔墨干净，线条流畅。著名画家萧龙士为王老的画作题字"家琰书家有画才"。

但见王老拿出几色彩笔，随意地在马的下方画了些花草，使悬空的马从奔马转向了飞马。王老简洁几笔，在留白处勾勒点缀——两只小蝴蝶，画面更生动有趣了。

王家琰用小笔写了题跋，然后两位老人盖上印章。王老落款时不忘加上"寿州王家琰"的字。

韩蒙念着王家"dàn"，我念着王家"tán"，氛围是干起哄的融洽善意，二老如孩子般地笑出了声。

"风生水起时，骏马踏花归。"看到挂在墙上的两幅书画，我用这句话把书画联系起来。朋友补充道："书画翰墨情，笔会喜空前。"

一同观书画的有韩蒙、张灵、张云、李昌文、沙先清、钱昌西、华舒等。牵纸者，显玉也。

选 词 记

我每次到显玉那去,观书赏画倒是其次,聊天喝酒才是正题。

然而这一次去,感觉非比寻常。天赐良机,我上了一次书画、诗词速成班,暂用"惊撼"一词来形容。

"仕旺,大诗人,你来得正好!共同解决难题。"显玉如是说。

就在几分钟前,潘家忠作完了一幅画,又因事先走了,把为画题记的事交给了王家琭和何显玉。

放在桌上的那幅画,不难看出是一幅相思图。相思是相伴着爱情的神话,说相思,我自然想到"月明人倚楼""红豆生南国"之句。站在画前,看画景分不出南北,无夜的渲染,显然是白天之时。这是哪位害了相思之病的女子呢?幸好我未开口,不然闹笑话了。

"画中女子是李清照。"显玉朝我说。

李清照早期生活优裕,婚后与丈夫致力于书画、金石的收集整理。世事作弄人,环境影响人,李清照经历了靖康之变,李家、赵家先后因宫廷党争而受牵连。夫君逝后,李清照再嫁匪人张汝舟,遭遇更大的劫难,为脱离愁苦的婚姻而身陷囹圄。

"云中谁寄锦书来,雁字回时,月满西楼。"面对远去的与自己暂时分离的夫君,李清照心中有所寄存。失去夫君而又经历了世事打击的李清照心已死、无寄存了,她在极度孤苦、凄凉中走完了71岁的人生,留下了反映她各个生活时期的多首诗词。

举目欣赏这幅画,2米长,1.8米宽,画的左下角有一古装女子,绾髻侧身,只能见得一侧的眼睫毛,脸盘与大半的留白并无二样。画面中央,几笔细腻的线条若隐若现,勾勒出一抹微妙的轮廓,而在人物背景的一侧,则有一片仿佛以斧劈皴法绘就的绿色,其色彩与光影的交织,更加凸显了画面的明暗对比与阴阳相生的意境。画面里飘舞的柳枝遮蔽了树干,树枝上方寥寥几笔,曲曲折折,铁画银钩般地勾勒出树的枝干。

关于画,我算是个外行。偶尔听些评议,填充我对画的理解的知识库,有不理解处,我鼻孔插蒜般地发散起思维来。精彩的总是简单,这幅画作正是笔墨不过周,以拙为巧,以空为灵,舍不尽之意于画外,情境更加幽邃意远。

词,是特殊的抒情诗体。踌躇满志的我,诗人般地穿行在几位老师中间,故作神秘的沉思,保持着爱作诗的风雅。王家琰还在画边补笔。

显玉说:"李清照虽是境遇惨戚,但诗词恐怕后人难越。"

朋聚不是开会,围坐为了解题。我们不是填词,是选词,探讨哪一首词与这幅画的意境匹配。

长条桌上放了几本不同版本的李清照词集,有《易安居士文集》《漱玉集》《李清照集校注》。可以看出,他们已思考有一会儿了,书中有不少折页。

"沉醉不知归路……""半坛醋"的我读李清照的词,与酒有关的句子记得最清楚了。

场面一片寂静,我窘得厉害,羞得脸红。

"酒未喝,人已醉,几度忧伤人憔悴。"正在补笔的王家琰抬起了头,右手提笔在空中笑呵呵地说。王老的即兴应答帮我解了围。

"起来慵自梳头,凝眸又添新愁。"有友提出。不行不行,与景不完全一致,如高考作文自拟题目,条件不用完,肯定跑题。

韩蒙是团队中出了名的诗才,他脑子里装了几千首古诗词,他一边琢磨又一边否定着。

"浓睡不消残酒,来寻绿肥红瘦。"加了"来寻"两字与原词有冲突。再说画中的绿色,不是指海棠,海棠没这么高。每一人每提出一句,自是引起大家的一片热议。

讨论更加激烈,首先得用排除法。词人婚前、亡夫后的作品"毙掉",咏古叙事的词"放行"。

写思妇离别之情之态,从词牌里找,找《长相思》《双红豆》,再找找,看可有更绝配的了。

"梧桐更兼细雨,怎个愁字了得。"梧桐有这么飘、有这个色彩吗?雨呢?画面又分明是白天的时间,如何与黄昏扯得上?

李清照的词以南渡为界,前期多写闺情相思,后期多写离乱生活。画中是个年轻女子,顶多是少妇妆容。好吧,就不考虑词人关于人生晚景的悲戚之词,也不考虑词人少女时代的清新之句。

"九万里风鹏正举。"几个率直豪放的大男人,优游在婉约词中。"风休住",与画像绝配的词在哪呢?

"新来瘦,非干病酒,不是悲秋。"画面背景乃春意盎然,非悲秋。

"染柳烟浓,吹梅笛怨,春意知几许?"虽说到春,却是心中之春。词人南渡后饱经忧患的晚年生活,比不得年轻时,又作罢。

"寻寻觅觅,冷冷清清,凄凄惨惨戚戚。"这首有14个叠字的名篇,李清照作于亡夫之后,一字一泪,都是咬着牙根咽下的词,用于此也不妥。

"至今思项羽,不肯过江东。"不能乱点鸳鸯谱,此时并非思英雄。

应是非豪放词境,李清照为数不多的几首豪放风格的作品,不在考虑之内。于是《渔家傲·天接云涛连晓雾》《永遇乐·落日熔金》落选了。

显玉女儿照着大人的吩咐一一念着原文。"过、过、过。"当念到《念奴娇·春情》"萧条庭院，又斜风细雨，重门须闭。宠柳娇花寒食近，种种恼人天气。险韵诗成，扶头酒醒，别是闲滋味。征鸿过尽，万千心事难寄"时，王家琰拖着长音说："停、停、停，就到'万千心事难寄'。"

场面一片寂静，连呼吸的声音都听得到。"好！"满屋叫好，只我是来回转动着头。

电话告知潘老，他也十分满意。定论已成，开始题记。

又是显玉牵纸，王老挥毫。王老"游笔走蛇"，书到一半，落款付印……

"怎么，只书一半的词？"我想到了花看半开、酒喝半醺的意境，莫非也有"题记半阕"之意？我没敢再放肆地开口，悄悄地揪住韩老师衣袖，侧耳讨教，结果正是。这首词偏长，题记过多会冲淡画境。

我起身再看画作，感受到了风，似有雨，未见征鸿，原已过尽。

"万千心事难寄！"周围连连叫好。

我无声地拿起了书，这首词作于政和六年（1116）。夫在外，词人孤，离情别绪丛生，凄苦之心怆然，断肠心事难寄。

彭孙遹《金粟词话》赞此词："词意并二，闺情绝调。"

"不难寄，用微信嘛！"我笑着对站在一旁读词的显玉女儿说，显玉女儿会心地笑了。

"一语成谶，'万千心事难寄'成了李清照的宿命。"显玉的一番话，又引起了大家对词人命运的感慨。

凄凄惨惨戚戚，见场面阴郁悲催，显玉的话又远兜近转地绕了回来："不过，此时的李清照还有快乐——相思之乐。"

相思虽有苦痛，她还有所寄——身在异地的夫君。

夫君走后的荒景无时不在影响着她，尤其再嫁后遇到更大的不幸后，真是万千心事无从寄、无所寄了。

人间久别不成悲，此时的她还是有相思的苦痛与回味的幸福的。

这是她用泪、用血、用悲苦作的词句，是绝唱，也是她生命的写照，晚年尤得复证。

千年以来，"万千心事难寄"影响了多少人，岂止万千。

书画诗同源，诗的功夫在书画之外，我对两位学养深厚的书家更增敬意。想想我的老师何显玉，不但文章写得好，而且开始研究李清照的词了。干吗不研究周邦彦、陆游的？改天去请教一下显玉老师。

众人合力汇成诗一首："易安居士千古唱，余音仍觉绕梁间。潘家有女何家养，珠联璧合美画坛。"

过去每与显玉相聚，总是东倒西歪醉着归来，而这两次没怎么喝酒也是东倒西歪，心里装了不少我在教室里学不到的知识。我真的很羞愧，想想我，也只是了解李清照生平的大概。我写过关于李清照的文字，只有一句"易安境遇虽惨戚，独步词坛无人后"，之后又自不量力地仿婉约风格填了两首词：《西江月·巢湖相聚缘》《相见欢·肥河霜夜行》。

再也没什么了,我再也没什么了！唬得众人不轻,也唬得自己飘然。

相对于今天的几位老师,我对李清照的了解,只能算得上一鳞半爪、九牛一毛。鲁班门前弄斧,关公帐里耍刀,我耍的斧与刀还都是木制的。感谢潘老,若不是您因事离开,今天我或许没有这个学习的机会,我真正地入脑入心地泛读了一次李清照的词作,并在几位老师的指导下完成。

常说要善于读书,是指不读死书、不死读书,要多读实践的书和结合实践读书,今天的读书真正算得上结合实践的读书。

这一次,深望着几位老师,天命已过的我竟会生出"相见恨晚"之慨！

我与中日韩三国围棋赛

"忆往昔金戈铁马森严壁垒英雄城也,看今朝绿林丛花旧貌新颜胜景地哉。"这是合肥三国新城遗址公园内金汤虎台的楹联。曾经在这块土地上,魏蜀吴三国逐鹿,众英雄疆场争雄。谁能想到,1700多年后的今天,上演了围棋界的"三国演义"。

话说2011年4月,撑竿跳高世界冠军、安徽省体育局原群体处副处长蔡维燕来区里挂职。虽已退役几年,她仍保持着当运动员时的激情。激情是干事创业之基,她根据体育工作的特点并结合庐阳实际,以活动为载体,以品牌赛事为引领,以组织建设为保障,制定了体育创强区的工作目标,并多次向时任区委书记的吴劲汇报。品牌赛事"中日韩三国名人混双围棋赛"的概念萌发嫩芽。

合肥是三国故地之一,庐阳是古城的核心城区,"庐州风景,庐阳独揽"。庐阳历史遗迹众多,与三国关联的有逍遥津、教弩台、筝笛阁、藏舟浦、迴龙桥……其中最出名的当数"三国新城"。

公元230年,魏明帝在合肥城西北11公里处,鸡鸣山下建新城,就是现今的三国新城遗址公园,位于庐阳区三十岗乡境内。

经过1700多年的风霜雨雪,如今三国新城的城堡遗迹,包括城墙、城门、营房、洗马池、兵器厂等部分保留了下来,见证那段烽火连天、群雄争霸的历史。

合肥因其独特的地理位置,是魏蜀吴三国必争之地。虽然对这段历史的界定史学界尚存争议,且从汉献帝平元初年到晋武帝太康元年(280)是微不足道的90年,但三国的故事经罗贯中演绎了一把,可说是国人皆知,外国人也不乏钟情者,三国的影响不可谓不深远。

无独有偶,当今世界的围棋界有一个新的三足鼎立之势,中日韩三国围棋代表世界最高水平,其他国家难望其项背。

吴劲和蔡维燕分析了情况:庐阳有省级围棋传统项目学校,居民中围棋爱好者众多,辖区内有着历史悠久的古三国新城遗址公园……能不能资源结合在庐阳举办一个国字级的围棋赛事,成了思考者的一个愿望。按照这个目标的努力便开始了。

县区级单位举办国际赛事,在当时是一件不可思议的事。蔡维燕没有徘徊,她从同事那里得知中国围棋协会会长王汝南就是合肥人,还经常回肥看望亲人。蔡维燕想到了先联系王老。

万一王老不支持怎么办？蔡维燕一连几夜辗转反侧。"那时心里没有底！"她曾对我说过，"以往参加撑竿跳比赛，只想到放手一搏，反而心坦。"

几经打听，王老年少在家乡学棋时有个在合肥的师妹——魏星，蔡维燕便找到魏星阿姨。

师兄妹之间自是无话不说，王老正在南方一个城市当趣味体育运动会的评委。蔡维燕喜不自禁，立刻动身南下。

在初见王老的蔡维燕眼中，王老为人谦逊，家乡方言浓郁，风趣热情，颇具亲和力。"小蔡，我代你向领导汇报和争取。"王老一番鼓励的话，着实让蔡维燕心里打了一层底。

事不宜迟，估算了王老师回京的时间，吴劲、蔡维燕、殷硕景直奔北京。经王老引荐，拜会了中国棋院院长刘思明。

刘思明对庐阳申办围棋赛事予以肯定。他认为，当今国际、国内围棋赛事已很多，如应氏杯、阿含·桐山杯、农心杯、春兰杯等等，如果再办杯赛，应该从吸引力、影响力和持续性上多考虑。

"三国新城杯？"既然是中日韩三国比赛，续写三国，似有必要。

"男女混双"，虽然围棋界男棋手居多，但女棋手实有不少，而且在国际围棋界屡立战功，真是巾帼不让须眉。

上一手男棋手下，下一手女棋手下，既讲究配合，又讲究相互意图的领会，更重要的是棋手棋力的比拼。围棋的混双与乒乓球的混双不一样，球是有形的，即使是弧旋球、斜线球,也有轨迹可循,这围棋的下一手,都在棋手的脑海里。男女思维各具特点,几十年夫妻还有许多会错意的地方呢!

对棋手的资格要有个界定,否则棋力悬殊,棋的精彩性就大打折扣,就成不了对抗赛,成趣味赛了,生命力极短。若办了一、二届就办不下去,就没有必要开端了。无论男女棋手,必须是本国积分榜排名靠前的。

就这样,刘思明、王汝南、王谊、吴劲、蔡维燕合力解了题,赛事名称出炉了:中日韩三国围棋名人混双赛。

想好了冠名,只是第一步,大量艰辛的后续工作需要做。最后确定由王谊和蔡维燕负责落实具体事务。

蔡维燕虽然是撑竿跳高世界冠军,但对围棋竞赛的相关规则并不熟悉。高山打鼓派——不通又不懂。不懂,并没有影响蔡维燕想做事、做成事的激情和韧性,她不间断地主动联系王谊,就有关事宜请教、会商。

王谊是中国国家围棋队的领队,日常事务缠身。有时白天抽不开空,就夜间隔空交流,经常吵着蔡维燕熟睡的女儿和老公。静夜电话的声音尤其响亮,好在说的总是围棋、棋赛,不是"危情"。蔡维燕为该赛事真的倾注了情。

万事开头难,时任办公室主任的我,常被拉去"跑龙套"。第一届赛事举办之前的几个月,我经常陪着蔡维燕。围棋的国际赛事能在家乡举办,对我这个围棋迷来说不亦乐乎!

我陪蔡维燕辛苦奔波,还有一个原因。

蔡维燕挂职来区时,我正在外集中学习,其间我回来过一次。

"是丁主任吧!"循着敲门声和说话声望去,一位面容姣好、亭亭玉立的大美女站在我面前。

"什么事?"我可能是在办公室待久了,首先想到来人是不是……

"我是蔡维燕。"中音又柔性地回答。

"哦!对不起!蔡区长。"我从座位上站起并迎了上去。我曾听说有一位名叫蔡维燕的领导来区里挂职,没想到我和她是这样见的第一次面。

事后蔡维燕描述我:拉着脸,像是把她当作信访的人一样。

"有这么漂亮的人上访,信访就不是天下第一难事,改称天下第一乐事了!"望着比我小10岁的领导,我赔着笑,算是幽默解窘吧。

我俩并未由此产生隔膜,她是领导,我是大秘。领导递个眼色,我当奋不顾身,工作支持得还算有力度。我平日爱吃牛肉面,不时地向她推荐辣辣面馆、007面馆,她、我和同事常去光顾。我与熟悉的面馆老板开玩笑:"世界冠军来了,速照张相,这可是最好的宣传。"

误会全用工作补。向分管市长汇报,蔡维燕给我露脸机会。跑体育局,我与李殊、贾伟更熟了。比赛外围,我和应急队伍充分地演练。

2013年4月30日至5月2日,首届"庐阳杯"中日韩三国围棋名人混双赛在合肥三国新城遗址公园举办。三楼举办的是中日韩三国战,二楼是国内的几支代表队——安徽、四川、山东选手捉对手谈,一楼是合肥市中小学生种子队选手在比赛。

"金虎台前刀光剑影难觅逍遥客,逍遥津畔纶巾羽扇却寻金虎台。"

那羽扇纶巾者,是各队的教练。现场除了比赛的棋手,就是我等工作人员,确确实实没有逍遥客了。无硝烟无喊声,黑白天地宽,纵横风云起。

第一届赛事得到了社会各界的高度关注,近百家媒体报道赛事,特别是中央电视台《新闻联播》进行了专题报道,扩大了赛事的影响力。"棋圣"聂卫平说:"近30年,中央电视台《新闻联播》第一次报道围棋赛事。"因为围棋,合肥庐阳展现在世人面前。

2013年,区里领导到国家体育总局棋牌运动管理中心,拜访中国棋院院长刘思明。中国棋院同意并支持庐阳区继续举办这项赛事,永久落户庐阳,以后每年5月在三国新城遗址公园举办一次。

之后的几届,也有许多难忘的事,我和王老——以往只能在中央体育频道和天元围棋里见到讲棋的王汝南老师——成了好朋友。讲棋的老师各有特色,王汝南、聂卫平是我喜爱的老师之一。王老师的讲解不作高深玄妙,不引导听众误入偏差,加之家乡的方言风味,让人颇感亲近。

我最早一次见王老师,是 2006 年冬在安徽大剧院,古力、常昊在台上酣战,王老师挂盘讲解。对弈者和讲棋者同台,会不会干扰对弈者?王老师说得很直接:"我说的他俩不会听的,谁若分了点心,必输无疑!"王老指两大世界顶尖高手对弈时,容不得分半点心。讲棋者会不会有的话带有指导的意味来提示弈者呢?王老说:"那不必担心,我的棋比他俩差。"青出于蓝而胜于蓝,王老丝毫不为师者讳言。

第一届三国围棋名人混双赛期间,我与王老有了亲密的接触。

按领导吩咐,我担起了王汝南来肥时的生活秘书一职。王老不喝酒不吸烟,我就拖王老去看电影。一次,王老师带着我、万家良、韩俊生等弈至晚上 9 点多钟。我陪王老到人民电影院门口,他要休息,放弃了观影。我知道,王老担心时间太晚影响我第二天的工作。王老做人与下棋一样,中规中矩,他与我们下指导棋,从不走我们看不懂的"魔手"和"无理棋",不让学棋者误入歧途,对围棋爱好者是自然而纯真的关爱。

也由于这层关系,我成了围棋高手的密切接触者,有聂卫平、华以刚、俞斌,还有日韩两国的高手。王老题名的十把纸扇被单位人疯抢一空,签有 20 位国内外高手的扇面我至今一人珍藏,上面有受者之名——仕旺。

我年轻当棋迷时,十分钦佩依田纪基,记得他小小年纪,连胜中韩几员大将,获得过职业围棋赛的大满贯。我几次与依田纪基握手,却不想放手,放了不愿去洗手,想沾点仙气,再喊几位棋友来杀几盘——赢棋。

我想被"镇神头"。中国业余围棋协会顾问,曾任上海高院院长的崔亚东也几次到赛场莅临指导。

"院长,让仕旺陪您下一棋?"吴劲向崔亚东建议说。多年前,崔亚东在安徽工作期间,围棋界传说他喜欢下镇头,让许多对局的棋手不爽。

围棋爱好者都有感受,下棋被镇头是很难受的,棋手若心虚,自然学习螃蟹——横着走。古时有三十三手镇神头的故事,史书上记载是唐代顾师言与日本棋手对局中所出。

我做好被镇头的心理准备,崔亚东是领导、老师,又是庐阳的客人。

"相聚三国围棋赛,我被老师镇神头"不但不丑,反而荣耀。因崔院长行程已满,我最终未能与他手谈,留下遗憾。

我陪书记吴劲参加新闻发布会,前后几代围棋世界冠军济济一堂,有几位冠军还是十几岁的孩子。

几位冠军刚从我市中学下完"1人对50人"的大战,我的同事棋迷也趁机下起车轮战,李安红、姚则邦、陆平跃跃欲试,续杀起来。工作餐的饭菜快凉了,我去叫停。

"吃饭了!""仕旺,别急,我快要赢了。"陆平正在与王谊下让子棋,战正酣,一副志在必得的样子。再看看李安红、姚则邦,下得很艰难。

站在一旁的王汝南、吴劲、蔡维燕、黄卫东都说:"下完再吃。"观战者、对局者皆废寝忘食起来。

  一项国际体育赛事永久落户庐阳,凝聚着多少人的心血。机会仍在,我和现今仍在庐阳工作的同事还将为这项得之不易的国际性赛事,继续努力。

  只是当初提出创意并为赛事落户作出贡献的几人已离开庐阳区。

  参与第一场赛事的原班人员中,只有我一人还在庐阳区一线。我有必要写一篇,为庐阳记下他们,感谢他们。

最是人间留得住

——写给第七届中日韩三国围棋名人混双赛

中日韩三国围棋名人混双赛在合肥市庐阳区已成功举行了七届,我也全程参与,不是打比赛,是为赛事搞服务。

怎么也想不到,年轻时难得一见的围棋偶像,如今却成了密切接触者、微信好友,丰富了我中年及后来的生活。

老友相聚四月天

起初确定每届赛事的时间为每年四月底,活动时间因时事而调整,有两届时间放在了五一长假里。无论四月底还是五月初,差不多都在农历四月间。"你是人间四月天",这个"四月"指的是农历。时光飞刀带走7年,中日韩三国围棋名人混双赛的发起者今安在?虽然工作岗位变动,但我们每年赛事期间都能坚持一聚。策划并全程组织的有中国围棋协会原会长王汝南,国家围棋队现任领队华学明女士。刚进入四月下旬,发起者之一的原区委书记、现任马鞍山市常务副市长的吴劲打电话给我:"仕旺,王老来了?""嗯,4月24日举行新闻发布会。"我与王老亲密接触了8年,他过古稀,我逾天命。决赛当天,早已挂职结束回省体育局任职的蔡维燕来了。她虽然是撑竿跳高冠军,不懂围棋,却每年来赛场,就是为了看看王汝南、华学明等一帮老朋友。事务繁忙的吴劲特地从马鞍山市赶来。老友相聚,似曾经场景回放。华学明老师说:"咦,陆平呢?"华老师对陆平印象深刻缘于"一盘未下完的棋"。第二届赛事一顿工作餐前,华老师与陆平让子对弈,眼看就要落败时,陆平玩起拖延战术来。围观者的肚子比落下的棋子声还要响,陆平磨蹭得如打坐一样。"开饭了!"我一连几次催促。不得已,停战吃饭。陆平志在必得地说:"若不是怕影响老师们吃饭,肯定能拿下这一局。"此后每届老友见面,陆平都说起那一盘肯定赢但又没下完的棋,偶尔调侃地说:"就怪仕旺吵着要吃饭。"

我和小光谈金庸

对于和我年龄相近的围棋爱好者来说,没有不知道刘小光的。刘小光棋风硬朗,擅长厮杀。电视上多次讲解,刘小光爱说"若是我,肯定干上了"之类的话。听说,刘小光参加今年第七届的比赛,我急于想见见他。决赛当天下午,迎面见到合肥市业余围棋协会的胡世侠会长。"刘小光可入围了?"我只问一人,连中国队的成绩都没有问。"没进入决赛。"听此言,心里一紧,担心见不到刘小光。"下午他会来的!"见我若有所失,胡会长安慰地说。我径直上了金汤虎台三楼的比赛场地,两对中国选手正捉对厮杀。见到现任中国棋牌运动管理中心主任赵志平坐镇观战,他是我几年间所见的第三任主任了。手势目光笑容交会后,我轻声问王汝南、华学明:"小光在哪?"凑巧,刘小光正站在金汤虎台三楼阳台,极目远眺四周秀色。"小光老师好!"我作了自我介绍。言谈中了解到,刘小光老师大我3岁,家乡在河南开封,已寓居北京数十年。区教育局的同事帮我们照了几张合影,我俩又互加微信。刘小光的微信名是"小观小光"。

曾从网上阅知刘小光和金庸私交深厚,刘小光儿子的名字"小观"也是金庸起的,我想与高手多聊一会儿,接着便聊起了金庸来。喜爱金庸的读者,不难看出金庸的围棋情结。《书剑恩仇录》中的陈家洛,《碧血剑》里的袁承志,《天龙八部》里的段誉……谁人不是围棋高手?就连棋艺平平的虚竹,也能误打误撞解开那"珍珑棋局"。"金庸老师棋下得怎么样?"我问话不知转弯。"有一定功底,不然书不会写得那么精彩!"得到高手刘小光的肯定,想必高于我,尽管刘老师话中有情感的因素。"小光老师曾经叱咤棋坛很长一段时间……"我列举了20世纪80年代他的几个精彩棋局,目的是想让他从本届比赛的失利中走出来。"都是过去,都是过去。"笑语中有谦逊有欣慰。

背影总给人震撼

用"自古英雄出少年"形容中国围棋棋坛,是再准确不过的了。

常昊、古力、范廷钰、芈昱廷、柯洁……一个个都是在稚嫩少年就获得了世界冠军头衔。王汝南老师告诉过我,不论原来段位多低,夺得一个世界冠军,就可直升到九段。此规定激励着中国国家围棋队的专业棋手。中国围棋在数届元老的带动下,已有40余位九段高手,数百位高段国手。此规激发不了我提高棋艺,却也有收益——吹牛。几年前,电视里放《芈月传》时,有不识"芈"字的人问教。哈哈,"芈"念"mǐ",世界围棋冠军芈昱廷是我朋友。听者羡慕的眼神带给说者飘飘欲仙之感。

言归正传,本届还是王汝南、华学明两位老师担任挂盘讲解,一如前六届的场景。大棋盘的上角偏高,偏偏决赛的这盘棋烽火从上角燃起。白棋领先,黑棋求变。就连世界冠军女棋手都承认,男女棋手实力悬殊,如同跳舞一样,关键在于男棋手的引领和两人的默契。虽说对弈时不像桥牌比赛那样遮挡视线,围棋选手间应属心灵默契,靠眼神十有八九会会错意的。不凑巧的是,电视显示屏出现问题,从赛场内传来的进展图像不清,讲解又不能中断。两位老师帮着观者分析。王老说出几种可能性,华老师不停地调看手机,提出阿尔法的规范之着。两位老师的预测与随后传来的棋谱惊人地相似,足见两位老师仍宝刀不老、棋艺精湛。再一个重要原因,身为中国围棋协会原会长的王老和身为国家围棋队现任领队的华学明,与老一辈国手们,培育了包括本届参赛选手在内的众多围棋人才。第一届时就想把挂盘放低一点,两位老师没同意,因为会影响观赏。那时王老60多岁,而今七十有四,踮起脚尖往上摆棋微微吃力。华学明老师年龄跟着王老同步长,也不算是青年的华学明几次跳起来将棋子摆在左右上角。体力上的付出,丝毫没有影响棋局讲解的精彩。华学明老师心疼王老,全场观看讲解的我等心疼他们,每一个背影总让人鼻酸。一个世界级的比赛能够落户庐阳区且成功举办了七届,有多少个如这般辛劳的背影。

谁料弟子成颁奖嘉宾

尽管联系教育体育的同事邀请我指导,且区教育体育局领导送来了决赛的门票,我还执意要以一名观众的身份参加,毕竟我现在不联系这一块了。区里领导请我为选手颁奖,这怎么成?"老哥,都已经安排过了!"两位领导不容我置辩。盛情难却,再推就不近人情又不识抬举了。未想到,和我同台颁奖的另一位嘉宾,是我2011年市委党校同学,现为市体育局副局长的陆志勇。我俩围棋属业余水平,竟然胆子奇大地为4位世界级的围棋高手颁奖。难忘的时刻握住难忘之人的手,他们是芈昱廷、於之莹、金志锡和吴侑珍。国家、省、市共数十台摄影机、照相机定格此时。弟子算是给老师颁奖了,聚光灯照得我满脸通红又火辣辣的……我听得见自己心跳的声音。

"朱颜辞镜花辞树"是社会和自然一切事物不可避免的规则,但人是万物之灵,是感知情感并能以文字记载的唯一生物。所以说:"最是人间留得住。"谨以此文,纪念已经成功举办七届且年复一年届届累加的中日韩三国围棋名人混双赛。

纹枰风云又十年

我和围棋算是有一生之缘。从 20 岁不到开始下围棋，到如今快三十有八年了。近 10 年，世界围棋继续上演着"三国演义"，我的围棋情结一如初心，醉闻花瓣馨香。

喜新不厌旧。说实话，这 10 年，我多了两个业余爱好——练字和著文。练字若累，或著文遇才思不畅时，我便想到了围棋，立马约棋友一战。早先，战场选择在绿都，该小区棋牌室只有麻将、牌，没有棋。我当时就住在那个小区，我问有没有围棋。室主不知围棋是什么样子，顾客临门，室主急着去买围棋，买回来的塑料围棋不能用，再去买，买回来的玻璃围棋也不能用。为啥？塑料围棋轻，触摸无厚重感；玻璃围棋抛过光，看起来刺眼。刚开张的棋牌室，要买贵重的云子围棋，是一笔不小的开支。怎么办？我历来不重物质，家里的两副云子围棋闲置也是浪费，便拿出来供大家用呗！直到数年后棋牌室歇业，我也未曾索要。

这两副云子围棋已完成了使命：一是让棋牌室名副其实，其间公安巡查有无赌博现象，看到有围棋，与正在下棋的我又熟悉,称为高雅娱乐;二是诞生了自冠的小棋协——绿都棋协。绿都棋协,是我们喊出名无备案的活动团队,有十余号人经常未参加活动的,市围棋协会和兄弟县区的老师们常来指导、手谈。绿都棋协数次组队参加各类围棋比赛。

协会终成立。绿都棋牌室歇业后的几年,我大多是到老朋友源祥公司的围棋室下棋,原绿都棋协一帮老师移师而来。地点变化了,围棋热情不减。

本只是换个地方下棋,没想到了却了一桩夙愿。兄弟县区都成立了围棋运动协会,庐阳区围棋运动协会何时成立?议来议去,因种种状况,未能有实质性的推进。

干事情,需要有血性。恰恰源祥围棋室的几位老师主动担当,搁浅的事又摆上议程。围棋爱好者、源祥公司总经理俞家勇提供办公和活动场地,带头拿出资金。

企业家李曙、朱鲸,为协会活动提供后勤保障。

围棋好手韩骏生、伍亚斌承办具体事务。

在省、市和庐阳区相关单位的鼎力支持下,经过几个月的共同努力,"庐阳围棋运动协会"批准成立。

老友重相聚。2021年7月18日上午召开庐阳围棋运动协会成立大会。协会几位负责人此前问我"邀请哪些嘉宾",10年间的画面浮现在眼前。

中日韩三国围棋名人混合赛已经成功在庐阳区举办了七届,有几个人功不可没。

蔡维燕,世界撑竿跳高冠军,挂职庐阳区副区长期间,参与了赛事的策划,做了大量的沟通工作;肖丽莎,安徽围棋院院长,常来庐阳指导工作;胡世侠,合肥围棋运动协会会长,既多年披挂上阵,又担任围棋比赛裁判长。

当日见到蔡维燕,她现在任省体育局群众处负责人。从"桃李春风"到"江湖夜雨",不觉间,此时距离她来庐阳区挂职正好是10年。

我说:"把2011年的合影照片发给您!""好啊好啊!"蔡维燕手舞足蹈地快乐。

"又是巧合,当年照片上的人,有几位今天也在会场!"

照片两排正中是围棋专业八段、中国棋院原院长王汝南和夫人,左右两边分别是区领导,后排是蔡维燕、郑家凯、万秀良和我。

今天的大会,由现任庐阳教育体育局局长的郑家凯主持。

庐阳创品牌。庐阳区因围棋普及率高、赛事连连,被评为"中国围棋之乡"。庐阳区与兄弟县区友好交往不断,有朋自远方来,不亦乐乎!成立大会前,宿州市围棋协会负责人前来祝贺,宿松县围棋运动协会派员来了,身在广州的巢湖围棋运动协会方会长径直飞到合肥,庐江县围棋运动协会会长王晓林连住两夜宾馆,专待会期。围棋,又称"木野狐",可见魅力无穷。百名围棋人齐聚一堂,纵横四海。

棋与书融合。琴棋书画属同源,我这几年练书法,结识了不少书法界的老师。老师们听说庐阳围棋运动协会成立,乘兴挥毫。中书协会员李多来书写了"寂枰论道"和"纵横风云"两条横幅；安徽省书协会员、宿松县围棋协会原会长刘湘源书写了"忘忧清乐"横幅；著名画家洪飞创作了"平安四季"大幅国画。我书尚未成，硬被逼着书写了"庐阳围棋运动协会"牌匾。按协会秘书长所说："熟悉的人写的字，看起来亲切！"

男子双人围棋赛

参加"美好杏林"杯围棋赛后,和我同龄的棋友陈发根兴奋不已,得到锻炼,收获颇丰,非要邀请协会一班人"坐坐"。

胸胆开张狂侃神聊,竟策划一出趣味智力运动项目。什么?双人围棋赛。

"老丁参与过中日韩三国名人混双赛的服务工作。"

"问题是女选手不好找。""清一色男选手。"

怎么办呢?大家热议着。

哎,何不这般——棋力强弱组队,中游组队,随机厮杀。

报名踊跃,至比赛前日,24 名选手 12 支代表队产生。

我忝列其中,又有幸抽签与棋力强的张荣正老师联袂。

说说我参赛的一点体会。

学会计时。比赛性质为快棋,每方 40 分钟,超时判负。我下了几十年棋,从未打过钟,少有的几次比赛,赛前与对弈者达成一致,不打钟。

在与俞家勇、汤传瑞的对局中,尽管同伴提醒我"快快快,没有时间了",但我压根就没时间概念,在相持的局势下落子迟缓。

钟声响,被判负。怎么会是这样?我懊恼又自责。

合肥市围棋协会会长胡世侠安慰我:"没什么,买个教训。"

我还是有点挂心。

同伴张荣正说他第一次参加比赛时,面对胜势,等着对手中盘认输。因为没有意识而忘了拍钟,正纳闷这对手咋不走棋之时,对手报告裁判,指着他说:"裁判,他超时!"

30多岁的张荣正毫不掩饰,说他是一路哭着回家的。

"你当时多大?"我问。"也就七八岁吧。"

听此,我彻底无挂无碍了。

再战时,我每着一子,迅速拍钟。收官阶段,盯着计时器看以调节心境并掌握节奏。

打造特色街区

我过去没有做过商业工作,缺少了这方面的知识,不是未曾做过的事将来就不做了,万事总有个开头。有一段时间,组织上安排我负责几个特色街区的打造。

学习上海

他山之石,可以攻玉。窘则思变也好,拿来主义也好,有效才是硬道理。听说上海的特色街区做得好,我提议到上海去取经……历史上皖沪两地联系紧密,战国"四君子"之一的春申君——黄歇,徽是他的领地,沪则是他的封地,故沪上有许多这方面的印记沿用至今。沪又称为"申",有浩浩黄浦江,有软软吴侬语。新中国成立初期,上海支援安徽建设。那时安徽没什么工业基础,后来不少厂是上海支援建的,如金笔厂、纺织厂等,商业有长江饭店、绿杨邨酒家等。

近代以来,上海的发展一直走在全国的前列。上海发展得早,是我们那个年代许多人旅行结婚的首选地,轻工产品品牌好,如大白兔奶糖、蝴蝶、蜜蜂牌缝纫机,凤凰、永久牌自行车等。

上海有打造特色街区的条件,外地游客多,各式老建筑多,如外白渡桥、上海海关。

新建筑也很有名,如东方明珠、上海艺术馆。金茂大厦有420.5米高,站在第88层观光厅环顾四周,极目眺望,上海新貌尽收眼底。

虽有以上不可比的客观因素,但其主观能动性值得好好学习。

每个街区非千篇一律,而是各具特色。

"田子坊"取自《庄子》中一位画家"田子方"的谐音,是由上海特有的石库门里弄建筑群改建成的时尚特色街区。虽说吃穿关乎每个人,但是田子坊没有走吃穿这条常规道路,而是选择了冷门商业——手工饰品。中外游客摩肩接踵,证明了特色街区的精髓在于特色。

如老场坊,对原肉联厂厂房改造,修旧如旧,不破坏原有建筑风貌,打造成了一处文化休闲创意园。

七宝老街里既有商业又有餐饮,结合江南水乡风格,深入挖掘文化历史遗存。除七宝寺、氽来钟外,还有曾生活在该镇的雕塑家张充仁的纪念馆,皮影艺人毛耕渔的纪念馆,蟋蟀草堂,棉织纺,当铺,钟楼……非全是经营时尚物品的旺铺,可谓螺蛳壳里做道场,让观光者购、食、娱、游、学相得益彰。

我们看了一个个点、一个个街区,冒着酷暑,马不停蹄,如饥似渴,三个半天学习了12个特色街区的运作,除了以上列举的,还看了老码头、老城隍庙、朱家嘴、嘉善老市等等。

下午1点回到驻地,领导说:"1点50分在楼下大厅讨论,2点30分再带着疑问去学习另外几处特色街区。"1点50分到了,团员们除1人外其他人到齐了,大家铺开资料热烈讨论。到2点钟,原先没到的人也到了,很不好意思地表示歉意。那个迟到的人就是我,我因实在太累,靠在床边就起不来了。

大家无暇看风景,吃饭不香睡觉不眠,带着任务出差,自然是弦绷得很紧。写到这里,请不要以为我是给这支不辞辛苦、潜心取经的学习团队脸上贴金,那时所受的苦只是团队的一个缩影和写照。后来的结果证实曾经的努力,之后庐阳区荣获"中国商业名区""中国商旅文示范城区"的殊荣,七桂塘等10余条特色街区分别获得了不同的荣誉,合肥城隍庙整修后日纳客数万。

勤能补拙是良训。有这种虚心学习的态度和勤奋努力的精神,何愁学不到真经呢?

发轫之举

如今合肥的特色街区多起来了,殊不知早在21世纪初,合肥特色街区还处起步阶段。

我任办公室主任的7年间,每一任主要领导都交给我同样的任务,就是谋划城隍庙、女人街等特色街区。单位先后邀请诸如上海同济大学设计公司、熊大寻策划公司等来肥考察指导。我数十次到城建档案馆查阅资料,走访大学教授和城市老人,经常利用节假日实地采风。

　　融入长三角,对标沪宁杭,领导还让我带人到上海学一下。

　　那时我手头上的事很多,挤时间做。古典小说里不乏"夜住晓行"一词,我们硬是把原词改成了"车住夜行"。晚上出发,车上睡觉。天亮到站前,我们已在车上洗漱完毕。一行人快马加鞭,两天学习了7个特色街区的运作。这7个街区是:田子坊、思南公馆、十六铺、老场坊、老码头、七宝老街和朱家嘴。

　　随后我或是专门或是顺便学习,累计学了不少。用心所学,自然记得牢靠。现在让我列举上海特色街区,我不看材料,至少能说出50个。

　　学习之后,有两点值得一书。一是,我区借鉴做法,要求每个街道每年打造一个特色街区,纳入年度目标考核;二是同事们给我起了个"搞不尿"的绰号。补充一下,"搞不尿"是合肥地域方言,与"拖不垮"同义。

　　时隔10余年的今天,当年同去上海的兄弟相遇,阮仁胜、胡宏标等几位老弟还称呼我为"搞不尿"老哥。遇喊绰号不但不生气还高兴,这是尊称。从另一个角度看,这般称呼我,提示当时我这个领队:该安排休息了!

暗香七桂塘

七桂塘边有七棵桂花树,一棵是桂花树,二棵、三棵……七棵都是桂花树。历史上此处有个塘,新中国成立前后名曰"梁家塘",塘因桂而得名。

七桂塘市场是20世纪80年代合肥旧城改造时打造的第一个商业步行街。它占地约2.7万平方米,有两条主街、七条支巷与一个室内菜市场。退台回廊,曲折幽深,环境宜人。设计者在原塘坑处,设计了四面楼宇中间下沉式的广场,起名"泻碧池",语出姜夔《淡黄柳》中"燕燕飞来,问春何在,唯有池塘自碧"之句。

转眼已30多年过去了,市场渐显凋敝。如何擦亮历史的名片,唤醒城市的记忆,留住难舍的乡愁……改造者们进行了深深的思考。伏案遐思,建设与改造的场景如电影一样历历在目。

改造后的七桂塘商业步行街也叫"香街",取自宋代陈克"赤阑桥尽香街直,笼街细柳娇无力"。也寓"桂花香飘步行街,满街尽飘桂花香"。有题为记:"七桂塘,合肥三孝口东南,因七桂依塘得名,古庐州之要冲,昔年三国张辽勒马问江,南宋姜夔怅然北顾之地。20世纪80年代初建成合肥首家商业步行街,水榭楼台,七桂连理,商贾云集,游人如织。

然光阴荏苒,沧海桑田,叹繁华尽没年轮之中。顺时代潮流、应发展所需,庐阳区政府重振七桂塘雄风,统一规划、综合整治、完善设施、消除隐患、提升品质。首期工程女人街于2012年9月告竣,建筑整体风格时尚、新潮。二期工程于2013年9月破土,今已全面竣工,命名香街,取桂花香飘七桂塘之寓意。四方商贾辐辏,游人顾客云集,商贸、文化、娱乐等综合效益显著。"

街区内七条小巷分别命名为金桂巷、银桂巷、丹桂巷、碧桂巷、兰桂巷、月桂巷和福桂巷,桂花有数十个品种,数百个树名,以单字冠名,便于记忆。街区东入口处有三栋红砖小楼,与七桂塘菜市仅数米之隔。曾经的围墙处均是违章建筑,一楼住户多有开墙打洞做营业之举,环境恶劣,消防隐患众多。改造者将小楼和菜市统一纳入七桂塘改造。小楼保留原红砖墙面,对一楼住户利用卫生间、楼梯道开墙打洞的门面一律实施封堵,对保留的门面采用女人街店面小门脸大橱窗的风格,并加强对商户倚门设摊、店外经营的管理。小楼与七桂塘菜市场中间的违章建筑现已全部拆除,恢复青石板路面,与街区风格统一。

原七桂塘菜市场,菜场内灯光昏暗,电线如蛛网密布;菜场周边违章经营的摊贩众多,环境嘈杂,地面污水横流,是合肥市历年来消防安全和城市管理重点对象。现已改造成标准化菜市场,一楼摊位设置整齐规范,水管电线按规范设置,商户经营有序,周边流动摊贩难觅。菜场二楼改建成非机动车停车场,便于商户和顾客停放车辆。

七桂塘西高东低,北高南低。原设计者设计了七个叠式水池,在水池内设置了形态各异的石雕,有仙女散花、鲤鱼跃龙门、假山等等,在这些石雕上端,有净水泻下,形成水帘。现已建设成步行台阶,中心花坛中种植了七棵桂花树,在南北不规则起伏处安装了休闲座椅。街区绿化墙南侧镶有5块浮雕,分别展现《合肥县傅郭城图》中"解放前县政府""德胜门""前大街""光明影都"。

七桂塘东入口处有一铜铸地刻,展现街区历史上的繁荣场景,可见民居、小桥、流水、柳树、市井景象。

原泻碧池内《绽兰》雕塑,现已迁移至杏花公园内。《绽兰雕塑迁移记》:"庐州故郡,首善之区,时维癸巳,仲夏之际,迁《绽兰》雕塑立杏花公园。《绽兰》雕塑成于20世纪90年代初,系皖雕塑大师徐晓虹所作,开皖抽象雕塑之先河,取玉兰之高洁为雏形,寓视觉之新颖为匠心,乃当时之翘楚。惜其幽居一隅二十余载,历世间沧桑。今七桂塘改造,规划所需,作者首肯,洗尽铅华,复其原貌,迁入新址,园增胜景,相得益彰,展精品风采,添庐州古韵。今正本溯源,勒石以记。"

白石广场山墙以高墙古瓦的徽派民居、德胜门、赤阑桥为背景。缘何为白石广场呢?南宋词人姜夔,字尧章,号白石道人。其曾五次旅居合肥,住在七桂塘附近的赤阑桥一带,与合肥女子有段刻骨铭心的知音故事。因此在他的作品中,许多文字是和合肥这座古城联系在一起的。经词学大家夏承焘先生考证,在姜夔留下的84首词作中,有22首是与合肥相关的,这在中国文学史上都是不多见的。其诗词真实细腻地再现了南宋时期合肥地区的风土人情。可以说,合肥的生活丰富了姜夔的内心情感,从而带来文学造诣上的升华。故建白石广场,以纪念姜夔在文学历史上的地位。

白石广场西侧建有姜夔诗词墙,芝麻灰花岗岩制作。以宋金战争为背景,选用姜夔4首具有代表性的诗词,以诗人的爱国情怀和浪漫爱情为主线,展现姜夔诗词文化。它们分别是:《永遇乐》,诗人通过赞扬辛弃疾来寄寓自己心系国家兴亡,拥护北伐大业的政治热情;《淡黄柳》,描述合肥旧貌和诗人流露出的无限烦恼,家国仇恨;《解连环》,描述姜夔与红颜知己琴瑟和鸣的场景,展现姜夔的知音故事;《送范仲讷往合肥三首·其二》,姜夔描写合肥赤阑桥一带的风光。

诗词墙前有一座关于姜夔的主题雕像,系雕塑家张灵创作。1176年冬,南宋与金国对峙,词人姜夔空有忧国之思,憾无报国之门。20岁的他第一次来到了当时地处南宋北陲淮南一带的一座边城——合肥,旅居在赤阑桥一带,偶遇合肥才女柳袅袅。两人因音乐而相知,并演绎了一段经典的知音故事。设计者们为真实塑造姜夔形象,专程赴江西鄱阳县姜夔文化园考察学习,在设计过程中多次邀请许有为等研究姜夔文化的学者为雕像提出建议。雕塑再现了姜夔不得志及情场失意的苦闷心情,以及超凡脱俗、飘然不群,有如孤云野鹤般的个性。

"长忆曾携手处,几时见得,重觅幽香。"七桂塘因姜夔而精彩,姜夔的词带给我的是永远的脱俗之"情"和彻悟人生的"空"晓。姜夔的经历荡气回肠,弥漫在街区。陈克殊不知,而今的香街不独有花香、熏香、脂香,更多的是诗词之馨香了!

藏美女人街

20世纪80年代早期,合肥市旧城改造重点项目之一的综合性步行商业市场——七桂塘市场建成。那时的七桂塘市场生意兴隆、热闹非凡。在它的旁边有一条貌不惊人的小街巷,名叫节约巷,也就是后来的女人街。

三孝口商圈周边的商业发展所积累的高人气为女人街的诞生做好了准备。80年代中期,节约巷沿街店家和路中央设立的再就业摊位,起初卖针头线脑等一些小商品,到后来慢慢形成了以女性服装、鞋帽、日用品为主的经营格局,久而久之便声名鹊起。光明影都南边的西菜市巷主要经营领带、剃须刀、烟具等男性用品,因与"女人街"遥相对应,又称作"男人街"了。商业经营把女人街的名气带到了省外,很多省外客商都知道合肥有个女人街。那时的女人街可谓风光无限,女人街成为那个年代里的"时尚"代名词,也成为合肥一张亮丽的"城市名片"。

花无千日红。随后陆续出现的新商业体形象新、档次高、服务质量好,满足了广大市民日益增长的商业需求,女人街传统的商业消费模式与时代需求渐行渐远。加之女人街道路破损不堪,排水管道、路灯、消防等基础设施残缺老化;建筑脏破,经营设施落后;市场内秩序混乱,人车混杂;店面形象差、业态低端等,女人街走向了低谷。

人皆爱怀旧。有着近30载历史的女人街承载着太多合肥市民的回忆,牵动着无数怀旧的心。重新打造女人街,彰显女人街特色,恢复往日风采成为广大市民的共同愿望和期盼。庐阳区顺应民意、汇集民智,2011年11月5日正式启动女人街综合改造项目。女人街迎来一次风云再起之机。

经过1年多的改造,女人街"凤凰涅槃",2012年9月9日正式开街。新街多丽人,与以前的拥挤狭窄相比,拆除了原有的搭建亭棚,垫高东端低矮处,巧妙地改造了原来伸展在街头的店家门前的台阶……女人街路面变宽了,名媛淑女纷至沓来。

女人街升级改造,统筹考虑了街区氛围、视觉效果、休憩设施、质量考核……从路面到通道,从路灯到地灯,从店面招牌到街心绿化座椅,设计者和建设者都费了不少心血。

入口处的指示牌提醒你每一个特色店的位置。硬件完成华丽转身,道路铺贴了米色、芝麻灰、宝岛红多种颜色的花岗岩,街心中央地面拼出了内圆外方的造型,似市花广玉兰状。没有选用凸点地砖,同时砖与砖之间流水缝隙小于1.5厘米,就是为了穿高跟鞋的女孩逛街不崴脚。

业态升级、特色鲜明,街虽不长,时装、花卉、香水、护发、美甲、女子健身……应有尽有,真可谓在"女人"上做到极致。丰富的业态可以让市民逛上 2 个小时,在购物的同时,还能坐下来喝点东西,有运动、互动项目供休闲一把。

商品展示勾人魂魄,各店家店门设计"一户一案",和谐又有个性,墙面质地选料精良,采用冷光照明设计。小开门,大橱窗,在时尚之都巴黎,大牌商品的橱窗既是广告也是风景,女人街也将展现大橱窗的风景。女人街两边的橱窗千姿百态,引领潮流时尚。

雕塑街标炫人目。主题雕塑《金梳》摆放在人民巷的入口处,凸显了女人的美丽曲线和婀娜多姿,能够恰如其分地展现时尚女性的魅力,赋予拟人色彩。街心花园处,有一写意雕塑名《扬》,怡人的园林小品前伫立着一个吹笛的少女,她秀发飞扬、裙角飘扬、笛声悠扬,寓意着热情和向上的精神面貌。

街标"女人街"三个字使用了仿书法字体,遒劲瘦削的字体更显脱俗俊俏。女人街 Logo 征集活动,吸引了广大市民踊跃参与,收到作品近百件。在女人街主题雕塑的征集活动中,共收到作品 51 件,同时邀请了 12 位雕塑家、漫画家进行设计创作。

地灯使用了 LED 灯带,游客漫步其中犹如进入花的海洋。

夜幕降临,女人街更加妩媚、靓丽,流光溢彩,夜色与霓虹同流淌,光彩与丽人总相伴。看得见摩肩接踵,相依相偎,听声中有此起彼伏的笑语和窃窃私语。我渐渐明白了女人街,为何男人爱来,女人忘返。一位哲学家说过"男人女人各为半圆",缘缘伴伴。

女人街,你深藏的美叫我怎能悟透?

记忆城隍庙

20世纪70年代,我在六安路小学读书,初二后转到中学求学。我经常从庙后街、杏花村穿过,见到庙前山门的装饰和四周围墙的设计古色古香,别致典雅,但不知这里有座庙宇。直到1986年1月1日,在原址上新建的城隍庙市场开业,才知道原来历史上这里是城隍庙。

城隍庙记录了无数市民的回忆,那里或是你第一次约会的地方,或是你第一桶金的来源地,或是你经常逛街购物的去处。开街那年我不过20岁,这样有趣好玩的地方,我是肯定常去的。

"一毛喽,吃热的!"蚕豆大王黄阿源的叫卖声仍在耳边回响,牛仔裤大王、衬衫大王、裤子大王等招牌布幡迎风招展,主街上的炒货"陶永祥号""史义兴店"可与芜湖傻子瓜子相媲美。上了年纪的人会选择在茗香轩茶楼里,一边吃着马鞍山采石矶茶干,一边品着香茗,听着庐剧等倒七戏,享受着惬意的生活。造型似古民居四合院的百味园更是充满美食诱惑。园子面积不大,有数十家餐饮店,如绩溪徽菜馆、八公山豆腐、老头小鸡店、合肥猪尾巴店……在那个生活不富裕的年代,偶尔能去饱餐一顿,心中的印象会十分深刻。

虽然关于城隍庙的记忆有不少,但真正了解它的时候,则是工作之后,我在所在的区,有幸负责城隍庙改造的前期准备工作。

有历史的城市是幸运的。239年,孙权在芜湖建立中国第一个城隍庙。合肥有两座城隍庙。一座是县城隍庙,遗址在安徽省立医院内,位于原庐江路到包公祠去的小巷东侧,西距庐江路60米,《合肥县志·祠祀志》记载"县城隍庙在南门土街,乾隆年间知县陈大中建"。1980年,建省立医院病房大楼时拆除。另一座是合肥的州城隍庙,始建于公元1051年,至今有近千年的历史。咸丰十年(1860)毁于战火,光绪三年(1877),李鸿章之弟李鹤章出面募捐修建完成。庙宇气势恢宏、雕梁画栋、飞檐走兽,栩栩如生。"破四旧"时,城隍庙又经历了一次重创,庙内城隍爷塑像、白驹雕像、冥司塑像损失不见。

合肥的城隍老爷到底是谁呢?说法有很多。汉光武帝刘秀封合肥侯坚镡、东晋镇守合肥的安西将军郗鉴、明代知府徐钰……在封建制度下,人们都希望当官的能体恤民情。中国人崇拜多神,一切城隍神都是人间历史人物死后被"封"的,所以有"封神榜"这样的故事。大概想要封的神太多不好安排了,一个城市的城隍可能有几个。有时为了某个愿望,如抵御外侮、消除水患，不惜倡导在阴间的城隍爷们换个位置。为了实现想象中的作用，甚至有当朝皇帝给城隍晋爵。

1986年重建的城隍庙，主要由庙前、百味园、庐阳宫、庙东、小商品世界、古玩城、城隍庙商城和城隍庙大世界组成。整体风格统一，有徽州韵味的白墙青瓦、马头墙、飞檐翘角；有栩栩如生、形象逼真的天女散花和石狮雕塑。市场内由几条带状街组成。街与街间有不少过渡设计，用一座座过街桥把市场之间连接得四通八达，上下左右互为通道。庙总面积约150亩，经营面积10万平方米，云集个体工商户4000余家，主要经营服装、日用百货、玩具纸张、古玩字画，日均客流量万余人次。城隍庙东南西北面，分别与六安路、安庆路、蒙城路、淮河路相邻，毗邻长江中路和三孝口、七桂塘商圈，这使城隍庙市场成为合肥市一个小商品集散地，在全省乃至全国均有很大影响。

古玩市场最热闹，固定门面150家，固定摊位在500个左右，临时摊位也有500多个。古旧陶瓷、名人字画、文房四宝、翡翠玉器、铜器、红木家具、旅游工艺品、邮币卡等应有尽有。可以说，合肥城隍庙古玩市场一成立就成为古玩市场中的一个新星，迅速发展成为带动全省、辐射全国的古玩集散地。

霍邱路东西两头各竖立一座牌坊，紧守着老庙的大门，与庙内形成一个宽敞的广场。每到节庆活动市里都会在这个地方组织多种活动，例如戏曲表演、猜谜语、灯光展等。

庙前街南北两侧分别建有醉月居("李太白邀月我徘徊,辛稼轩命杯汝前来。"徐味撰)和茗香轩("炉火闻烹金斗水,晴空新试六安茶。"刘夜烽撰),经营安徽地方名酒、名茶。

从 2000 年庐阳宫的一场大火开始,城隍庙市场逐步暴露出诸多问题:基础设施落后,市场功能单一;业态发展滞后,现代化程度低;文化气息不浓,徽派特色不足;市场环境差,人气不旺等。它与城市核心区商圈的地位极不相称,自然也就逐渐衰败下去。

2008 年以来,庐阳区先后邀请了全国金牌策划熊大寻公司、上海同济大学设计公司、安徽地平线设计公司、安徽省建筑设计院、上海豫园开发商等单位及专家来城隍庙考察,并多次组队去上海豫园、武汉汉正街等地考察学习。同时与《合肥晚报》等多家媒体合作,开展"我为城隍庙改造建言献策"活动。

城隍庙市场的兴衰牵动了专家学者和广大市民的心,见仁见智,建言献策不断。有的人提出将城隍庙东西方向的霍邱路更名为"徽街",合肥作为安徽的省会,徽文化不只体现在建筑、商业、文化、历史等方面,还应有更多的内涵,有必要有条街全面地展示"徽"的含义。有的人提出,再现曾经的城隍庙传说中的景象,据说当年庙内有城隍老爷坐像,当人们与坐着的城隍老爷握手时,城隍老爷倏地活动起来,与城中百姓做亲密状。庙院内有白驹雕像,城隍老爷经常会派白驹寻访民间疾苦。还有人提出,把城隍庙会与商业发展结合起来，不少兄弟城市借此扩大了影响。如在每年的清明节、农历七月半、十月朔和城隍老爷生日，城隍神主祭厉坛，举行全城乘轿巡游活动，气魄宏大，仪仗威严，鸣锣开道，神轿前后信众扮作判官、鬼卒，众人前后拥簇，随性做各式表演，必定会成为民俗一大奇观。在每年的正月十五、八月十五举办庙会、展览、购物节等活动，以吸引人气。

庐阳区从立足合肥，面向全国的战略定位出发，优化投资环境、增强文化内涵、完善服务功能，打造具有浓郁安徽（合肥）地域特色，集购物、休闲、餐饮、旅游于一体的商业文化特色街区。

一是将城隍庙定位成三孝口、四牌楼商圈的中心枢纽，实现区域联动，打造成老城区慢行休闲购物集聚区。

二是对原有建筑物立面进行整体涂料、外墙刷新，对破损的窗框、窗棂、屋檐、梁椽、马头墙和青瓦进行修葺，恢复原有建筑风貌。

三是挖掘和利用周边文化内涵。庙周有几处景色可以恢复，如四古巷的杨振宁旧居，北边的段家祠堂，原合肥四中校园内的文庙和学宫，西边的大夫第董探花传说与省博物院旧址的综合利用。

四是做大做强古玩市场，使之成为合肥城隍庙市场的一大品牌。

五是通过招商引资，发展文化特色餐饮，实施亮化灯饰工程，为市民提供一个集休闲餐饮、购物消费、居住休闲等功能于一体的综合性服务区。

六是引进世界品牌店,以点带面,提升整个城隍庙市场品位和形象。

凝聚着许多专家学者和市民心血智慧结晶的城隍庙改造工程正如火如荼地进行着。

城隍庙,你昔日的风采永远留在我的记忆中,任凭风华老去,青春不再。城隍庙,你未来的辉煌被热心的市民翘首企盼着,你终会凤凰涅槃、振翅高飞。

淮河路变迁

古人常以天上星辰的位置配以地上州郡的方位。以星宿命名的城市,如长沙、金华,庐州也被称为"金斗城"。1955年,合肥命名道路时,有一位高人建议以横贯安徽省的两条河流淮河、长江为坐标,以道路在省内的位置来确定命名,如砀山路、濉溪路在淮河路以北,九华山路、太湖路在长江中路以南。城市建设发展日新月异,规模也在不断扩大,如今的道路要比过去多许多,不过没关系,只要熟悉安徽地理,按这个规律找路,一般会八九不离十的。

以淮河路为坐标之一的一个重要原因,那就是这条路太古老,有数百年历史,真可以说是合肥最早最繁华的道路。清嘉庆年间,这条路为威武门大街。《合肥县志》载"威武门内东门大街,西为明教寺北首,又西为十字街"。民国时期,威武门至县桥有东门大街、文昌宫街、月城街(因与城墙对应成弯月形而称)。《合肥县志》关于淮河路的记载:1948年,路宽为17米(初为11米,两侧人为拓宽3米,路面为砂石,因庐州区域属江淮水系,地处江淮之间,故以江淮路为名)。新中国成立前后,以工代赈,群众自办,该路几经拓修,形成原路基轮廓。

1986年,城隍庙市场开业,蒙城路建成,交通流量加大,淮河路拓展形成了2208米长的路。

2000年,淮河路东段改造,被打造成集购物、旅游、文化、休闲、餐饮于一体的现代商业步行街,全长960米。建成甫始,鲜有人气,一时引起坊间议论。晚清、民国建筑风格的老街,穿上不古不洋的服装,难觅昔日辉煌。

管理方在《合肥晚报》上连续刊登了10篇"问诊合肥王府井"的系列报道。2002年夏末,当时的合肥市淮河路步行街综合管理办公室(以下称"办公室")牵头,从江苏常熟购买了印有编号的可折叠商贸售货车,优先考虑售卖给下岗再就业、残障、失业人士经营。

现仍在淮河路管理办公室工作的阮青回忆说:"时间紧,需要做很多工作,信息发布、区域划分、摊户的召集……"我当时在区城管局工作,印象最深的是开街前的准备工作异常繁忙辛苦,每个工作人员几乎都忙得废寝忘食。有时候我自己也带着大家一起拧螺丝、架电线。

售货车一直从鼓楼十字街的隔离桩自西向东排至百盛

附近,共计 420 个,以路中花坛为中心,以地砖上画出的标线和序号为准,南北侧单双号相背而摆。每天出摊时间控制在 18 点至 22 点(除双休日,全天放开外)。办公室工作人员协调沿街主要几处大的非机动停车场或仓库让其停放售货车,提供统一照明设施并按时送电,使用 36V 的安全电压,设置了几个变压柜。

售货车经营一年多,渐渐积聚了人气,一些知名品牌开始进驻街内,从十家、几十家、一百家一直发展到今天五百多家。加上 2003 年步行街上一次大型的彩票销售,步行街,特别是西半段人流量翻倍增长,不少沿街店家强烈建议取缔路中摊点。经请示,办公室有意把售货车摊群点阶段性地往东迁。2004 年,考虑到这些界定摊群点已不再适应步行街的下一步发展趋势,办公室自上半年起提前告知个体经营户将取缔售货车,给其半年时间甩货清仓。至此,在步行街路中运营了近 3 年的售货车摊群点顺利完成拉动人气的历史使命。

步行街的繁荣牵动多方的心,管理方多次组织人员带着问题奔赴上海南京路、南京淮海中路、成都春熙街等地学习考察,广泛汲取外地步行街发展的经验。2008 年 1 月 16 日,"文化安徽、文化合肥"论坛在庐阳举行,多方专家就步行街发展各抒己见,发挥步行街及周边商、旅、文的整体效益,形成联动作用。"唤醒尘封记忆、弘扬饮食文化",饮食是文化繁荣的重要一环。市民呼唤刘鸿盛、绿杨邨、回民饭店、小南园、淮上酒家、逍遥酒家等,不能忘却庐州四大特产——麻饼、烘糕、寸金、白切。现在对于逛街的人来说,吃,不但不是问题,而是一种享受。

庐州烤鸭店特色更鲜明、人气更旺,银泰特色餐饮、李府酒家等极具人气。

而今这条街与相邻地带的商、旅、文已相互作用和影响。明教寺、李府、莲花庵、飞骑桥、逍遥津等文化古迹与银泰、富士、苏宁、商之都、百大、鼓楼等现代商厦交相辉映。江淮大戏院、解放电影院、长江影院等在淮河路与长江路之间相互呼应,竞相发展。而在这两路之间有15条小街巷,其间杂乱不堪,中菜市开始了新一轮的改造蜕变,15条小街巷逐渐与2条大街相得益彰。

向快乐出发,淮河路步行街诚然是购物的天堂、人间的向往。如今淮河路的夜市热闹非凡、人气飙升,每逢节假日如平安夜、圣诞夜、元旦等,人流量可达25万至30万人次,与其说是购物大潮,不如说是人流的海洋,每当这个时候对安保工作都是个严峻考验。2012年淮河路步行街商会成立,这是遵从市场经济规律,依法建立的特色商业组织。网上购物街,丰富了商业营销渠道,与"万家热线"一起开拓了网络购物的广阔天地。

随着女人街、七桂塘、老报馆等特色街区相继开业,城隍庙市场改造完工,淮河路步行街的人气逐渐由东向西延伸,淮河路将会迎来新的发展机遇期。

雨中访故友

3月里的小雨淅淅沥沥,撩人心胸。

和前几次一样,这次来成都又赶上下雨,这也是被称为"天府之国"的四川的亚热带季风兼高原盆地气候的特征。

陪伴大半宿"巴山夜雨"的我一大早就起来了,身体没有一点疲倦的感觉,心却是湿漉漉的。我问我自己:"雨会不会停?雨下大了可会影响我与故友相会的效果?"从住地出发前,朋友递过来伞,我笑着说"谢谢!不用了"。

除非雨特别大,如我这般年龄的人一般不爱打伞。生活在商品匮乏年代的农村孩子,头脑里没有伞和胶鞋的概念,雨天大人们出门戴斗笠、穿蓑衣。回到城里,听见一首童谣:"大头大头,下雨不愁。人有雨伞,我有大头。"清苦贫民家庭难得有一把油布伞,长长木杆撑起覆盖在篾骨上的油布,大而笨拙,家庭成员与伞数比严重失衡。有个别家庭条件好的女同学雨天上学,带上一把塑料柄、黑布、铁架的小洋伞,俏皮又漂亮,带油布伞就显老土了,家乡方言说"好跌相"。

车行雨中,穿过桃花溪。我的故友居住在那个"万里桥西宅,百花潭北庄"的地方,而今他有1304岁了。他生活在唐朝由盛转衰的转折时期,一生颠沛流离,历尽坎坷,饱经忧患,将自己所见所闻的社会弊端、战乱现实和民生疾苦用诗歌记录下来,其传世的1400多首不朽诗篇,被后人誉称为"诗史"。

我每次到成都都要去拜望故友,感受诗歌里的环境和意境,走进诗人的心境。说是我的故友,其实是号称的——"我的故友杜甫也!"我是诗歌"门外汉",但有附庸风雅的基因,总想从故友身上学得一鳞半爪,填充下宽圆便便的空腹。

年少寡闻的我,只停留在知道杜甫的名字上,常常会摇头晃脑扬扬自得地吟几句从中学课本上学来的几句"会当凌绝顶,一览众山小""朱门酒肉臭,路有冻死骨"。杜甫,字子美,别号少陵野老,因曾做过的官职被称呼为杜工部、杜拾遗、杜少陵。这些都是我后来才知道的。

疾步入正门,但见绿水清波,古木参天,满目清幽。在浓荫掩映下,有一座敞厅式显得古老而诗意的建筑,这就是大廨。"廨"为官署的意思,杜甫44岁才做了1年的左拾遗,后被贬为华州司功参军,不久即弃官漂泊。52岁时做了四川节度使严武的参谋,并保荐检校工部员外郎之职。三个官位皆虚职小官,总的任期不过2年。后人建"廨"纯属表达对杜甫的尊崇之意。

大廨正中的杜甫雕塑,身形屡弱、头部微仰、双眉紧蹙、满眼忧伤,他仿佛叩问苍天,战乱何时平?

细雨纷纷扬扬,树荫竹林间似有一层轻轻的薄雾。我站在水槛边眺望"细雨鱼儿出,微风燕子斜"的优美景色。踏过花径,是柴门和草堂外的一条两边栽满鲜花的小路。"暗水流花径,春星带草堂",早在杜甫来到成都前就有了花径和草堂的描写,莫非做好了晚年流寓处冠名的准备?导游说:"清代重建草堂时,为了再现杜甫诗中描写的故居环境,便在柴门左右沿溪流分置了水槛和花径。"花径入口处,有郭沫若撰联:"花学红绸舞,径开锦里春。"花、径两字嵌在上下联的首字中,受此情景的感染,我如顽童稚气未脱的样子,不禁张开双臂,做飞翔之状,任小雨打湿我的双臂。

小雨滴落在树叶、竹叶上,发出滴滴答答的声响,穿过花径,来到"草堂"影壁。用碎青花瓷片镶嵌而成的"草堂"二字,系清代四川劝业道道尹周善培所书,字体敦厚,古朴苍劲。1958年,毛泽东参观草堂时,曾在影壁前驻足良久,细细品味,留下了一幅许多人都熟悉的经典照片。我和朋友们不愿错过机会,纷纷按下了快门。

雨中访杜甫,欣遇众老师。进入大雅堂,首先见到的是"醉卧听涛声"的苏轼,左侧站立的是"举杯邀明月"的李白,右手处一才女似迎接我等之状,是谁?应是易安居士。室内还有数人,待近身揖躬抬眼望,便识得为陶渊明、陈子昂、王维、白居易、李商隐、黄庭坚、陆游和辛弃疾。管理方选择了中国历史上12位著名诗人、词人,以雕像的形式表现诗歌发展的主题。我为创意者击掌,"一举累十觞""重与细论文"。有这么多同行陪伴,少陵野老不会感到孤单的。

雕像刻画出了诗人各自的性格特征,形神兼备。"古来圣贤皆寂寞,惟有饮者留其名。"酒让饮者留其名,酒使诗人生灵感。杜甫可是善饮者呢?杜甫诗句中有不少关于酒的描写,如"朝回日日典春衣,每日江头尽醉归""白日放歌须纵酒,青春作伴好还乡""艰难苦恨繁霜鬓,潦倒新停浊酒杯"。我推测杜甫是饮酒的,只不过不像李白那样"长安市上酒家眠",也不像苏轼"夜饮东坡醒复醉"罢了。杜甫的酒量不会小,不然何以有"主称会面难,一举累十觞。十觞亦不醉,感子故意长"?

诗人多是饮酒的,白居易如不会饮酒,何必取号醉吟先生呢?李清照有"常记溪亭日暮,沉醉不知归路""昨夜雨疏风骤,浓睡不消残酒"句,你说她喝不喝酒呢?大雅堂内酒香醇人,诗馨醉人。

挟着风裹着雨,观碑亭,过柴门,就到了杜甫草堂。"安史之乱"发生后,京城沦陷,烽火连年,百姓流离,杜甫一家人辗转颠沛来到这里。站在草堂门前凝望,房前屋后栽有梅、桃、李等树木,绵竹遮荫,清流环绕,好一派"风含翠篠娟娟净,雨裛红蕖冉冉香"的景象。在流寓途中和寓居3年零9个月里,杜甫以战乱为背景,运用比喻、白描、反衬、比兴等艺术手法,笔墨洗练地挥就出"三吏""三别"等大量优秀诗作,客观真实地再现了苦难百姓的艰辛。在这里,杜甫一家人也有着短暂的闲适生活,享受着"老妻画纸为棋局,稚子敲针作钓钩"的家庭亲情。

杜甫对孩子是和蔼慈祥、戏谑可亲的。《彭衙行》中"痴女饥咬我,啼畏虎狼闻。怀中掩其口,反侧声愈嗔",《北征》中"见耶背面啼,垢腻脚不袜。床前两小女,补绽才过膝",《茅屋为秋风所破歌》中"布衾多年冷似铁,娇儿恶卧踏里裂"。我想杜甫肯定是将"饿卧"有意写成"恶卧"的,这类令人心酸不忍卒读的句子还有不少。杜甫用了"嗔""过膝""恶卧",顿有化苦为乐之妙!

到了763年,听到战乱平息的消息后,杜甫欣喜若狂,"即从巴峡穿巫峡,便下襄阳向洛阳"。在歌酒相庆之时,杜甫首先想到的是要回家乡洛阳。贫病交加的杜甫停滞在归乡的舟中,终没能回到洛阳。"但看古来盛名下,终日坎壈缠其身",自古以来才华出众享有盛名的人,大都困顿终身。杜甫这首描写丹青画家曹霸的诗句,却不幸地也言中了自己。杜甫在他58岁时彻底地"隐居"了。

好雨知时节。一点点一滴滴飘来飘去的小雨,是老天爷刻意为跨时空莫逆之交的相会而安排的。"安得广厦千万间,大庇天下寒士俱欢颜!风雨不动安如山。呜呼!何时眼前突兀见此屋,吾庐独破受冻死亦足!"身处困境的杜甫,仍有忧国忧民的炽热情怀。杜甫品德的芳香、思想的光芒,润物细无声般地滋养我的心田,源远流长,情真恒久。多年以来,我这个从山沟里穷苦家庭走出来的人,总怀有悲苦恼难的情愫,即使在同情心被利用、善良意受伤害时仍初心不泯。

雨中拜访杜甫的人越来越多。"千秋万岁名,寂寞身后事。"诗圣有所不知,其身后有如我一样的万千后生学子千里迢迢、风雨无阻地探访拜会。得知李白、郑虔、严武等好友相继去世的消息,晚年的杜甫心情极度孤寂悲凉。早年好友高适在农历正月初七"人日"这一天,寄来诗《人日寄杜二拾遗》,待已是老病孤舟、处境凄凉的杜甫离渝赴豫途中重读这首诗后,和了首《追酬故高蜀州人日见寄》。此时的高适已故,诗友间阴阳相隔,杜甫只能烧诗吟诵。高杜"人日"唱和被传为文学史上的佳话,清代学者、书法家何绍基深谙此故,撰联"锦水春风公占却,草堂人日我归来"。而今"人日"时,已成了四川省乃至世界诗友们来草堂拜谒诗圣、吟诗唱和的重要活动。

徘徊雨中的我,突生出奇想来。杜甫诗作有几千多首,还有遗失的何时发掘出来?研究者说杜甫的书法十分了得,盼望后人有能欣赏到真迹的一天。工部祠里有一座清代张骏所作的杜甫石刻像,碑额上的字"诗圣杜拾遗像"中的"遗像"二字,使人感觉凄楚,如刻为"杜工部像""杜参军像"为宜,至少可以抚慰虔诚拜谒者的心情。在许多人心目中,杜甫是永远不死的。

这种奇想时时扰乱我的心情,且渐渐转化为愿望来。我想,如真能遂我愿,我宁愿再背上学浅悟差、顽固不化的名声,也希望这座文学史上的殿堂更加饱满、宏伟和高耸。

雨还在不停地下,依依不舍的我无奈地踱出门外,络绎不绝的拜望者急迫地拥进门内。

庐阳之夏，难忘那次摄影作品展

时间过得好快，转眼间2023年就接近尾声，盘点一年来的工作，有收获，也有遗憾。而让我引以为豪的是，春夏之交成立的庐阳区摄影家协会，经过2个多月的筹备，征稿2680幅（组），评审出56幅（组）作品，并对一、二、三等奖和优秀奖获得者给予奖励。

我是受摄影家协会主席曾菁的邀请，参观摄影展的。摄影展范围广、规格高，出乎我的意料。这些摄影作品有艺术类、新闻类的，有彩色片、黑白片，有人物、景物，有自然主义手法、抽象主义手法，以及超现实主义手法，可谓形式多样。

合肥市庐阳区"一保障两建成"（保障大科学装置中心建设，建成历史文化核心区和现代服务业集聚区）的定位，在作品里得以充分彰显。周杞的《大科学装置合肥聚变》，展现的是争分夺秒、热火朝天的建设场景；田琼的《中欧班列从庐阳走向世界》，仿佛让人听到了列车的汽笛声，如同车行丝绸之路；杨国太的《步行街夜市》，给人身临其境之感，灯火辉煌，热闹非凡；程冰的《蔖庄夜色》，雅致园林、古朴建筑与音乐喷泉、纳凉戏曲静动结合,对比强烈。

艺术来源于生活。摄影和其他艺术一样,只有深入生活,才能创造最美的画卷。给我印象比较深的有:李嘉固的《大恒能源》,工作人员挥汗如雨、一丝不苟,奉献出光明和温暖;肖勇的《吉祥乐园》勾起人的感慨。

怀旧是人的天性。逍遥津公园里的大象鼻子滑滑梯,承载了几代人的记忆。"当年滑过该梯的恐怕都不小了。"安徽省摄影家协会副主席、合肥市摄影家协会主席王岩意味深长地说,"我得抽空带孙子重温一下!"

细评赏,果真是。法国雕塑家罗丹说:"美是到处都有的。对于我们的眼睛,不是缺少美,而是缺少发现。"见我在一幅摄影作品前停步,曾菁主席上来细细讲解。还有一幅摄影作品展现的是淝河支流迂回联结,画面正中的陆地如拳心。"厉害!"我情不自禁竖起大拇指。

灰暗色调正中有鲜艳的一抹红。商场对外橱窗玻璃后,两个男性模特目光交会处,一名风姿绰约的红风衣女子经过。美好瞬间被摄影师抓拍住,起的题名是《焦点》。赏心悦目,我在想要是叫"打望",是不是更切题。

还有一幅作品很温馨,让我印象深刻。十余棵树冠枝丫上,都有鸟巢,有幼鸟嗷嗷待哺。从政府到人大,我转岗1年有余,对曾经联系过的农林业部门十分留恋。庐阳区有效保护森林资源,停伐天然林木,扩大自然保护区,生态环境显著改善,有一、二类保护鸟东方白鹳、白头鹤、小天鹅……

颁奖会现场人山人海。国家和省摄影家协会会员许国、康诗纬、徐殿奎与卫星都来了。摄影家张纪宏一走一停顿,问其故,方知他为此次摄影作品展采风时崴了脚。"看景不拍照,拍照不看景",赶紧让区文联驾驶员给予保障。"庐阳景美,看得我忘了行走的节奏。"摄影家的语言挺诗化。"仕旺,可认识我了?"幸亏记忆力没减退,在握手的几秒钟内,想起来了:"安徽省人民政府参事、安徽医科大学教授李俊大姐。"

任何时候能喊出人的名字来,是对他人的起码尊重。"照张相?""大姐,您也爱好摄影?"面朝镜头问着话。"老来多个兴趣。""到各地调研,素材丰富啊!""下次专门到庐阳来!""首善庐阳欢迎您!"

人生有涯,学海浩瀚。展区前,王岩的精彩解读,让我感叹每个优秀的摄影作品,花费摄影者多少汗水、多少心血啊!

我灵感乍现,情不自禁想起1990年世界杯主题曲《意大利之夏》,套用一下:用激动的心跨越一切障碍,将色彩飞洒于美丽的庐阳……

积学储宝

英文"China"的译名是中国和瓷器。1000多年前,中国有个叫"昌南"的小镇,生产的瓷器很闻名,以使用中国瓷器为时尚的欧洲人把"昌南"念成了英文的"China"。这个昌南就是后来的景德镇。

景德镇之名,源于宋真宗年号景德,是时瓷器非常精美,景德镇扬名。

区文联副主席、美术家协会主席张绪祥邀请我们,到位于城隍庙里朋友张扬的明瓷馆看一看。我知道瓷器在宋代已达到巅峰,有官窑、钧窑什么的,没有再深入地了解。带着学习的目的,我和方志山、张灵、孙本全、李多来几人欣然前往。

"明瓷有什么特点?"我急于向张扬请教起来。

"空前发展,贡献突出,青花瓷臻于完美。"张扬语言简洁。

跟随张扬进入藏馆,百余件器具映入眼帘,每件瓷器的展台设计将光与影融合得极具特色。

张扬说,他偏爱完整器具。基于品质,知名官窑会将有一点点瑕疵的产品筛选下来,又因为怕被仿制,便打成碎片。

放眼四顾,果然没看到残瓷(片)。未等问其故,界内颇有名气的张扬又十分谦逊地说:"残瓷(片)信息不多,更限于资金。"

张扬拿着一种叫祭红的瓷器碗,指着碗沿上小点印记说:"比完整的要少拍一半价格。"

展馆里以明瓷为主,有少量别朝瓷器。张扬手拿一对带着褐色图案的碗,告诉我们得来的故事。20世纪末,德国一家公司,在印尼海域打捞上一艘装有6.7万件唐瓷器的沉船,中国几家公司犹豫不决,未承想,新加坡一家公司出手快,以3000万美金买断。

"本想压压价,却大腿拍烂了。"张绪祥笑带幽默,为中国几家公司惋惜。

张扬说:"这对碗是从新加坡拍来的。"

"为什么瓷器上有小动物?"见不少瓷器上面缀有老鼠、黄鼠狼什么的,有人生出疑问。

惑不解终为惑。张扬笑而答:"最早的艺术载体是岩画,上面就有许多小动物。古人能接触的最熟悉的,便是与人们的生活息息相关的小动物,可能是古人对生活的向往和情趣吧!"

张扬拿着一把壶给我们看。果然,壶嘴上缀有鸡,壶把子上缀有黄鼠狼。

"六畜兴旺,何惧拜年。"说者透读丰子恺散文,不嫌世间鼠雀多。

瓷器是景,移步景异。有一件瓷器茶杯,纹有敲锣打鼓放纸鸢的图案。

敲锣打鼓放纸鸢,不是敲锣打鼓放鞭炮,欢声笑语乐呵呵。

张扬在介绍一件明英宗年间的瓷器时说,有一位皇帝在打仗时落入敌人手中,回来后又被拥立做皇帝。

是明朝哪位皇帝呢?众人里有绞尽脑汁检索所学者。"英宗朱祁镇,两度做君王。"方志山随口答出,不愧是安徽大学历史系毕业的。

一行人又在一个图案对称的瓷器枕头前驻了足。张扬诉说着淘这件宝物的艰辛。

"古时读书人爱用瓷枕头!"

"为啥?"

"头脑一直保持清醒呗!"

"托起多少人心中的梦?"

"瓷枕里深藏着多少悲欢离合?"

"愿在夜而为枕。"

我抚摸着瓷枕边沿的磨痕,不由得心生遐想。

"这是洪武年间的,官窑、民窑瓷器各有所长。那是永乐年间的,瓷色白而甜净。那又是宣德年间的,传说青花瓷的颜料,是郑和下西洋,从伊斯兰地区带回来的……"张扬意犹未尽。

百余平方米的展馆内,一行人徜徉在时光隧道,仿佛走过276年,又如穿梭1000多年岁月。展馆结束语的墙上,明朝16位皇帝的画像依序排列。谁是谁,一样一样的龙袍,的确没有那瓷器底部的款识易辨。

同行者,中国书法家协会会员、庐阳区书法家协会主席李多来即兴书写了"积学储宝"条幅。

中国书法家协会会员、中国美术家协会会员张煜书写了"多欢喜"横幅。"欢"字草书有几种写法,一行人围桌切磋起来。听了,看了,学了,议了,鉴了宝……一行人自然是欢喜多多!

众人推说让我留下墨宝,我不敢班门弄斧,如饥似渴地学了一下午,又不能不做点什么。想了想,说些感言,算是对辛苦解说者的回报!

"张扬,三毛有一本书叫《我的宝贝》,记录了游历世界各地时所收藏的各类小物件,各自有着独特的来历和故事,其内涵不亚于藏品本身的价值。建议你把收藏的明瓷的故事写出来,文配图。"

"对对对,瓷器藏品藏故事!"张绪祥极力促成。由此看来,本次活动的发起者又想策划新活动。

2023年12月9日